歌自然——群星大荟萃

【世纪后期文学故事】

范中华◎编著

Gezirandpunyindahucu

湖南人民出版社

图书在版编目（CIP）数据

放歌自然：群星大荟萃：西方 19 世纪后期文学故事 / 范中华编著 . —长沙：湖南人民出版社，2013.1（2024.09 重印）

（快乐读中外文学故事）

ISBN 978-7-5438-8659-9

I.①放… Ⅱ.①范… Ⅲ.①故事—作品集—中国—当代 Ⅳ.① I247.8

中国版本图书馆 CIP 数据核字（2012）第 186792 号

快乐读中外文学故事：放歌自然——群星大荟萃（西方19世纪后期文学故事）

编 著 者	范中华
责任编辑	骆荣顺
装帧设计	君和设计

出版发行	湖南人民出版社［http://www.hnppp.com］
地　　址	长沙市营盘东路3号
邮　　编	410005
经　　销	湖南省新华书店

印　　刷	永清县晔盛亚胶印有限公司
版　　次	2013 年 1 月第 1 版 2024 年 9 月第 4 次印刷
开　　本	710×1000　1/16
印　　张	15
字　　数	250千字
书　　号	ISBN 978-7-5438-8659-9
定　　价	25.00元

营销电话：0731-82683348　　（如发现印装质量问题请与出版社调换）

目　录

书局老板惊醒左拉诗人之梦
shū jú lǎo bǎn jǐng xǐng zuǒ lā shī rén zhī mèng

左拉在中学时代，有几个十分要好的朋友。他们一道学习，互相帮助，建立起深厚的友谊。处于成长时期的孩子们都喜好幻想，每个人对未来都有自己美好的打算。银行家的儿子塞尚喜欢绘画，将来想做一个画家；客店老板的儿子巴耶是一个科学爱好者，他的梦想是做一个科学家；诉讼代理人的儿子马尔格里生来具备编剧的才能，他为自己安排的未来是做一个喜剧作家。在这个小小的团体中，唯独左拉喜欢写诗，并憧憬着长大后成为一名诗人。这群十几岁的少年，"喜欢抒情诗人：雨果、缪塞、拉马丁……埃米尔以这些大师为榜样，勤奋学习文学。"作为孩子，虽然"他们最大的快乐既不是读书，也不是写作、听音乐或看戏"，但是，"当他们跑累了，就坐在树底下，从猎袋里拿出一本书来，大声朗读他们所崇拜的偶像的诗篇。……太阳落山了，他们返回，路上还比较他们所喜爱的作者的优点，并在星光下背诵那些神圣的诗句。"对生活的憧憬激发了他的想象能力，对大自然的迷恋培养了他对诗的情趣，对诗的酷爱便成为他日常生活的主要内容，并且为自己构想了一个庞大的诗歌创作的规划。

谈到那段幸福美妙的时光，左拉回忆说："在那个时候，我们首先爱的是诗歌。我们并不是毫无目的地闲逛，我们的口袋里或猎袋里都装着书，在一年的时间里，维克多·雨果成了我们至高无上的皇上。他以他那巨人般的坚强有力的气魄征服了我们……我们可以背诵他的好几个剧本。每当黄昏，在回家的路上，我们就用他那有如嘹亮号角的诗句的节奏来调整我们的步伐。"

左拉抒发了对雨果的崇拜之情后，他又谈到了缪塞："一天早晨，我们当中的一个人带来一本缪塞的诗集……读缪塞的诗可以唤醒我们自己的心灵。我们一直是激动的……阿尔弗雷德·德·缪塞独自一人主宰着我们的小猎袋……他的咏月诗使我们得到激动，因为它是一个抒情诗人对我们的挑战，同时，它把独立思想的自由欢笑带给了浪漫主义和古典主义，从中我们这一代人结识了一位朋友。"

关于左拉的诗作，中国读者了解得并不多。我们也只是在有关左拉的传记当中才能略见一二。

这是一首吟颂故乡之情的诗：

> 啊，普罗旺斯，
>
> 每当你那动听的名字，
>
> 在我的诗琴上奏响，
>
> 我就激动不已，
>
> 泪如雨下。

这首诗是少年左拉对朋友塞尚所写的一首诗的回赠。它到底是不是左拉的处女之作，我们还无法考证。但是，从这首短短的诗篇中，我们或许已经窥见左拉内心深处的丰富情感以及对故乡的浓浓之情。

这是一首表达对女性爱恋之情的诗：

> 我发现一个美丽的姑娘，
>
> 后面紧跟着一个英武的军人；
>
> 我注视着她，她是那样妩媚，
>
> 可是她却属于那个戴军帽的人。

花季般的中学时代就要结束了，左拉也由一个乳臭未干的少年长成为一个小伙子。这时，青春的萌动占据了他年轻的心房，他的诗作也因此转向了对女性的关注。从严格的意义讲，这不像是一首诗，所以有人说它是一首歌。从艺术的角度看，它没有什么惊奇之处。但是，成长中的左拉却把一个青年对女性的好奇和渴望以及焦虑不安的心理状态真实地袒露出来。

下面这首诗表达了对自己已故的工程师父亲的思念之情：

荣誉，荣誉属于那位有头脑的人，

他多才多艺，有着无穷的力量，

他要使泉水叮咚，碧波荡漾，

可是，上天无情，竟在壮志未酬之时夺去了他的生命！

荣誉属于他，荣誉啊，荣誉，我无法停止对他赞颂！

是一个升入天堂的圣人，使我唱出了这支颂歌。

这个人……就是我的父亲。

　　这首诗写于左拉从巴黎回故乡度假之时。中学毕业后，挣扎在贫困线上的左拉要离开家乡，远去巴黎准备迎接高考的挑战。巴黎不是艾克斯，在巴黎，他成了一个外地人。巴黎人的文质彬彬与家乡人的粗犷豪放形成了鲜明的对比。同学们瞧不起他，嘲笑他的口音，说他是马赛人、意大利人，这使他经常以泪洗面，陷入极度的思乡痛苦之中。他无心学习，因此学习成绩急剧下滑，他说："为了解除我心中的孤寂和烦闷，在课堂上，我就背着同学读文学作品。我再一次被雨果迷住了，并重读缪塞，同时又发现了拉伯雷和蒙戴尼。"在这些诗人当中，最令他着迷的是浪漫主义的诗作，最令他厌烦的则是古典主义的作品。左拉对自由风格的追求、对规则和束缚的反叛都或多或少地反映在他后来的创作当中。

　　放假了，他迫不及待地回到了故乡。在与同伴的玩耍中，在家乡的田野里和山冈上，左拉在寻觅着父亲那劳碌一生、壮志未酬的英灵，并以自己的诗作表达他的思念之情。

　　从这首怀念父亲的诗作中，我们所看到的已经不再是那个稚嫩的少年左拉、天真无邪的少年左拉，而是一个长大的左拉，逐渐成熟起来的左拉，有着一定的诗人气质和深深的感伤情调的左拉。在生活的磨练中，左拉在成长。在诗歌的殿堂里，左拉在成熟。那种儿子对父亲的无限崇拜，那种溢于言表的对父爱的渴望，给人们留下了深刻的印象。

　　左拉写过一首体验到了肉体满足之情的欢快的诗：

热烈的吻，微笑的嘴，

半闭的眼睛，闪光的幸福，

那是美丽动人的情人炽热的情欲。

欲望在膨胀，胸脯在抖动，

那是从发际透出的爱的芳香。

这首诗写于左拉第二次高考失败后。虽然左拉在学习上是努力的，但是，他怀念家乡，怀念朋友，他不喜欢巴黎。开学后一回到巴黎，他就病倒了。经过痛苦的折磨后，他又投入了紧张的高考之中。但是，这位后来的伟大作家竟是高考这个战场上的一名失败者。第一次考试他以文学分数的"零分"而失败。第二次赴马赛的考试也没能过关。两次落榜的厄运，给了他以沉重的打击，而家中因经济上的窘境也无力再给他提供足够的资金了。而此时的左拉却根本不愿意去办公室做枯燥的劳动，因为他"成天都想着当诗人和能交上桃花运"。上面那首诗就是这种心态的表露。

左拉曾写过一首长达一千二百余行的名为《拉埃丽艾娜》的长诗，诗中写道：

啊！亲爱的金发姑娘，

你充满了芳香，像盛开玫瑰的香径，

第一天见你就呼喊你，

白色的天使，我的爱神！

啊，普罗旺斯，我的眼眶中充满泪水，

你和谐的名字在我的竖琴上跳动。

蓝色的天空，雅典的绿色橄榄枝，

你是意大利的姐妹，古希腊的女神！

关于这首长诗的创作灵感，左拉写道："另一个傍晚，我在植物园的树下漫步沉思。我仰着头，一面抽着烟斗，一面欣赏着那些在我身边跑来跑去、互相戏谑的长得白白净净的姑娘。突然，我在她们当中发现一个非常像拉埃丽艾娜的；于是，我的思想就长上了翅膀，飞回了普罗旺斯，开始遐想……"

一边是一个血气方刚的年轻人对女性、对爱情的渴望、讴歌与赞美，一边是依旧不能忘怀的对故乡的思念；一边把姑娘的美丽比作家乡艾克斯的迷人风光，一边又把她描写成自己意大利的姐妹和古希腊女神。在诗中，左拉通过对姑娘的描写，把自己被压抑的、甚至带有变态心理的情感尽情地流露出来。

这是一首带有宗教色彩的诗：

　　啊，勇敢些，我的时代！
　　前进吧，再向前进！
　　我们何时能见到曙光？
　　我的父啊，该是时候了！
　　让新耶稣代我们在十字架上受难吧，
　　使我们大家从混沌中获生。

这首诗写于左拉在阿旺特书局当打包工人的时期。尽管在阴暗的库房里干着繁重的活，但左拉仍没有放弃自己成为诗人的梦想。于是，他白天干活，晚间写诗，并且以能发表为最大的快乐。这篇题为《疑问》的诗作就是这种心态的产物。

由于我们所见到的只是左拉诗歌的片段，因此，我们尚不能对其作品进行艺术价值和审美价值上的完整的判断。不过，左拉最终却没有成为诗人，是书局老板的提醒使他放弃了诗歌创作的计划。读了他的诗后，路易·阿晒特说："这本诗集不错。可是，这种书是永远也卖不出去的。你很有才气，写小说吧！"

事实证明，老板的话是正确的。如果左拉沿着诗歌的道唯一路一直走下去的话，他或许会取得一些成就，但很难成为一位伟大的诗人。多年后，他清醒地认识到自己的"那些诗是脆弱的，二流的，尽管并不坏，但那只是我年轻时候的东西。我唯一值得庆幸的是，我意识到了我自己仅仅

是一个平庸的诗人；而后来又勇敢地以笨拙的散文为武器，挑起了时代赋予我的重任"。

2. 从打包工人到职业作家
cóng dǎ bāo gōng rén dào zhí yè zuò jiā

1859 年 11 月，左拉第二次高考失败。此时，摆在他面前的生活道路只剩下了一条：尽快找一份工作，自己养活自己！但是，一想到要当公务员，去办公室做枯燥的工作，过单调乏味的日子，他就感到头疼。他沮丧地说："我被病魔打倒了，我写不了字，甚至不能行走。我想到我的将来，将来又是那样暗淡，以致使我望而却步。在我的身边没有女人，没有朋友，有的只是冷漠和蔑视。"然而，眼前的困境已把他逼到了绝路。他不能再指望贫困的家里为他提供助学金了！他也不能再让不幸的母亲为他担忧，为他失望了 因此，他只能暗暗地安慰自己，他想，"他将做抄写员和诗人。在枯燥的行政工作中，他从诗行的韵律中得到安慰。此外，他想，一旦获得初步的成功，他可以作出安排，靠写作过活。"于是，左拉从此便扔掉了中学的课本，彻底告别了那使他厌恶的学校生活。

左拉虽然在海关得到一个办事员的职位，但每月六十个法郎的收入使他很快就陷入了贫困。他没有足够的食品来填饱自己的肚子，也没有足够的肉类补充身体的成长所需的营养。冬天来了，他没有钱去买燃料为自己取暖，两耳冻得红彤彤的，鞋底脱落了，也没有钱买。他债台高筑，在饥饿和贫困的漩涡中挣扎。朋友们远远地离开了他，他也没给朋友们写过一封信。"贫困把他活活地冻住了。他甚至连呼喊的力气也没有了。"

他骨瘦如柴，"穿着暗绿色的破旧大衣，领子油腻发亮，像夜晚从收容所跑出来的流浪汉。回到家后，吃了三个苏的土豆，点燃蜡烛，填满烟斗，开始写诗，因为他不会干其他事。"后来，他又在贫困的挤压下住进了贫民区，饥饿成了他最好的伙伴。有时饿得不行了，甚至爬上屋顶捉个麻雀来烤着吃。他痛苦地说："我变成一个可怕的贪吃鬼了，饮料、食物，一切都使我垂涎。如果能吞食一块面包，那快乐和占有一个女人是一样的。"

1861 年冬季的一天，左拉父亲的生前好友布代在路上见到了正在生存线上苦苦煎熬的左拉，不禁动了恻隐之心。这位好心人决定为左拉在巴黎最大的出版社阿旺特书局找一份工作。就在左拉没有正式上班之前，善良的布代先生又给左拉安排了一个差事，让左拉替他把六十一张名片分发出去，同时，布代又将一个金币塞到了左拉的手里。于是，在那个大雪纷飞、天寒地冻的冬天，左拉在泰纳、阿布、戈蒂耶等文艺理论家、作家和诗人的家里留下了自己年轻的足迹。虽然只是代替别人发送名片，但他终于第一次走近了文学。

1862 年春天到来的时候，左拉开始了他在阿旺特书局的工作。他的职务是打包工人，月薪为一百法郎。那是一间阴暗的库房，里面布满了灰尘，一扇不大的窗户上也挂满了蜘蛛网。在这个十分狭小的空间里，这位未来的大作家开始了他的工作。他把一捆捆、一包包别人的书、别人的作品包起来，捆起来，发送出去。就这样，工业书、农业书、小说、剧本……一样样经他过目，狄更斯、高乃依……一个个大作家的名字进入了他的视野。毋庸置疑，工作是单调的，劳动是艰苦的。左拉就在这样一种艰苦的条件下，在艰难的气氛中，熬过难忍的白天，等待晚间属于自己的时间到来。他无可奈何地说："太阳闪闪发光，而我却被关在屋里。在我窗户外面，泥瓦匠在那里干活，他们来来往往，爬上爬下，好像很高兴。而我，坐在那里，一分钟一分钟地数着，还要干六小时。唉，多么可悲啊！……如果我像昨晚一样，写出一首好诗，明天我就快乐，我是一个多么可怜的疯子啊！"

就这样，左拉白天拼命地工作，为的是糊口；而晚间，他却在文学的天地里驰骋，为的是给自己开拓一片新的空间。他羡慕成名的作家，他寻找富人成功的脚步，因为他还是一个身无分文的打包工，一个无人知晓的穷光蛋。对此，法国人贝特朗·德·儒弗内尔在所著的《左拉传》中这样描绘了左拉当时的困境："1862 年的月份，艰难的月份：无钱、无柴、无书、无友、无信、无情妇的月份；最低微的小职员的月份。他回家时腰酸背痛，衣袋空空，双手破裂，颓然地坐在一张椅子上，久久地凝视着那个没有窗帘的黑糊糊的窗口。"

　　但是，功夫不负有心人。贫穷的左拉，不甘于打包工人命运的左拉，不满足于收送别人作品的左拉终于耐不住自己的追求，在一个周末的夜晚悄悄溜进了书局老板的办公室，未抱任何希望地把他的那本诗集《爱情喜剧》放在了老板的办公桌上。出乎意料的是，这一被逼无奈的大胆举动却从此改变了他的命运，使他从一名打包工人一跃而成为广告服务部的主任，月薪也因此而增加了一倍。

　　不过，左拉的诗歌创作也就此停住了前进的脚步。书局老板的一席中肯的话使他转向了小说的创作之路，这成为左拉人生道路上的又一个转折点，也在某种程度上为一个伟大的小说家的诞生奠定了坚实的基础。"这个外省的迷恋梧桐树下泉水的年轻人，这个穷困潦倒而又十分狂热、顽强的年轻人，从此变成了一个拉斯蒂涅式的人物……"那一年，左拉的收获不止这些。因为也是在那一年——1862 年，左拉获得了法国国籍，至此才成为真正的法国人。

　　虽然广告部的工作也并非是左拉所喜欢的职业，但它却给左拉广泛接触文学界提供了广阔的天地和活动的舞台。利用这个舞台，他结识了当时很多有名的作家和评论家。他同他们频繁接触，倾听他们的创作体会，聆听他们的文学思想，成为他们的知心朋友。在这个舞台上，左拉不但了解到了作家们创作成功的道路，而且还掌握了出版上的一些常识。当打包工人的时候，左拉白天包装别人的作品，晚上写自己的作品。而现在，身为广告部的主任，左拉白天推销别人的作品，晚上却更加勤奋地创作自己的作品，与第一个阶段相比，这是一次质的飞跃。

　　左拉的努力终于得到了回报，1864 年，他的短篇小说集《给伲侬的故事》出版了。消息传来，年轻的左拉欣喜若狂，他那饱经沧桑的母亲也激动地流下了眼泪。

　　《给伲侬的故事》是左拉的处女作，虽然这些淡而无味的故事挺合新闻记者的口味，也使一些大众读者感到满意，被他们称为优美、精细的作品，聪明的左拉也不失时机地利用自己的关系向评论家们推荐这部作品，以引起他们的关注，但是，这部作品在很多方面还十分稚嫩，还不能说是一部成功的作品。不过，这对刚刚起步的左拉来讲，已经是十分的满意了。因为这次不大不小的成功给了他以极大的勇气和信心，他正在酝酿着下一部作品的情节，等待着一部新作的诞生。

1865 年，左拉完成了他的第一部长篇小说《克洛德的忏悔》。这部以作家自己的生活经历和生活体验为蓝本的小说一发表就掀起了波澜。首先是教会派文人的猛烈攻击，然后就是司法界的介入。他们以伤风败俗为罪名对左拉及其作品进行了审查。初出茅庐的左拉就经历了人生的一次严峻考验。

幸运的是，负责审查该书的检察官不但是一个正直的人，而且还是一个具有较高的文学品位和文学鉴赏能力的人。读了《克洛德的忏悔》后，他在送交上司的报告中写道：

> 囿于现实主义的倾向，作者在某些段落里过分热衷于分析那难以见人的欲望。……尽管如此，这部著作的主题并不是淫秽的……因此，我并不认为《克洛德的忏悔》这本书有什么违背公共道德而应该受到追查。

左拉因此而逃过了一劫。

然而，躲过了司法追查的左拉并没有躲过秘密机构对他的监视，这使他十分反感。另一方面，他的文学引路人，阿旺特书局的老板路易·阿旺特也已离开了人世。本来就对书局的工作不十分满意的左拉已经在生活和创作中积累了丰富的经验，他的羽翼已经逐渐地丰满起来，已经没有在书局再待下去的必要了。于是，他果断地辞掉了书局的工作，拿起笔来，开始了职业作家的生涯。就这样，一个意大利人的儿子，一个七岁就失掉父亲的孩子，一个两次高考未中的青年，一个在饥饿和贫困中挣扎了多年的打包工人，终于在文学创作中找到了自己的生活位置，走上了通向伟大作

家宝座的康庄大道。

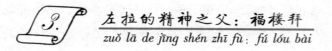

3. 左拉的精神之父：福楼拜
zuǒ lā de jīng shén zhī fù：fú lóu bài

　　在 19 世纪的法国文坛上，福楼拜与莫泊桑父子般的友谊家喻户晓。莫泊桑是否为福楼拜的私生子暂且不论，福楼拜作为莫泊桑文学上的父亲已是不争的事实。但是，对福楼拜以"父亲"相称的不仅仅是莫泊桑一人，在"儿子"的行列中还排列着一位大名鼎鼎的作家——左拉。所不同的是，在左拉的成长过程中，福楼拜所承担的并非是文学上的"父亲"的角色，而是一个精神上的"父亲"的责任。这恐怕也是人才辈出的 19 世纪法国文坛的又一则佳话。

　　从年龄上看，福楼拜比左拉大十九岁，可以称得上是左拉的长者。从文学成就上看，当福楼拜的长篇小说《包法利夫人》（1856）问世的时候，左拉还是一个文学羽翼尚未丰满的中学生。因此，左拉对这位现实主义的大师一直十分钦佩。然而，当他第一次拜访福楼拜的时候，听到这位文学巨人对哲学、社会和艺术的夸夸其谈后觉得十分可笑。但是，当他第二次再见到福楼拜的时候，就对这位文学大师佩服得五体投地了。福楼拜亲切的话语、风趣的谈吐、充满稚气的目光和善良的心灵很快就感染了他，激励了他，使他感到亲切。而福楼拜对左拉的兄长般的爱护和兄长般的批评，又很快就使他们成为毫无拘束的亲密朋友。

　　此时的左拉，正在文学的天地里飘忽不定。虽说已经出版了几部作品，但在法国的文坛上还没有站稳自己的脚跟，成功的大门似乎离他还很遥远。是继续在文学创作的道路上努力前行，还是回到新闻界重操旧业？年轻的左拉并没有信心。这时，是福楼拜发现了左拉的艺术才能，对他的作品作出了高度的评价和耐心的批评，从而给了他热情的鼓励和坚决的支持。这个高大魁梧的文学大师所表现出来的文学天赋和对年轻一代的宽厚胸怀使左拉感到震惊。正是从福楼拜那里，他得到了鼓舞，获得了勇气和力量。这个从七岁起就失掉了父亲的年轻作家同时也从福楼拜的亲切关怀中感受到了一点父爱。

谈及福楼拜，左拉深情地说："他有一颗善良的心，有一颗天真无邪的童心；他会因轻微的刺伤而愤怒，这表明他有一颗火热的心。他的最可爱之处正是在这里，因而我们大家都把他当做一个父亲来敬重。"福楼拜对手稿的反复推敲，对细节真实的不懈追求，对句子准确性的关注等，都给他留下了深刻的印象。"跟这样一个具有天才的随和的人一起，左拉就像是看到了一个坚如磐石的人，在碰到问题时是可以信得住的，一个可爱的、爱咕哝的精神上的父亲！"就这样，左拉与福楼拜的"父子"之情开始了。每当福楼拜在巴黎居住，左拉肯定是他那里的常客。也正是在福楼拜的家中，左拉有幸结识了一些当时颇有名气的大作家。他们是法国作家爱德蒙·德·龚古尔（1822 — 1896）、莫泊桑（1850 — 1893）、阿尔封斯·都德（1840 — 1897）和俄国作家伊·德·屠格涅夫（1818 — 1883）等。那时，比左拉还小十岁的莫泊桑正在福楼拜的指导下练习小说创作，他也是福楼拜家常来常往的客人之一。

在这个由三个年龄段的作家组成的文学沙龙里，人们对文学的看法并不统一。左拉与都德就经常发生争论。虽然他们是好朋友，也互相到各家去聚会、拜访，但艺术观点的相异又使他们不能不发生碰撞。然而，这并不妨碍他们的友谊。在左拉的眼中，莫泊桑还是一个毛头青年。他觉得这个年轻人有点气质，但喜欢经常与女孩子们鬼混。好在有福楼拜的关怀和呵护，在文学上很有前途。俄国作家屠格涅夫给他印象不错。这个人喜欢思考，为人比较亲切、随和，是一个善良的人。左拉唯一不太喜欢的人就是爱德蒙·德·龚古尔。这个人外表风雅，谈吐讲究，但却显得很虚伪，内心对同行充满了嫉妒。与他打交道，左拉还得处处提防。他们经常见面，经常在一起聚餐。成功了，大家互相祝贺，失败了，大家互相鼓励。在这个特殊的"五人帮"沙龙中，年轻的左拉获得了文学的启迪、成功的经验和失败的借鉴。1871 年，当《卢贡-马卡尔家族》的第一部作品《卢贡家族的家运》刚刚问世之时，左拉就将此书送给了福楼拜。福楼拜立即

回信表示感谢，并在信中说："我刚读完了您的了不起和漂亮的书……我为此感到惊讶！这本书太好了，非常好……您很有才华，您是好样的！"这亲切和鼓励的话语使左拉一生都难以忘怀。

在文学创作上，虽然左拉后来成为小说上的胜利者，但是，在戏剧的尝试上，他却并非那么幸运。尽管他在念中学的时候就十分喜爱戏剧，一心向往着舞台艺术；尽管他觉得自己具备做一个优秀的剧作家的天赋，但是，他的戏剧之路从一开始就充满了坎坷。1873 年，左拉将自己的小说《戴爱丝·拉甘》改编成剧本上演，结果只演出了九场就大败而归。观众大失所望，称《戴爱丝·拉甘》是一出散发着停尸房气味的戏剧。但是在关键时刻，福楼拜愤怒地站出来为左拉撑腰鼓劲。

失败后的左拉并没有气馁，一年之后又拿出了剧本《继承人》。在给福楼拜的信中，他有些不安地说："每天从 1 点到 4 点，我勤勤恳恳地写作，本想创作出具有独特性的东西，结果搞了一场滑稽戏。"1873 年 11 月，该剧首演失败。在观众的叫骂声中，福楼拜却站起来大声喝彩："好！好极了！"这场计划演出一百场的戏，实际上只演到十七场就草草结束了，这使左拉十分恼火。不过，失望之中的左拉仍没有忘记对福楼拜的感激之情。他在信中说："您的话是对的。第一次公演的晚上，您曾对我说：'明天，您将是一个伟大的小说家。'人们都在谈论着巴尔扎克，而因为我那些一直遭受攻击的作品，人们也对我倍加称赞。真让人啼笑皆非……再见，我亲爱的朋友。祝愿您比我强健！成败我是不在乎的，这就是我现在的心情。"事情的发展充分证明了人们对左拉的评价。尽管当时的左拉对该戏的演出结果大失所望，但他却像福楼拜所预言的那样在小说创作的道路上坚定地走了下去，并且最终取得了辉煌的成就，成为一个与巴尔扎克并驾齐驱的伟大的小说家。

刚刚经历了戏剧演出失败的左拉，当时在小说的道路上也不顺利。作为《卢贡-马卡尔家族》的第四部小说，《普拉桑的征服》已经出版了六个月，不但销售量少得可怜，甚至没有得到评论界的任何反应。对于急于渴望成功的左拉来诧，这比挨评论界的咒骂还要难受。在这一时刻，福楼拜又站了出来。他对屠格涅夫说："我一口气读了《普拉桑的征服》，我现在还惊愕不止，确实难以置信。我看这本书比《饕餮的巴黎》强。"

然而，当左拉的《莫雷教士的过失》发表后赢得了同行的好评的时候，福楼拜却以一个"父亲"和长者的身份提出了不同的意见。他说："莫雷教士不是太出格了吗？何况天堂也被轻易地搅乱了。这似乎应该是我的朋友左拉以外的一个什么作家写的。"说了一番批评的话语后，这位善良的"父亲"又怕伤了左拉的积极性，于是，便安慰左拉说："没有关系！该书仍不乏精彩之处，首先是阿尔桑日阿这个人物的刻画，还有升入天堂的结尾。"由此可以看出，福楼拜对左拉的关怀和帮助，无论是批评还是表扬，无论左拉本人接受与否，都是充满了诚意、不夹杂任何偏见的。《小酒店》问世时，他毫不掩饰地表示了自己的不满。《娜娜》出版时，在一浪高过一浪的批评声中，他却给予了高度的评价和热情的鼓励。

就这样，在左拉成长的旅途上，福楼拜每每出现在这个年轻人最困难，最沮丧，最动摇，最需要理解、鼓励、关怀、帮助的时刻。不过，左拉并没有像莫泊桑那样最终成为福楼拜文学上的接班人，因为他要探索的是一条不同于这位现实主义大师的创作道路。他敬仰他，但"不同意对完美句子的那种过分追求。他在赞扬如同金银匠加工似的优秀风格时，却不想拿他作榜样。首饰般的珍品不是他该干的。……福楼拜描写的现实是审慎的复制品，而他的描写却是震撼人们的想象力、唤醒人们的同情心、帮助发现人和事物的悲惨的速写。他所构思的艺术是重组的现实的扩大版，并加强了现实的本质。他用力量代替细致入微的描写，他用充满激情的变形手法代替谨小慎微的观察"。这既充分表明了左拉独特的创作特征和艺术追求，也充分证明了福楼拜作为左拉精神"父亲"称号的当之无愧。

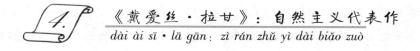

《戴爱丝·拉甘》：自然主义代表作

dài ài sī · lā gān: zì rán zhǔ yì dài biǎo zuò

两具尸体仍然伸展着四肢躺在餐厅的地板上，昏黄的灯光彻

夜照着他们。差不多连续十二个钟头，一直到第二天中午，拉甘夫人呆滞、无声地注视着那男人的双脚，仿佛要用她那凝重的目光将它们压碎。

这是左拉在他的长篇小说《戴爱丝·拉甘》中所留下的令人恐怖又振聋发聩的结尾，这是左拉为实践他的自然主义理论所讲述的一个内容新奇的悲剧故事。

戴爱丝·拉甘是一个年轻的女人，一个被拉甘太太收养过来的私生女。由于从小就同拉甘太太的儿子卡米尔一道生活，所以长大后自然就成了夫妻。全家搬到巴黎后，拉甘太太重操旧业，继续经营起小杂货店的生意，而头脑简单的拉甘则到铁路公司去工作，一家人的生活似乎十分平静。但是，自打卡米尔把他的好朋友洛朗带到家中之日起，平静的水面便掀起了层层涟漪。洛朗既是一个身材魁梧、十分强壮的年轻人，也是一个心怀鬼胎、贪图声色的小人。戴爱丝既是一个体魄健壮、粗犷豪放的女性，也是一个有着炽热的内心、情感世界又得不到满足的女人。虽然在表面上，她不动声色，但在心灵深处却对发育不全的丈夫十分不满。就在这时，洛朗闯进了她的生活。这个游手好闲的年轻人很快就骗取了拉甘一家的信任而成为这个家庭的常客。当然，他最感兴趣的还是朋友年轻貌美的妻子戴爱丝。而正处于感情的饥渴之中的戴爱丝也为这个不速之客的到来而怦然心动。于是，他们很快就陷入了疯狂的肉欲的漩涡之中不能自拔。戴爱丝渴求的是性欲，而洛朗则贪婪地要把朋友的妻子永远据为己有。一个试图谋害朋友的计划就这样产生了，戴爱丝无疑也成了这个阴谋的帮凶。在一次预先策划好的外出郊游中，洛朗将自己的好朋友卡米尔推到河里淹死了。事后，他不但制造假象逃脱了法律的追究，而且名正言顺地同戴爱丝结成了伴侣。目的达到了，他们的精神世界却永远失去了安宁。恐惧、不安以及死去的卡米尔的阴魂自新婚之夜起就一直陪伴着他们的生活。于是，从前对肉欲的疯狂追求就变成了互相的争吵和打斗。从前的如胶似漆也变成了互相的厌烦和憎恨。这一切都被拉甘太太看在眼里。这个不幸的老太太已经无法说话，因为是失掉儿子的痛苦和打击使她患上了脑中风而成为一个废人。但是，她的耳朵还没有残疾，从这对新婚夫妇的争吵中，她了解到了罪恶的一切。从此，她仿佛变成了另外一个人。她坚强地活着，每天都用仇恨的眼睛注视着戴爱丝和洛朗的一举一动，诅咒着他们的恶德败行。沉重的负罪感压得戴爱丝无法解脱，她只好外出与其他的男人鬼混，以麻醉自己的罪恶灵魂。而洛朗则用拉甘家的钱财寻花问柳，纵情放荡。但是，这也无法使他们有片刻的轻松。于是，他们便开始互相怀疑，并企图将对方除掉以灭口。当他们准备好了杀掉对方的凶器并准备动手时，又互相抱头大哭起来。最后，他们在拉甘太太这个无声的复仇女神的眼前，喝下毒药后死去，从而完成了痛苦而罪恶的一生。

这部小说最初的名字为《爱的结合》，后来，左拉接受了读者的建议，将其改名为《戴爱丝·拉甘》。1867年，左拉在写给友人的一封信中说："我对这部新作品十分满意，我相信，这是我至今写得最好的作品。"小说于1867年8月起在《艺术家》杂志上连载，1867年底正式在出版社出版。

在《戴爱丝·拉甘》第二版的序言中，左拉写道："在这部作品里，我所要研究的是人的气质，而不是人的性格。……我选择的人物完全受其神经质和血缘的支配，没有自由意志，他们一生中的每一行为都命里注定要受其血肉之躯的制约。……于是，我试着对气质不同的两个人之间可能发生的奇怪结合进行了解释，并指出了一个血气方刚的人同一个神经质的人接触时所具有的深刻混乱。只要细心读一下这部小说，就会看到每一章都是对生理学上一种奇特病例的研究。一句话，我只有一个愿望：既然眼前是一个强壮的男人和一个欲壑难填的女人，那么就找出他们身上的兽性，甚至只对他们的兽行进行观察，并把他们抛到一场惨剧之中，一丝不苟地记下他们的感觉和行为。我只不过是在两个活人身上做了外科医生在死人尸体上所做的分析工作。"

正如左拉所言，他将社会的人写成了生物学意义上的人，将男女间的爱情演变成肉欲的附属品。在作品中，戴爱丝·拉甘和洛朗就是这种纯生物的人，而不是社会的人。可以说，在左拉的全部创作中，《戴爱丝·拉甘》是最能充分地体现自然主义特征的作品，是自然主义理论的最忠实的实践。它的重要意义和价值就在于为我们提供了一部自然主义的真正代表作。与以往的作品相比，《戴爱丝·拉甘》的确表现出了更为冷静、更为客观的特色。受缪塞的影响，他的《克洛德的忏悔》更多地表现出一种感伤主义的情调。而受龚古尔兄弟作品的启发和泰纳的影响，《戴爱丝·拉甘》则体现出一种较为典型的自然主义风格。在这位文学上的外科手术医生面前，人物命运的社会属性逐渐地被淡化，而他们的自然属性则被大大地强化起来。浪漫主义的情调消逝了，现实主义的典型化追求也被抛到了一边，自然主义的绝对"客观"、绝对"真实"和不动声色占据了上风。年轻的左拉"非常骄傲地确认，在他的身上，学者已经杀死了诗人。"对于左拉来讲，我们已经很难找到比这更确切的评语了。

《戴爱丝·拉甘》发表后，社会各界反响不一。由于在"思想、原则以及对现代艺术、真实和生活的表现上"体现出基本的一致，因此，首先站出来为之叫好的当然就是自然主义的主将龚古尔兄弟。他们认为《戴爱丝·拉甘》"每页都表现了令人战栗的温情，书中表现的是新的神经病似的恐怖，这是一本出色的带有悔恨情感的自我解剖"。

相比之下，文艺理论家泰纳和文艺评论家圣·勃夫的评价就显得老道、成熟而客观。在给左拉的信中，泰纳称赞左拉的这部"作品完全是建立在正确的观念上的。该书前后连贯、结构很好，此书表明作者是真正的艺术家、严肃认真的观察家，他寻找的是真理，而不是追求娱乐消遣。"同时，泰纳又对作品背景的狭窄和单一提出了中肯的建议和批评。他建议左拉："应当做一个职业的生理学家和心理学家，这样就不会因您的这本书搞得神经紧张。当人们堵塞所有孔洞，关起窗户，把读者关起来讲这么一个与魔鬼、疯子或病人密谈的故事，那读者会害怕……如果我有什么意见要讲的话，那就是应该扩大作品的背景，并使效果得到均衡。"

圣·勃夫除了称赞《戴爱丝·拉甘》是"一部现代小说史上划时代的作品"外，也对作品中的某些问题提出了很有说服力的看法。他对左拉说："从该书的头几页开始，您就描绘了新桥过道；我和别人一样熟悉这个地方……"但是"您把它描绘成巴尔扎克笔下的索利街一样，这是不真实的，您太夸张了。这个过道是平淡的，冷落的，丑陋的，更是狭窄的，但是，它并不那么阴暗；这些色彩是您从杭勃朗地特那里借来的。这里也同样存在不忠实的地方"。同时，他又语重心长地对左拉说："您是敢干的，也是冒风险的，读者中也有这种批评；对有人感到愤怒不必大惊小怪，战斗已经在进行，您的名字也已经签上了；这种战斗会结束的……"

此时此刻，反对的声浪也不绝于耳。有人在《费加罗报》发表文章指出，《戴爱丝·拉甘》一书"是最近出版物中最肮脏、最低级趣味的……描写的尽是些淫秽不堪、厚颜无耻的东西……这种只沉浸于下流格调的作品是最坏的东西。如果要拿这本书作为比方的话，就像是一个人被安放在太平间的陈尸床上的水管下，一直读到最后一页，他会感到那水管流出和滴下的水是用来冲洗尸体的"。

这篇批评文章的发表招致了左拉的坚决反驳，也由此而引发了文坛上的一场论战。一时间，新闻媒体也跟着喝倒彩，对左拉的攻击文章连篇累牍，甚至把左拉说成是淫书的作者和下流文学的信徒。而读者的逆反心理也加速了小说的销售速度，加大了小说的发行量。尽管受到了很多的批评，也挨了不少的骂，二十七岁的左拉却因此而成为这场论争中最大的赢家。他不但一举成为文学界的代表人物，名声大振，而且由此而酝酿起一个更为庞大的文学创作计划。《戴爱丝·拉甘》的发表"构成了二十七岁的法国小说家埃米尔·左拉一生之中的重要一幕。"正是从这部作品起，左拉以更加坚实的步伐迈向未来。

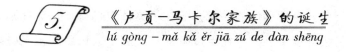

5. 《卢贡-马卡尔家族》的诞生
lú gòng – mǎ kǎ ěr jiā zú de dàn shēng

1867年12月，随着《戴爱丝·拉甘》的问世，二十七岁的左拉完成了他文学创作的准备阶段，步入了成为优秀作家的良性循环的轨道。这时，在法国的文坛上，有两位文学巨人矗立在他的眼前，一位是现实主义大师，《人间喜剧》的缔造人巴尔扎克；另一位是浪漫主义领袖，《巴黎圣母院》、《海上劳工》、《悲惨世界》等文学巨著的创作者雨果。他十分崇拜巴尔扎克，每当谈及这位伟大的作家，他都要由衷地赞叹："这是何等伟大的人物！我正在重读他的著作。他卓立于整个世纪之上。"他也无比佩服雨果，但认为"维克多·雨果和其他作家，在我看来，在他的面前相形见绌"。

但是，在敬佩之余，他又感到有些灰心，因为在这两位公认的文学巨匠面前，他觉得有些茫然，一时间竟觉得好像再也无路可走了。是啊，在硕果累累、名人辈出的 19 世纪法国文学界，要想摆脱对巴尔扎克模式的模仿，谈何容易？要想避开对雨果风格的抄袭之嫌，更是难上加难！灰心之余，他不禁生出了妒意，"因生在巴尔扎克和雨果之后而感到生不逢时"。然而，此时的左拉已不再是那个高考落榜后沮丧贫穷的左拉，也不是那个在幼稚的文学尝试中犹豫徘徊的左拉。作为《给侶侬的故事》、《克洛德的忏悔》和《戴爱丝·拉甘》的作者，左拉一直梦想着要把自己的名字与一部庞大的文学著作联系起来，并憧憬有朝一日能使自己与巴尔扎克和雨果的名字并驾齐驱。这远大的文学志向促使二十七岁的左拉决心在巴尔扎克和雨果的基础上，再开拓出一条属于自己的文学天地。

于是，他潜心思考着，反复琢磨着，试图去发现巴尔扎克所没有表现过的领域，找出适合自己创作风格的道路。他认为，"巴尔扎克的唯一欠缺是只画了一个现成的社会，他在那里安排了金融家、诗人、画家、部长、上流人物、教士。至于我，我将告诉人们，这些金融家、部长和教士们是怎样产生的！他笔下的社会是静止的，我笔下的社会将是在进化的！他是居维叶式的小说家，而我将是达尔文式的小说家！"

他还认为，巴尔扎克把创作的注意力放在了具体人物身上，而他则要放在人的群体和社会环境上。巴尔扎克没有描写过的工人形象，也无疑是留给他的一条出路。

为了在巴尔扎克留给他的那条出路上建筑起全新的文学大厦，左拉阅读了大量的有关遗传学、生理学、实验医学等自然科学的著作，贝尔纳的《实验医学入门》、卢卡的《自然遗传论》、泰纳的《艺术哲学》、莱图尔诺的《情欲生理学》以及达尔文的《进化论》等著作，都被他如饥似渴地阅读过。"所有这些著作使他确信，为了适应时代，应该贴近这个看得见摸得着的现实。1868年12月，左拉在酒足饭饱之余，最先向龚古尔兄弟透露了想写一部庞大的系列作品的计划，并决定用他的作品来表现遗传理论。"同时，他还为自己设想的文学大厦绘制了一幅家族世系图，这个家族叫卢贡-马卡尔家族，这种金字塔形的图被称为《第二帝国时代一个家族的自然史和社会史》，一部规模宏伟的文学巨著、一座雄伟壮观的文学大厦的设想就这样孕育而成了！

在写给出版商的总纲中，他列出了两点想法："一、研究在一个家族内的血统和环境的问题，一步一步地观察使出自同一个父亲的孩子们产生不同情欲和性格的神秘变化。二、研究整个第二帝国。把现代社会中的坏蛋和英雄都表现在典型之中，就这样在各种事件和各种不同情感的描绘中勾画出整整一个社会阶段的面貌。"

按照预先的设想，《卢贡-马卡尔家族》将由十部小说组成。每年出两部，计划五年全部出版。但是，左拉却用了整整二十五年的时间才完成了这部文学大厦的全部创作，大厦的规模也由十部扩展到了二十部。应当说，左拉是幸运的，因为他在自己的有生之年看到了大厦的完工，这是巴尔扎克无法能及的，尽管在数量上仍有差距。二十五年，一个并不小的数字，左拉把自己毕生中最好的时光、最旺盛的精力全部献给了《卢贡-马卡尔家族》。这是一座宏伟的文学大厦，这是一座庞大而又有着紧密的内外在联系的文学系统工程，组成这座文学大厦的二十部小说是：（1）《卢贡家族的家运》（1871）；（2）《贪欲》（1871）；（3）《巴黎的肚子》（1873）；（4）《普拉桑的征服》（1874）；（5）《莫雷教士的过失》（1875）；（6）《欧仁·卢贡大人》（1876）；（7）《小酒店》（1877）；（8）《爱的一页》（1877）；（9）《娜娜》（1880）；（10）《家常琐事》（1882）；（11）《妇女乐园》（1883）；（12）《生活的欢乐》（1884）；（13）《萌芽》（1885）；（14）《作品》（1886）；（15）《土地》（1887）；（16）《梦》（1888）；（17）《人面兽心》（1890）；（18）《金钱》（1891）；（19）《崩

溃》（1892）；（20）《巴斯加医生》（1893）。

谈及《卢贡-马卡尔家族》的创作构想时，左拉指出：

> 我想取一个家庭题材，让它处在各种各样的位置，我还要让人们了解它处在各种位置的原因。从曾祖父辈到孙子辈，各种人物的性格特征逐渐发展、恶性膨胀，直至发生极端恐怖的事件；另一方面，这种性格又在逐渐退化。在人物之间发生联系的同时，各种性格特征产生各种力量。这些本领在各种不同的环境中发挥了作用，或多或少地取得了一些成功。我将告诉人们一切成功的秘诀：让性格适应环境！

左拉还指出："我考察一个投身于现代社会的家族的野心与贪欲，它以超人的努力进行奋斗，却由于自己的遗传性与环境的影响，刚接近于成功就又掉下来，结果产生出一些真正的道德上的怪物（教士、杀人犯、艺术家）。时代是混乱的，我所描写的正是时代的混乱。"左拉的这番话无异于《卢贡-马卡尔家族》的宣言书。如果说巴尔扎克在他的《人间喜剧》中，采用编年史的方式，为我们描绘了一幅 19 世纪上半叶法国上流社会的风俗画卷的话，那么决心要在巴尔扎克和雨果两位文学巨人之外寻找一条新路的左拉，则以一个家族为基点，通过对一个家族血统和环境的研究，为我们展示了"第二帝国时代一个家族的自然史和社会史"。巴尔扎克的《人间喜剧》是社会支配下的编年史、风俗史，而左拉的《卢贡-马卡尔家族》则是遗传法则支配下的病理史、性格史。

然而，左拉是矛盾的。他所创立的自然主义理论虽然使他在浪漫主义和现实主义两大文学阵营之外独树一帜，确实也实现了他既崇拜前人，又不模仿他们的初衷，成为 19 世纪后半期法国文坛不可多得的一个大师，但是，身为社会一员的左拉并没有也不可能摆脱社会力量对他文学创作的支配和影响，因而也并没有将他的自然主义理论和生理学、病理学研究完完全全地贯彻到他的文学大厦当中。于是，《卢贡-马卡尔家族》中就出现了一些十分矛盾的现象：一边是以自然主义理论为指导，一边却表现出现实主义的倾向；一边是作家本人对生物学和病理学的孜孜探求，一边是读者从中获取社会现实的营养，以至于左拉本人也具备了现实主义和自然主义的双重身份，即左拉被称为："19世纪后半期法国最重要的批判现实主义作家之一，也是法国自然主义文学的主要倡导者"。

纵览《卢贡-马卡尔家族》的二十部长篇巨著，巴尔扎克的影响清晰可见。在大厦的外在结构上，《人间喜剧》曾以"风俗研究"、"哲学研究"、"分析研究"以及"风俗研究"中的六大生活场景将这些建筑连成整体，颇具宏伟壮观之势。左拉在建构《卢贡-马卡尔家族》时，也以"唯物主义"、"生理学"、"遗传学"三大类进行结构艺术上的划分，使其浑然一体。

在人物表现方面，巴尔扎克独具匠心地将"人物再现"的方法运用到《人间喜剧》内部建构上，使其从内部形成一种整体感，这是巴尔扎克获胜的法宝。在《卢贡-马卡尔家族》中，我们也看到了这个家庭中不同人物在不同作品中的再现，其内在的整体联系不言自明。但是，左拉并不是巴尔扎克的重复，而是一个有着独特艺术追求和艺术个性的左拉。巴尔扎克给了他建造文学大厦的启迪，他借助这一启迪又建筑了一座新的大厦！

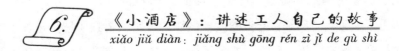

6. 《小酒店》：讲述工人自己的故事
xiǎo jiǔ diàn: jiǎng shù gōng rén zì jǐ de gù shì

一位历史学家在论述巴尔扎克时写道："在巴尔扎克的九十七部长篇小说中，没有工人出现。在他的作品中，除在最不知名的小说《皮埃尔莱特》的开始有那么四五行文字写到一个工人外，再也找不到写工人的地方了……"

这一"漏洞"也被敏锐的左拉发现。一直苦于自己生不逢时的左拉终于在巴尔扎克的《人间喜剧》中找到了缺口，认为"在巴尔扎克笔下没有工人形象"是留给他的一条出路，于是，他便紧紧抓住了这个不可多得的缺口，试图在工人题材的领域中开垦出自己的文学天地。工人的故事就这

样走进了他的文学视野之中。

关于工人题材的创作，左拉在《草稿》中这样谈到他的写作打算："描写百姓生活，并用他们的生活习惯解释其习俗。因此在巴黎，酗酊大醉、家庭崩溃、放荡生活，以及耻辱和贫困种种名词都是来自于工人本身的生存条件、繁重劳动、杂乱生活和放任自流等。总之一句话，生活的脏乱、语言的粗鲁，诸如此类都是老百姓生活的情景。这是包含他自己的道德的可怕的景象。"于是，一个整体的创作计划就在他的脑海里形成了。

在法国国家图书馆的手稿馆里，人们找到了左拉关于这部工人生活小说的最初写作纲要："各章平均在二十页左右，每章长短不一，长者可四十页，短者十页。风格要博大、遒劲。书中主要人物有绮尔维丝和古波，后者将前者拖入工人的生活环境之中。小说通过现代社会里工人所处的环境和条件，讲述绮尔维丝和古波堕落的过程，解释民众的风尚、罪过、堕落以及精神上和肉体上的畸形。"这部描写工人的小说就是《小酒店》。

为了写好这部小说，左拉深入巴黎的贫困区进行了大量的实地采访和考察。1875 年，在给友人的信中，他说："我回到巴黎的第二天，就得陪伴着我的小说，寻找街区，访问工人。"他拿着笔记本，沿街观察，把那里的商店、房屋的建筑和位置都仔细地画了一个草图。

在那里，他看到了历经百年沧桑就要倒塌的楼房；看到了披头散发、衣衫褴褛的年轻姑娘在大街上穿行；看到了许多洗衣女工在洗衣店和商店之间穿来穿去；看到一些浓妆艳抹的女人不断出入舞会等娱乐场所；看到小酒店里的人们无精打采的神情和麻木呆滞的目光。考察了一片破败的街区景象后，左拉又来到了洗衣店，看到在浓浓的雾气中，赤裸着双臂、汗流浃背的女工在极度的劳累中工作。……于是，作品中的女主人公绮尔维丝的形象就浮现在他的眼前：

> 在她的眼前，已经看到一些人的悲惨下场；但由于她的天性，她仍然准备行动，准备去干活；她颇为憨傻地向往着能有一个栖身的窝和填饱肚子的粗茶淡饭。她有着一些天生的弱点。她

要闯闯运气，但吉凶难测。她继承了她的寡母那种忠厚、吃苦耐劳的特点……总之，这是一个非常讨人喜欢的人物。

《小酒店》所讲述的是关于工人生活的故事。在巴黎的贫困区，住着一个四口之家。丈夫叫朗第耶，是一个鞋帽工人。妻子叫绮尔维丝，是一个洗衣女工。十多年来，这个家庭始终没能摆脱贫穷的阴影。挥霍无度的朗第耶因另有新欢而在一天早晨扔下了母子三人，不知去向。这时，另一位工人古波走进了绮尔维丝的生活。他向这位年轻漂亮的母亲求婚，并表示要好好抚养她的两个孩子。在这个年轻小伙子的追求下，绮尔维丝的心被打动了。于是，他们便组成了一个新的家庭。古波是一个安分守己的工人，他按时上班，按时下班，不喝酒，没有其他的不良嗜好。夫妻俩平静地生活了几年，不但靠自己的劳动有一笔积蓄，而且还有了一个可爱的女儿娜娜。勤劳的绮尔维丝一心想开一家洗衣店，自己当老板。但是，这种和谐安定的生活却被一次意外的事件打破了。古波在工作中从楼上摔了下来，虽然保住了性命，但却因此落下了残疾。从此，失去了劳动能力的古波便一反常态，整日无所事事，呆在小酒店里借酒消愁，并很快就将家里的那点钱花得一干二净。在这个艰难时刻，多亏铁匠顾奢的鼎力相助，才使绮尔维丝开洗衣店的梦想变成现实。善良的绮尔维丝又将没有人照管的古波妈妈接到家中赡养。虽然古波仍整天酗酒，沦落为一个酒鬼，但儿子的成长还是给绮尔维丝带来许多快乐。谁知，多年前抛开母子出走的朗第耶又出现在他们的生活中，并很快就成了这个家庭的好朋友。就这样，两个男人游手好闲，一事无成，只有绮尔维丝在维持着这个家庭的生存。在繁重的劳动中，这个曾经勤劳、洁净的女人也变得懒惰了。她不但与朗第耶又鬼混到了一起，而且对经营的洗衣店也不闻不问。洗衣店破产了，脾气暴躁的古波整日靠酒精度日。绮尔维丝在失望之余也拿起了酒杯，以麻醉自己的心灵。逐渐地，小酒店把他们的全部家产都吞没掉了。亲戚和朋友都对绮尔维丝敬而远之。为了活命，她没命地干活。饥饿的时候，她在风雪之夜上街卖淫。不久，古波因酒精中毒死掉了。绮尔维丝也在贫困中

苟延残喘，最后死在走廊的一堆干草里。

1877 年 1 月 1 日，左拉在小说的序言中说：《小酒店》"是我的作品中最严谨的一部。我在别的作品中往往还触及到更可怕的创伤。只是小说的形式上有点叫人害怕。人们对我使用的字眼很生气。我的罪过是不该有文学上的好奇性，把人民的语言收集起来在文学作品中大量地使用。……它是一部描写现实的作品，是第一部不说谎的、有人民气味的人民的小说"。

在作品中，左拉以写实的笔法和人民的口语为读者描绘了一幅巴黎下层人民的图画，其人其景无一不是他亲自观察的结果：

> 她向右方望去，望到洛歇叔雅路那边，看见成群的屠夫们穿着血染的围裙，在屠牛场的门前排列着；凉风吹来，不时把被屠杀的畜生的腥臭气味传送到她的鼻子里；她向左面那条带形的马路上望去，把视线停留在她面前的那座白色的拉里布吉埃医院——当时那医院正在兴工建筑。她慢慢地来回眺望着，把视线移到税卡的墙上，她往往在夜里听见墙后有被凶杀者的喊声……当她抬起了眼睛向那静悄悄地围绕着这个都市的一望无际的灰色城墙以外看去的时候，她发现了一道太阳的光芒，阳光里已经充满了巴黎的喧嚣的晓声。但是她最终把眼睛转向卖鱼巷，伸着脖颈，在苦闷中自娱地看那些从蒙马特和教堂大街下来的人群、牲畜、货车川流不息地在税卡的两座矮屋中间通过。这里面有成群的牛羊，有因一时的障碍而拥挤在道路上的人群，有去上工的络绎不绝的工人队伍……所有这些巨大的人群，接连不断地淹没在茫茫大海似的巴黎之中。

这是左拉观察生活的最真实的写照。就在这幅版画般的背景当中，左拉塑造了绮尔维丝这个不幸女人的形象。这个真实的、美貌的、动人的、勇敢的、脆弱的、复杂的形象，以其不同于以往小说的人物的全新特征，成为左拉最为成功的创造之一。在这个人物身上，左拉寄予了无限的同情。他说："她是一个值得同情的人，有着温情脉脉和热情洋溢的性格……她的每一个优点使她历尽艰辛……工作使她筋疲力尽，温柔使她备受煎熬。"

但是，《小酒店》一发表，就受到了史无前例的粗暴的攻击。《费加罗报》的评论员发怒了，说《小酒店》的发表使左拉"成了不折不扣的下等人"、"卑鄙的小人"，并说这部小说"不光是粗话，而且是描写色情的淫书"。雨果生气了，说"这是一部坏书。作者恣意把穷苦人的苦难和卑污疮疤公诸于世；无可否认，这是真实的，将来也还将如此。……但是，我不愿意人们将这些写入作品，变为茶余饭后的谈资。您没有权利，您没有把不幸赤裸裸地暴露给众人的权利。……任何人都没有这种权利。"福楼拜也不满了，他对左拉说："您也跳进了这个泥坑，左拉，自然主义不是什么好东西，它是一种流派。只有为艺术而艺术才是可行的。其余的一切，都是愚蠢的主张！"

在一片咒骂的声浪中，左拉终于听到了赞扬的话语。阿那托尔·法朗士发表文章指出，《小酒店》"是一本有分量的书，书里的描写贴近生活……书中人物众多，讲的是方言土语。当作者在描写思想或人物的精神状态时，用的是自己的语言。有人指责这类语言，我倒颇为欣赏。一个人的思想，只有通过语言才能体现"。

但是，无论是反对也好，赞扬也罢，《小酒店》却因此而成为那一时期的畅销书。在大街上，人们哼唱着《小酒店》的歌曲。在剧院里，正在上演着由《小酒店》改编而成的滑稽剧。毫无疑问，左拉不但成为这次论争的最大赢家，而且因《小酒店》而名声大振，一举成为法国最负盛名的作家。

7. "整个社会都向女人身上扑去！"
zhěng gè shè huì dū xiàng nǚ rén shēn shàng pū qù

《小酒店》的大获成功，即使左拉的名字在巴黎家喻户晓，也使左拉从此摆脱了贫困而成为富有阶层的一员。于是，他便在巴黎的近郊买了一套别墅。这幢矗立在一片绿色之中，而且房前还有一泓流水的建筑，就是

后来莫泊桑等一批自然主义作家经常聚会的场所——梅塘。

买到房子后，左拉高兴地告诉福楼拜："我买了一栋房子，在一个迷人而且僻静的地方，是文学使我在乡间有了这一简陋的藏身之所。它很合我意，……"左拉成为梅塘的新主人后，几个年轻的作家便云集那里，一个新的自然主义文学沙龙就此形成，左拉也当之无愧地成为这个新流派的领袖人物。从此，梅塘别墅就成了文学的摇篮。在这里，不仅诞生过著名的中篇小说集《梅塘之夜》，使莫泊桑一举成名，也使左拉有机会在一个清新淡雅的环境中静下心来，构思他的又一部长篇《娜娜》。

当时的法兰西第二帝国虽然表面上光辉灿烂，但内部已彻底腐烂。所以，左拉"以猎犬般敏锐的嗅觉感觉到了娜娜这个姑娘；他要通过她来最后完成对第二帝国丑恶的揭露"。在给福楼拜的信中，他说："我刚拟订了《娜娜》的写作大纲。它使我非常为难，因为它涉及许多非常复杂的人物……写出来将是不堪入目的。我要毫无顾忌地讲出一切，而其中有些事情是非常丑恶的。"

但是，由于作品的主人公娜娜是个妓女，左拉对她的这种生活一无所知。于是，他便像写《小酒店》那样再次深入下层，去搜集有关妓女的生活素材。在朋友的家里，他千方百计地向那些有过风流韵事的人打听这方面的事情；在剧院中，他仔细地打量从他眼前经过的女人；在后台，他细致地查看演员的化装室，吸闻着女演员身上诱人的芳香。他阅读了大量关于妓女题材的小说，从中汲取有益的养分；他与社交界的风流人士密谈，以了解女人的爱好、女人的服饰、与女人鬼混的经历；他亲自参观过一家十分阔气的妓院，趁妓女酩酊大醉的时候记下了他所需要的妓女生活的细节；他还邀请一名交际花共进晚餐，以把握她们勾引男人的伎俩。渐渐地，那个充满了贪婪和肉感的娜娜在他的眼前丰满起来，性欲的气味钻进了他的鼻孔，使他得以清晰地嗅到。

思潮的阀门一下子打开了，"在他眼里，第二帝国如同一个其大无比的妓院"："女农民倒在壕沟里；女工们躺在老板的沙发上；上流社会的贵妇们卧倒在单身贵族小公寓的地毯上。在他看来，社会上充满着翻倒在地的女人，而压在她们身上的都无一例外地是一张神情一致的雄性的脸，因为由情欲驱使而做出来的面容使所有的男人们都变得极为相似。"这正如他在《娜娜》中所概括的那样："整个社会都向女人身上扑去！"

就这样，左拉试图要描写一个比《小酒店》还要可怕的图画："用肉欲来代替酗酒。"在《草稿》中，他对《娜娜》的含义做了如下表述："主题的哲学含义在于：整个社会都涌向淫荡，一群狗跟在还没发情的母狗后面，这条母狗嘲弄跟着它的那些公狗。这是雄性情欲的诗篇，搅乱世界的杠杆，只有淫乱和宗教式的生活。"

安娜·古波，小名娜娜，是《小酒店》中绮尔维丝和古波的女儿。小的时候就很不省心，经常给家里带来麻烦。十五岁那年跟一个老商人私奔而永远离开了家庭。《娜娜》的故事开始的时候，她已经出落成一个十八岁的漂亮姑娘和歌剧演员。在声乐方面，娜娜没有什么天赋，演唱时经常走调。但是，在出演《金发爱神》一剧时，她却以大胆的裸体演出而征服了巴黎的观众。于是，她一夜成名，前来向她求爱的人们排成了长队。

对这些有钱人士的追求，娜娜十分苦恼。但是，为了儿子的生活，为了偿付生活的开销，她又不得不靠出卖色相过活。莫法伯爵对她垂涎欲滴，娜娜不为所动；舒阿尔侯爵百般献媚，也被娜娜拒之门外；乔治是娜娜忠实的崇拜者，但也与银行家史坦纳同样遭到被拒绝的下场。为了占有娜娜，史坦纳在乡下买了一套别墅。娜娜回到大自然的怀抱，高兴万分，童年的欢乐、少女的纯情仿佛又得到了回归。娜娜的追求者们得到消息后，又纷纷赶到别墅，但仍没有得到娜娜的好脸。原来，娜娜爱上了那个年轻的小伙子乔治。史坦纳在娜娜的身上将财产挥霍殆尽，莫法便取而代之。但娜娜并不喜欢这个色鬼，毅然同剧院的演员丰当结婚。婚后的娜娜并不幸福，不但总遭到丰当的毒打，而且很快陷入了贫困之中。无奈，她只好再度出外卖淫。她一次次地躲避警察的追捕，但丈夫却在家里与别的女人鬼混，这使她心灰意冷。剧院又要上演新剧了，娜娜不想再扮演放荡的角色。为此，莫法伯爵花重金将一个好的角色买到，并动用了三十万法郎为娜娜购置了一座公寓，并且每月给她一千二百法郎的零花钱。娜娜一晃又成了巴黎的贵妇，成为妇女们崇拜的对象。但娜娜并不喜欢这个淫棍，她只爱少年乔治。乔治的哥哥去娜娜的公馆找乔治，不禁也为娜娜的美貌所迷惑。乔治听到哥哥在向娜娜求婚，自杀身亡。因此娜娜发生改变了。她醉生梦死，挥霍无度，肆意地用自己的肉体来换取金钱，并且任意地嘲弄那些卑鄙的男人。于是，在追求娜娜的过程中，一个个男人先后破产了。她就像是腐蚀剂，又像一只毒苍蝇，叮上哪个男人，就会使他倾家荡产。当她周围的男人先后成为她手下的败将后，娜娜消失了。当人们再度找到她时，她已经染上疾病死掉了。这时，外面传来了"打到柏林去！"的口号声，普法战争爆发了。

如何看待娜娜这个女人的悲剧及其内在的含义？娜娜来自普通百姓家庭，她要报复那些上流社会的渔色者，使那些爱上她的富翁加速衰落。她貌如天使，却代表了第二帝国将要崩溃时那种非常恶毒、毫无头脑的女人们，她是一切社会罪恶的体现。当她因染上梅毒而丧命时，战争已快爆发了。在煤气灯的灯光下，一群充满激情的群众聚集在她的窗下，站在大街上大喊"向柏林进军"的口号，而她那时已玉碎容毁，一动不动地躺在房间里。娜娜受到惩罚时法国也受到惩罚。还有人指出：娜娜"是那个注定要灭亡的时代的化身，同时也是毁灭那个时代的工具"。这是对娜娜的形象及其时代和象征含义的比较准确的概括。

与过去左拉为发表小说而向出版界到处求救相反的是，《娜娜》尚未问世，推销的广告已经是满城风雨，遍及巴黎的大街小巷。有人在一篇文章中说："《娜娜》引起人们强烈的好奇心。娜娜这个名字出现在巴黎的所有墙壁上，令人想到魔鬼缠身和一场噩梦。《伏尔泰报》加印了广告，到处张贴，甚至贴到每个香烟店里顾客点烟用的供火管子上。"

然而，随着《娜娜》广告的刊登以及小说的出版，指责声、叫骂声、嘲笑声铺天盖地般向左拉扑来。有人说他"混淆了母狗和人类"；有人说他的文学纲领是"臭水坑"、"污水管"，读这部小说以前，要穿上掏粪工的靴子并准备一瓶硫酸。令左拉兴奋的是，赞扬的声音也十分强大。福楼拜惊喜地说："昨天一整天，直至深夜11点半，我在读《娜娜》，我因读此书夜不能寐，惊愕万状。如果要对书中新奇和有力的笔调进行评论，那每页都有！人物性格描写得很真实很完美。句子描写得很丰富，最后，娜娜之死简直是妙笔生花！这是一本了不起的书，棒极了！"

作家于依斯芒斯在给左拉的信中说："我从《娜娜》中挣脱出来，我的心怦怦然不能平静。当我再接着读下去的时候，真是怪的很，那种使人激动的气息更加浓烈起来。这是一部美好的书，一部崭新的书！无论是在您的连续小说中，还是在直至今天人们所写的小说中，它都是一部完全崭新的书。我真不敢相信，您竟有这一手，有这样独特而博大的力量……"就这样，借助咒骂和赞美的声浪，伴随肯定和挖苦的声音，越来越多的读者纷纷涌向了书店，争相购买《娜娜》。其结果是，不但左拉发了财，出版社也因销售量的急剧上升发了财，就连娜娜这个艺术形象也因此而"从虚构的偶像不断地成为真正的偶像"！

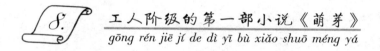

工人阶级的第一部小说《萌芽》
gōng rén jiē jí de dì yī bù xiǎo shuō méng yá

完成了《小酒店》的创作，并且以此在法国文坛获得巨大的成功之后，左拉并没有在反映工人题材的创作上止步不前，而是打算再写一部"描写外省工人生活的小说，与《小酒店》相呼应"。这部外省工人的小说将以煤矿为框架，以罢工为题材。

在制定了基本的思路之后，左拉并没有马上动笔，因为"他既不知道这个地下世界，也不知道矿工们的要求。这就要求进行实地调查"。1869年，就在左拉对这部小说的创作进行构思的时候，一次煤矿工人的罢工运动加速了他的创作进程，也坚定了他创作反映工人罢工运动的小说《萌芽》的决心。

关于那次工人运动，浪漫主义大诗人雨果曾在诗歌中有如下描述：

> 我和他，还有父亲和母亲，
> 我们都是挖煤的矿工。

我们像牛马一样干活，

可那工头比豺狼还凶。

我们没有面包，

只好嚼碎煤块往肚里送。

下矿井，下矿井，

下到那人间地狱中。

我们跪爬在地底层，

那里是多么危险和寒冷。

我们永远不见天宇，

可雨水却总下个不停。

我们向老板哀求，

增加点工资，减少点劳动，

可给我们的是什么？

——枪弹穿胸！

尽管这首诗歌在雨果的创作中并非上乘佳作，却给左拉《萌芽》的创作以深刻的启迪，并且被认为是长篇小说《萌芽》的序篇。

为了写好这部小说，真实地表现煤矿工人的悲惨生活，左拉于1884年开始深入矿区进行实地考察。庆幸的是，当他赶到那工人罢工运动正达到高潮。他深入矿区，与工人们直接接触，以了解他们的呼声；他参加工人组织的会议，倾听他们里的时候，一次工人大罢的要求，以掌握工人们面临的问题；他冒着风险，下到五百米深的矿井下，气喘吁吁地在巷道里穿行，以亲身体验煤矿工人的非人生活。在那里，他感受到了黑暗的恐惧，看到了矿工们如何在艰苦的条件下劳动，在极度缺氧的掌子面上挖煤，在时时刻刻都会发生瓦斯爆炸的死亡线上挣扎。

为了能在小说中更为真实地表现煤矿工人的生活风貌，左拉还考察了工人的住宅，了解了工人的健康状况，询问了开采煤层的方法，摸清了工人的收入情况。在矿区，左拉经常和工人们在一起，与他们喝酒，聊天，交朋友。随着同工人的交往越来越深，他所掌握的资料也越来越详细，越来越具体。就这样，工人的形象、工人的生活、工人的喜怒哀乐就走进了他的生活，在他的脑海中逐渐变得清晰起来，以至于他"一闭上眼睛一幕幕情景就在眼前闪现：黝黑的面孔、在轨道上摇晃的斗车、防风灯的光亮在阴暗和令人窒息的迷雾中一闪一闪"。实地考察结束后，左拉又如饥似渴地阅读了大量有关劳资矛盾的理论著作和理论文章，积累了五

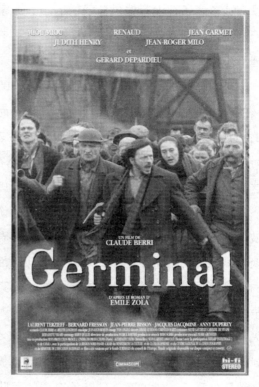

《萌芽》电影海报

百页近年来有关煤矿工人运动的资料。其间，他对马克思主义的理论产生了浓厚的兴趣，并从中汲取了丰富的精神营养。

1884 年 4 月 2 日，反映工人运动的名篇——《萌芽》的创作在精心准备的基础上开始了。

小说叙述一个名叫艾蒂安·朗蒂埃的铁路工人，因为打了工头一记耳光而被解雇后，到沃勒矿区找工作谋生。经过一番周折，他终于得以下井干活。

矿区的一切令他震惊。他看到井下的条件十分恶劣，炎热的高温使人喘不过气，狭窄的工作环境使人像虫子一样躺着挖煤。他看到矿工的队伍中有很多男女童工。他们也像其他工人一样在非人的黑色天地里求生。他看到工人马赫一家祖祖辈辈的劳动所换来的却是一无所有：没有钱吃饭，

没有钱盖房子，没有钱供孩子们上学。一家九口人拥挤在一起，连洗澡都无法回避。他看到很多矿工因长年累月在井下劳动而身体衰弱，疾病缠身。

　　带着诸多的不解与疑惑，他在下班后阅读了很多社会主义和无政府主义的理论书籍，对眼前的现状进行了认真而深刻的思考。在国际工人协会的领导下，他深入工人当中，广交工人朋友，很快就赢得了工人的信任。为了领导工人起来同资本家进行斗争，他在沃勒矿区建立了工人基金会。这时，资本家为了赚钱，千方百计地找借口降低工人的工资，引起工人的强烈不满。再加上井下事故造成了工人的伤亡，一场声势浩大的罢工运动就这样不可避免地爆发了。作为工人的代表，艾蒂安和马赫与资方进行了谈判。但公司不但拒绝了工人的要求，而且将参加罢工的人开除了。工人的经济来源被断绝了，他们饥寒交迫，变卖了家里的一切物品，仍坚持斗争。为了不让资方诱骗个别工人复工的阴谋得逞，艾蒂安率领两千多名工人包围了矿区。他们高呼着"社会主义万岁"、"打倒资产阶级"等口号，封闭了矿井，摧毁了机器设备。资本家见势不妙，立即调来了大批军警前来镇压。手无寸铁的工人同荷枪实弹的军队进行了殊死的搏斗。共有二十五名工人倒在血泊之中，十四人死亡。

　　工人罢工失败了，为了生存，矿工们只好下井劳动。但是，罢工运动的领导者之一苏瓦林却无法接受这一事实。于是，他破坏了矿井的防水设施，将十几名工人淹没在井下，只有艾蒂安一个人活了下来。伤病痊愈后，他离开了沃勒矿区去迎接新的任务。当他一步步向前方走去的时候，觉得劳动者们一天天壮大，黑色的复仇大军正在田野里慢慢地生长，要使未来的世纪获得丰收，这支队伍的萌芽就要冲破大地活跃于世界之上。

　　《萌芽》是《卢贡-马卡尔家族》的第十三部作品。关于《萌芽》的创作，左拉这样写道：

　　　　在我研究矿工贫困时，我是对之充满怜悯的，有人可能会指
　　责我是社会主义者。我的书就是一本表现怜悯心的书，不是别

的，如果有人在读这本书时有这种感觉，那我就满意了，我就算达到目的了……一个伟大的社会运动即将发生，应该考虑到这个运动的正义要求，要不然古老的社会将被清除。……我在小说里，是否成功地告诉了人们贫穷人对正义的渴望？我不知道。我本来还想证实老百姓自己不会一个一个去犯错误。要么就集体起来造反。

应当说，在《萌芽》中，左拉不但圆满地完成了他预定的计划，而且还有所突破。在小说中，左拉用完美的艺术结构、深沉的笔调、粗犷的风格、版画般的背景、悲壮的色彩、雕塑般的力度和人民大众的语言为读者展示了一幅法国煤矿工人的真实可信的生活画卷。作品写道：

　　春天了。一天，艾蒂安出了竖井以后，迎面吹来的四月温暖的春风里，飘散着一阵阵新翻的土地、绿嫩的野草和清新的空气的芳香。……白昼渐渐地长起来，五月里，他竟能在太阳出来的时候才下井去，绯红的天空向沃勒矿井洒下曙光，矿井冒起的白色蒸汽像玫瑰色的羽毛一样袅袅上升。人们不再冻得打战，云雀在高空歌唱，从平原的远处吹来了和煦的春风。……六月间，麦子已经老高，青绿的麦子和浓绿的甜菜截然分明。这是一片无边无际的海洋，微风拂过，波澜起伏，眼看着这个大海一天天地壮大成长。……当人们在地底下为受苦受累而悲叹的时候，一片生机正在地面上萌芽和迸发。

对此，有人认为，《萌芽》在"文字中表现出来那种力量、笨拙和翻来覆去的叙述给它以奇异的咒语般的力量。这部辛辣作品表现出来的生活，比之精雕细刻的散文更为出色。在读这本小说时，人们可以听到群众的喘息声"。

《萌芽》完成后，深感疲惫的左拉并没有对这部小说抱太大的希望，因为他觉得读者根本不会对这部描写挖煤工人生活的作品产生多大的兴

趣。然而小说出版后的销路一直不错，尽管攻击和咒骂的声音也一直没有间断过。有人指责左拉所描写的是"人类的兽性中的悲观主义史诗"。有人认为像左拉这样的自然主义作家"将一辈子在污泥浊水中打滚"。

但是，随着时光的推移，历史的波涛却荡涤了对《萌芽》的那些浅薄的辱骂和嘲讽，留下了公正和客观的评断。法国学者阿尔芒·拉努在所著的《左拉》一书中指出："《萌芽》是反映工人生活的第一部伟大的作品，它是建立在坚实的事实分析基础上的，而绝不是作者感情冲动的结果。……从整个政治基调看，它是现实主义的，因为在小说中，使左拉倍感兴趣的是阶级的冲突。尽管它没有使用'阶级'这个词，但是，他的调查是以马克思主义为指导思想的。……在《萌芽》里，在政治方面，他不仅表现了理论家的智慧，同时也表现了他的深谋远虑。……小说中的埃蒂安·朗蒂埃也是左拉自身的投影。他已经从欧仁·苏（1804—1857）和乔治·桑（1804—1876）的温情的社会主义转变到社会的现实主义，而且其中某些方面已经接近于社会主义的现实主义；左拉是社会主义现实主义的先行者。"

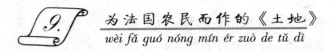

9. 为法国农民而作的《土地》
wèi fǎ guó nóng mín ér zuò de tǔ dì

左拉的创作道路从一开始就不平坦，他所走的每一步，都伴随着巨大的争议。这争议曾带给他很多苦恼，因为他不被人们所理解。这争议也带给他许多欢乐，因为他被人们所熟识。这争议也自始至终伴随着他走完《卢贡-马卡尔家族》的创作之旅。

关于这座文学大厦，曾有人这样评价："左拉向他的文学前途开出的期票，他所承担的一本连一本展开小说情节的《卢贡-马卡尔家族》丛书，他为描绘每一棵新枝嫩芽而逐级攀登的家谱树，这一切使他的同辈们惊慌失措。"莫泊桑也不满地说："他（指左拉）想给每一种职业都写一部小说。这岂不成了文学界的布丹！好像文学作品可以订购似的！不！不！灵感才是创作的女儿！"嫉妒心极强的爱德蒙·德·龚古尔更是不留情面地说："左拉在文学上只是个偷梁换柱的能手，现在他不再版《马内特·萨洛蒙》，他准备重新写巴尔扎克的《农民》。"龚古尔所讲的"巴尔扎克的《农民》"式的作品就是长篇小说《土地》。

《土地》是《卢贡-马卡尔家族》的第十五部作品。在这之前，左拉已经将他艺术触角深入到了军事、工业、宗教、社交、艺术等多个场所。作为巴尔扎克的崇拜者和追求者，左拉一直在比较之中与这位现实主义大师暗中"较量"。巴尔扎克所表现的领域，他表现了，巴尔扎克所没能触及的领域，他触及了。如今，他也要像这位文学前辈一样，试图在农业题材上一展身手。尽管有人说三道四，即便有同行冷嘲热讽，左拉还是义无反顾地要为他的《卢贡-马卡尔家族》增添一道崭新的图景，图为那推动他创作的全面批判社会的浪潮在推动着他前进。

1886 年，为了《土地》的创作，左拉携夫人一道去一个村庄住了六天，在同农民及其生活的实际接触中广泛了解农民的生活状况。沿途，他把自己所观察到的农村景象如工笔画般记录在他的考察笔记当中。他写道：

> 天晴日朗的上午，可看到几处村庄和农舍。在绿色的田野中，有几条灰白色的大路，路两旁没有树木，平坦笔直地通向远方；无数电线杆子整齐地排列成一条线，消失在地平线上；在远处，在森林的边缘上长着一些灌木和花丛，还有一个供鸟兽躲藏的草棚和一片草地。在地平线上，耸立着几株大树，孤零零的，显得有些忧伤。在田野里，点缀着几个平静的水塘，在太阳光下，它们有的呈蓝色，有的呈灰色……

在农家庄院里，他同农民亲切交谈，向农庄主仔细询问农业生产常识，请他们为他讲解农业机械的生产功能。此外，他还亲自走访了农民居住的房屋，并与农民一道进餐，感悟他们的喜怒哀乐。在谈话笔记上，他这样写道：

土地总是土地。总要靠种地吃饭。不同的是谁掌握了土地。农民是好商量的，他们什么都可以接受，只要有饭吃，什么制度都行。太贫穷时，他们就会生气。冷漠的土地养育这些忙忙碌碌的人。

与此同时，左拉还广泛阅读了《法国农业人口》、《农业与人口》和《农业小百科》等理论著作，又广泛搜集到了一些农业方面的谚语。他说："现在，我每进行的一项研究，都与社会主义结下了不解之缘。""土地，肥沃的土地，养育着生命，然而它又毫不留情地吞噬着生命。它是一个庞大无比的'人物'，它无所不在，充塞于全书之中。农民只是一个可怜的昆虫，在它的躯体上挣扎，操劳，为的是从它这里获得生命……"

那是一个繁忙的秋季。一个外乡流浪到这里的长工正在地里干活。他叫若望·马加尔，在波德里庄园干了好几年后，已经成为这里不可多得的农家好手。中午时分，弗朗索瓦兹小姐牵着一头牛从地头经过时，那头奶牛突然在田野上狂奔起来，把牵着它的小姐拖出好远。若望勇敢地拦住了撒野的奶牛，解救了处于危难之中的弗朗索瓦兹小姐。在赶集的大路上，弗朗索瓦兹的大伯福旺领着全家去找公证人，计划把自己的田地和房产分给两个儿子。虽然他的身体还能干上几年，但孩子的不中用使他十分焦虑，只好用分家来解决矛盾。亚山特是他的大儿子，一个臭名远扬的酒鬼、好吃懒做的小偷。毕托是他小儿子，一个粗暴、倔强、自私的吝啬鬼。他与弗朗索瓦兹的姐姐莉丝同居了很久，眼看莉丝已经怀有好几个月的身孕，但还是不想结婚，因为他一心只期望在分家时多占一点便宜。就这样，一个骨肉之家为争得一份财产各怀心事，讨价还价，丑态百出。这时，莉丝的爸爸突然去世了，可怜的莉丝只好与妹妹一道生活，孩子出世后，日子过得更为艰难。若望对这一对姐妹十分同情，经常抽出一些时间来帮助她们。他渐渐地爱上了莉丝，但莉丝的心里还想着毕托，可毕托仍没有回音。两年过去了，莉丝一个人带着孩子生活。

这时，谢德维尔议员为在竞选当中打败对手，来村子拉选票。他如愿以偿地当选后，在这里修起了公路。由于公路占去了莉丝的部分田地，姐妹俩因此得到了一点赔偿。过去，毕托对莉丝置之不理。现在看到她手里有了一点钱，便急忙与莉丝结婚。无奈之中，若望又把爱情转向了妹妹弗朗索瓦兹。但遭到毕托的拒绝，因为他对弗朗索瓦兹早就垂涎欲滴。

福旺的妻子死了，孤独的老人想跟女儿生活，但女儿不同意。他只好与小儿子毕托一道生活，但毕托的放荡行径又使老人愤怒不已。没办法，他又跟大儿子一道生活，但这个酒鬼成天惦记着老人的那点积蓄，并打发女儿去偷他的钱。福旺又回到小儿子家混日子。很快，他病倒了。小儿子两口子乘机偷走了他的期票后又把他赶出了门外。在金钱和田产面前，莉丝姐妹之间的感情破裂了。弗朗索瓦兹在姑妈的操持下与若望结了婚。

两年后，弗朗索瓦兹怀孕了。毕托夫妇怕孩子的出生影响他们的家产，于是便互相配合让毕托强奸了弗朗索瓦兹。但是，当姐姐明白了丈夫不过是寻求性欲的满足时，又拿起镰刀刺进了妹妹的身体。躲在暗中的福旺老人目睹了这一切。若望赶来了，弗朗索瓦兹隐瞒了事实的真相，福旺也说了假话。但两天后，弗朗索瓦兹死了，若望的家也被毕托夫妇占领了。这时，福旺老人才讲出了儿子夫妇杀人的事实。愤怒的若望要上告，毕托夫妇害怕福旺把事件弄大，便合伙害死了老人，还伪造了自焚的现场。若望放弃了一切，告别了他热爱的土地。他重返军队，因为普法战争就要爆发了。

关于《土地》的创作宗旨，左拉曾在《草稿》中这样写道："我要作诗来生动反映土地，但是，这首诗是从人的观点来说，没有实际意义。我想通过它首先从下面来描绘农民对土地的爱，这是一种直接的爱、尽可能多占有土地。要求得到很多土地，因为在农民看来，土地就意味着财富；然后，提到高度来讲，那对肥沃土地的爱，有土地就有一切：人、物质、生命，最后又回归到土地。"应当说，左拉在小说中实践了他的诺言。土地还是那块土地，在肥沃的土地上播种、收获，它面无表情地为它的主人奉献着一切。但是，土地的主人却在不断地变换。为了得到它，人们不惜泯灭天伦，蹂躏亲情，不惜露出禽兽的狰狞嘴脸。于是，对土地的爱就成

了一种情欲，一幅由肉欲之爱而扭曲为乱伦、强奸、强占、杀父的可怕图画。

1887 年 3 月，小说尚未问世，左拉就声称"《土地》一书是研究法国农民的书，农民热爱土地，世世代代为争夺占有土地而斗，他们劳动很苦，欢乐很少，总是贫困不堪……总之，就像在《小酒店》中写巴黎工人一样，这本书是为农民写的"。然而，《土地》的出版并没有给他带来喜悦，却遭到批评界的一片咒骂和诽谤。有人认为《土地》是一首"淫秽的农事诗"；有人认为左拉侮辱了法国农民，把他们降低到了兽类的水平。而《费加罗报》发表的一篇诽谤文章更使左拉气愤难忍。文章说："《土地》一书出版了。实在令人失望和难受……我们坚决摒弃这种骗人的实话文学，这只不过是高卢人粗话俗习加上因成功冲昏头脑的大杂烩而已，我们摒弃左拉塑造出来的老实人，这是一些古里古怪、异于常人、脑子简单的人物，他们很快会在大庭广众中像风驰电掣的快车似的被大量摒弃……我们认为《土地》并不是一个大人物一时的失算，而是一系列败笔的后遗症，一个贞洁者不可挽回的病态的堕落。"这篇被称作《五人宣言》的文章也引发了左拉与龚古尔及都德的一段猜忌，虽然后来得到了平息，但他们之间的裂痕，尤其是左拉与龚古尔之间的裂痕却一直没有得到彻底愈合。

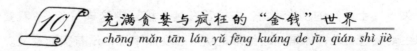

10. 充满贪婪与疯狂的"金钱"世界
chōng mǎn tān lán yǔ fēng kuáng de jīn qián shì jiè

在《卢贡-马卡尔家族》的创作中，左拉始终没有忘记的信念是与巴尔扎克"一决雌雄"。在长篇小说《高老头》中，巴尔扎克发出了这样的名言："没有一个讽刺作家能够写尽金银珠宝底下的丑恶。"因此，他在《人间喜剧》这座文学大厦中，以金钱为轴心，以家庭和社会为舞台，为我们搬演了一幕幕被金钱所扭曲、被金钱所腐蚀、为金钱而堕落，为金钱而着魔、为金钱而发疯、为金钱而泯灭亲情、为金钱而丧失人性的家庭悲剧。对金钱的追逐是《人间喜剧》的中心图画，在这幅图画中，我们看到了封建贵族阶级的衰亡；对金钱的争夺是《人间喜剧》的中心场景，在这个场景中，我们目睹了阶级搏斗中的刀光剑影，也看到金钱主宰着人们的灵魂，制约了人们的行动，在这位天才作家的笔下，我们透过金钱所导致的一幕幕人间悲剧，清楚地窥见到了那个社会的真实风貌。

一直以巴尔扎克为榜样的左拉也紧紧抓住了"金钱"这个主题。作为一个经济学家、社会学家和文学上的外科医生，左拉不可能对资本熟视无睹。于是，在《卢贡-马卡尔家族》的第十八部作品中，左拉便把他的艺术触角延伸到了金融领域，《金钱》就应运而生。

这时的左拉正处于同让娜的热恋和创作的冲动之中。一方面，女儿的出生给他带来了巨大的惊喜，使一直渴望得到孩子的他得到了巨大的满足；另一方面，刚刚问世的《人面兽心》赢得了读者的热烈欢迎，销售量大幅度上升。爱情和事业上的双重成功促使左拉又信心百倍地投入到了《金钱》的创作之中。

为了了解金融方面的知识，他广泛阅读了大量的资料，以拓宽自己的金融视野。此外，他还就金融方面的理论，诸如工业问题、资金问题、投机问题、银行问题等积极主动地向有关专家咨询、请教，以提高自己的"专业"水平。为了掌握第一手资料，他还深入到各大股票交易所，进行了详细的实地考察，做了大量的采访，记下了许多考察笔记。在《金钱》的创作草稿上，他这样写道："我不想在这本小说里做出厌恶生活的结论（悲观主义）。生活就是这样，不管怎样，要接受它，全身心地去爱它。"因此，从一开始，他就对《金钱》的创作充满了激情。在他笔下，枯燥的股票交易所变成了引人入胜的活龙活现的战场，变成了一个激动人心的疯狂的金钱世界。能把金融资本这样一个较为抽象而乏味的话题写得这样生动，的确表现出了他的文学天赋。

萨加尔是一个失败的投机家，在房地产交易中遭惨败而破产，落得个两手空空，一无所有。当他踏上巴黎这个冒险家的乐园的时候，已经身无分文。但是，这个新型的冒险者却从不言败，不但保持着旺盛的精力，而且有着强烈得近似疯狂的征服和享受的欲望。当大臣的哥哥对他的野心不予理睬，只想把他打发到海外当总督，被他一口拒绝。他喜欢巴黎，喜欢巴黎这块充满挑战、机遇、欺诈和倾轧的沃土。

他的邻居中有一对兄妹，哥哥叫哈麦冷，是一个工程师，妹妹是嘉乐林夫人。哈麦冷是一个事业上的失意者，在他的心中有着宏伟的构想和庞大的建设计划，但是，由于资金的匮乏，一切只能是纸上谈兵。兄妹俩的设想打动了萨加尔的野心。他决定创办一家银行，通过股票上市聚敛资金，把哈麦冷在纸上实现不了的规划变成现实。

在他的奔波和鼓动下，银行终于挂起了招牌，并怀着征服天下的梦想将其取名为世界银行。虽然没有得到哥哥的赏识，但卢贡大臣的旗号却是一堵挡风的墙。打着这个旗号，萨加尔向巴黎金融界的巨头们大肆鼓吹他的开发规划，诱使他们为世界银行投资。在他的煽动和蛊惑下，不但一些大财团加入了这个冒险的行列，就连一些梦想发财的中小股东也迫不及待地挤了进来。他们中有的拿出了全部的积蓄，有的甚至押上了女儿的陪嫁。与此同时，萨加尔又买通了报界，在巴黎大造舆论，通过种种虚伪欺诈的手段抬高世界银行的股票价格，一时间屡屡得逞。这时，财大气粗的犹太银行家甘德曼却在一旁冷眼观察，他表面上不动声色，而暗中却在积极准备与萨加尔做一场生死搏斗。

普奥战争爆发了。战争的长期性和不确定性极大地影响到了股票市场。因此，自 1866 年 6 月意大利与奥地利宣战后，交易所的证券价值就一落千丈。后来，国会议员雨赫偶然间在萨加尔的哥哥卢贡大臣处看到了一封关于战争就要结束的电报。萨加尔闻讯后立即采取行动，大量买进证券。第二天，战争结束的消息传来了，证券的价值一路攀升，而蒙在鼓里的人们却不知所措。只这一次，萨加尔就挣了两百万法郎，而他的死对头甘德曼则以八百万法郎的损失遭到巨大的失败。由于有强大的资金做保障，哈麦冷的开发计划也得以顺利地开工，世界银行的资本更是以惊人的速度不断地膨胀。

巨大的成功喜悦冲昏了萨加尔的头脑，从不满足于现状的他又策划起更大的冒险计划。一方面，他再度发行大量的新股；一方面，他收买报界为世界银行大肆宣传，企图获取更大的利润。但是，拥有雄厚资金的甘德曼并没有承认失败。这个老奸巨猾的金融高手一直在冷静地观察市场，客观地分析股票行情。在得知世界银行的股票已经超过一千五百万法郎后，他便开始了反击。两人之间的生死较量开始了。较量的初期，萨加尔仍处上风，世界银行的股票价格甚至突破了三千法郎。此时的萨加尔已经完全丧失了理智。他不顾别人的一再劝阻，孤注一掷，把自家的股票全部买进，使世界银行的股票价值上涨到三千六百法郎。这时，萨加尔的阵营出现了裂缝。他的情妇带着不满的情绪向甘德曼泄露了世界银行买空卖空的秘密。甘德曼也孤注一掷，将自己的所有股票都投入了市场。结果，萨加尔不但遭到彻底失败，还使自己奋斗三年的所有资产都落入了甘德曼的腰包。世界银行破产了，萨加尔被捕入狱，而世界银行的股东们则落得个倾家荡产、家破人亡的悲惨命运。

《金钱》为我们展示了一个近于疯狂的金钱世界，展示了社会各界、各种地位的人们怎样在金钱的驱使下，围绕着金钱疯狂地奔波呼号、喜怒无常。他写道："那里有稠密的人群，像蚂蚁般地蠢动，仅仅因为那些面孔的苍白才显得有一些光亮。人们全是站着，根本看不见那里的椅子；位于大钟底下的所谓'场外'，也有不少人在那里进行交易；他们形成了一个环形，不禁令人猜想那里面的混乱，想起连空气都为之颤动的疯狂的语言和举动。靠左面有一群银行家，正在那里作临时的金融投机，兑换银钱，买卖英国汇票。这群人较为沉静，但却时时被成串进来的人在他们的队伍中穿来穿去，那些人是去打电报的。这些投机家你拥我挤，一直挤到旁边的廊下。在柱子与柱子之间，也有一些人随便地靠在铁栏杆上，把背或肚子紧贴着那厢壁上的绒布。像蒸汽机一样发出隆隆的震动声越来越大，震动了正在混乱中的整个交易所。"

就在这种为金钱而躁动的疯狂的背景下，我们看到了一个精力十足、野心膨胀、贪婪无比的冒险家萨加尔。应当说，在万头攒动的交易所的世界中，他的确不同凡响，俨然一个叱咤风云的英雄。他敢想、敢做、敢冲

锋、敢冒险，为达目的，敢于违反一切常规，抛弃一切道德，不择手段地攫取金钱。但是，"他并不像悭吝人一样地爱金钱，要把它聚集成一大堆，把它埋葬在地窖里。不是这样！他之所以到处要使钱像泉水一般流出，不管以任何方式去吸取它，其目的就是想看见这些钱像山洪一样狂流，他又能在这狂流之中取得他的一切享受：奢侈、逸乐和权力。"

与以往的作品不同的是，《金钱》的发表是平静的。1890年11月30日，《吉尔·布拉斯报》开始登载这部小说。一个如此抽象的主题能被左拉写得这样有声有色，有滋有味，富有人情味，引起了朋友们的一片喝彩。而读者们早已熟知了左拉的名字，因此，只要有新的作品问世，他们肯定要迫不及待地前去购买，一次也不例外。尽管新闻界的某些人出于职业上的习惯，还要想方设法地挑毛病，找错误，但《金钱》还是在赞扬声中流行开来，获得了成功。

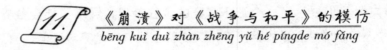

11. 《崩溃》对《战争与和平》的模仿

bēng kuì duì zhàn zhēng yǔ hé píngde mó fǎng

法国人阿尔芒·拉努在所著《左拉》一书中指出："《卢贡-马卡尔家族》系列小说中的第十九部是属于托尔斯泰的，而第十八部属于巴尔扎克，第十七部则属于陀思妥耶夫斯基。托尔斯泰以拿破仑一世对俄罗斯的蹂躏为题材，写出了不朽之作《战争与和平》。左拉深受启发，试图将1870年普法战争和拿破仑三世的倒台写进他的小说。"

1870年是普法战争爆发的一年，也是法国人民最不愿提起又最为难忘的一年。色当的惨败、皇帝的被俘、投降协议的签订、国土的丧失，使曾经有过拿破仑一世辉煌战绩的法国人民在不可一世的德国人面前受尽了羞辱，丢尽了颜面。那场疯狂的战争直接导致了第二帝国的崩溃，也成为震惊世界的巴黎公社革命的导火索。1870年法国历史上经历的那场耻辱，也给生活其中、身受其害的左拉的心灵留下了不可磨灭的痛苦的记忆。于是，真实地描写那场耻辱的战争，历史地再现那场战争中法兰西帝国崩溃的场景，便成为《卢贡-马卡尔家族》的不可或缺的重要内容。

但是，左拉没有当过兵，更没有上过前线。战争对于他来讲仍是一个陌生的题材。于是，为了写好这部小说，他便像以往写《小酒店》深入工人区考察，写《萌芽》到矿区采访，写《娜娜》到妓院体验生活一样，前往当年普法战争的地点进行实地考察，以重温那场战争的场景，准确地把握那场战争的时代脉搏。

1891 年 4 月 19 日到 26 日，左拉夫妇租用了一辆四轮马车，聘请了一位参加过战争的老兵为车夫，沿着当年的路线前往那场战争的重要地点色当进行一次研究性的旅行。在下榻的旅店里，老板向他们讲述了战争的奇闻逸事；在色当，前任市长带领他们来到了旧日的战场，使左拉沉浸在历史的悲剧之中；在法国军队签署投降书的贝勒维别墅，左拉再次感受了山河破碎的民族耻辱；在拿破仑三世的官邸，左拉仿佛亲眼目睹了这位战败后的皇帝的沮丧神情。左拉贪婪地听着，仔细地记着，逐渐地，那场以彻底的崩溃为大结局的战争场面就在他的眼前清晰起来：战场的恐怖、死亡的威胁、侵略者的暴虐、流血的士兵、伤员的呻吟、溃退的惨状，围绕着色当构成了一道无法愈合的巨大的创伤。如果说，当他们夫妇俩刚刚开始这次考察之行的时候，还是两手空空的话，那么八天以后，当他们带着疲惫返回巴黎的时候，在满满的行囊中却多出了长达一百一十页的考察笔记。反映法国历史上那场充满了悲剧和耻辱的战争画卷《崩溃》的创作终于开始了。

小说讲述了一个叫让的主人公，他是一个退伍多年的老兵。战争爆发那年，他已经三十九岁了，妻子也离开了人世。孤身一人的让再度拿起武器，走上了战场。按照命令，他所在的部队在靠近前线的地方整装待命，一旦前线的队伍取得胜利，他们便乘胜追击，打过莱茵河。然而，自开战以来，前线传来的一直是法军溃败的消息。在严峻的形势下，部队长官决定撤退。于是，在一片混乱之中，大部队在疲惫、恐怖和牢骚中狼狈不堪地溃退下来。就在这期间，让结识了新兵莫里斯。当部队来到巴黎的时候，又接到重返前线的命令。无奈，他们又奔向凡尔登，并且在那里等待与敌军一决雌雄。可是，敌军并没有出现。这时，皇帝又下令撤回巴黎。当部队刚要开拔，又命令向前开进。就在法国军队犹豫不决的时候，普鲁士军队却乘机把法国军队一步步逼到色当，并且在那里设下了包围圈。由于当过兵，打过仗，让的丰富经验和生存能力得到了大家的一致好评。在他的热情帮助下，莫里斯同他结下了亲密的友情。溃退下来的法军一窝蜂地挤进了色当。饥饿的士兵到处抢夺食物，疲劳的士兵躺满了大街小巷。莫里斯来到舅舅家，见到了表兄和未婚妻茜尔芬，并且还得知自己的妹妹和妹夫也在这个城市当中。敌军将色当包围了，拿破仑三世也上了前线。在战斗中，法军统帅麦克·马洪身负重伤。失去指挥的法军不知所措，整个防线混乱不堪，法军一退再退，伤亡惨重。当让所在部队接到战斗的命令时，一切有利的地形都已被敌军占领了。在猛烈的炮火中，法军的阵地崩溃了，人们逃进了色当，敌人的炮火又打到了那里。在强大的攻势下，皇帝缴械投降，色当失守。让和莫里斯都成了俘虏。在极度饥饿的折磨下，俘虏们自相残杀。一时间，整个战俘营尸横遍野，疾病肆虐，敌军又把他们押往德国。途中，让和莫里斯有幸逃了出来。在逃跑的过程中，让受了伤，莫里斯把他送到舅舅家，由其姐姐照顾，而后他只身去了巴黎。德军包围了巴黎，法国政府与敌人议和，将祖国出卖。愤怒的巴黎人民于3月18日揭竿而起，爆发了震惊世界的巴黎公社革命。莫里斯积极参加了这场革命，并且在巴黎遇到了跟随政府军的让。凡尔赛向巴黎公社发起了反攻，一场艰苦的巷战在巴黎持续了数十天。让冲进城内，刺伤了一个顽强抵抗的公社战士，没想到那个战士正是莫里斯。让把他背回家，试图救活他的生命，但无济于事。莫里斯死了，巴黎公社被残忍地镇压了，让和莫里斯妹妹的爱情也走到了终点。经历了战争和革命风暴的考验和洗礼，法国正迎来新的明天。

《崩溃》是一部表现法国军队失败命运的悲壮史诗。在描绘军队大溃退的图景时，作品写道：

步枪翻了两转，掉到田垄里，同一具死尸一样直直地躺在那里。随后许多步枪都飞也似地扔到这支步枪一起去了。不大工夫，在闷热的阳光下的田里，就满是丢下没人管的步枪了，景象十分凄惨。这是传染性的疯病。肚子饿得难受，脚被鞋磨破了，道路也不好走，意想不到的失败还在背后威胁着他们。再也没有希望了，长官们逃遁了，军需人员也不能供应给养了，只有愤怒、烦恼和没有开始就想完结的愿望。唉，怎么办？步枪可以跟着背包一齐丢掉。愚蠢的狂怒加上恶作剧的疯子们的嘲笑，使得步枪从望不到头的掉队的士兵行列中一支支远远地飞到田地去。

在描绘全民大溃退的情景时，作品又写道：

乡民们一看到疲乏不堪、走不动路的混乱队伍往后撤退，也就稳不住了，都想快点逃走。这些老乡十五天以前是多么镇静！整个的亚尔萨斯都欢欢喜喜地等着打起来，深信战场一定会在德国境内！而现在敌军侵入了法国，暴风雨在他们的家乡、他们家的周围和他们的田地里发生了。简直像下起猛烈的冰雹和响着霹雳，两小时就毁坏了一个省！在气愤的混乱中，男人们在门口装车，不管弄坏弄不坏，把一切家具都往车上硬堆，妇女们从楼上窗口扔下最后一个褥子，搬出差点忘下的摇篮；先把婴儿绑在里面，然后把它放到仰放着的椅子腿和桌子腿中间。在另一辆车尾，把衰老的老祖父跟一件东西似的系在橱柜旁边。……后来看到的每个村庄的景象越来越惨，搬家和逃亡者的人数越来越多，在逐渐增大的拥挤的人群中，有的举拳大骂，有的痛哭流涕。

溃退后的战场又是怎样一幅图景呢？作品写道：

溅满鲜血的残酷战场映上告别的太阳，从这样高的山巅看去，真变成一幅工笔的图画：战死的骑兵、腹部破裂的战马给佛洛恩高原撒满愉快的斑痕；……巴赛叶的大火、伊里的屠杀、色当的苦闷，在这晴朗的一日的傍晚并不影响没有感觉的大自然表现它的美丽。

然而，左拉毕竟不是托尔斯泰。"比起人物众多、命运各异的托尔斯泰的《战争与和平》来确实是差远了。托尔斯泰的作品是浩瀚的巨著，情节复杂，有浓厚的人情味，好像每个细节都是作者亲身经历的。而《崩溃》却相反，资料很丰富，但书中主人公唯一存在的理由是作为证人出现在适当场合。这使人们觉得，左拉不是描绘参加过战争的人物，而是通过人物来描写战争。"

《崩溃》发表后，既赢得了文学界的一片喝彩，也招致了部分人士的责骂。法朗士赞扬《崩溃》"对战争的丑恶、愚蠢、残酷"毫不掩饰，具有"史诗般的意义"。《辩论报》说："这部浩瀚巨著，生活气息浓郁，人物众多，人们在一个奄奄一息的世界中，蠢蠢欲动着，在流血和呻吟。当人们合上书时，总被一种可憎的、去不掉的幻觉和焦虑心情所搅扰。"评论家法盖也认为《崩溃》"是一本巨著、最伟大的巨著……""他总算写出了一本与他声誉相匹配的作品。"《闪电报》则肯定地说："法兰西学士院已为他保留了首席座位。"而面对《崩溃》，一些保守分子却发出了愤怒的咒骂，有人说《崩溃》对法国的军队和民族都进行了贬低；有人说《崩溃》是一场噩梦，是一本反爱国主义的书等。

对此，左拉的回答是："我们的失败，没有什么可以隐瞒的，也没有什么可以原谅的。我们必须分析这些失败，以便从中吸取血的教训。一个经受了如此巨大灾难的民族能够存在下来，在人类历史的长河中，她就是一个不朽的民族，一个不可战胜的民族。从色当这可怕的一页，我们期望着从中生发出坚定的信念，喊出我们民族重新崛起的呼声！"

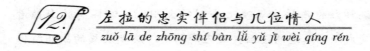

12. 左拉的忠实伴侣与几位情人
zuǒ lā de zhōng shí bàn lǚ yǔ jǐ wèi qíng rén

在左拉并不漫长的一生中，充满了坎坷和波折。父亲的早逝、家庭的贫寒、高考的失意、求生的艰辛、成长的烦恼、成功的喜悦，生活的苦辣酸甜几乎无时无刻不伴随在他的左右，跟随在他的身旁。少年的左拉是不幸的，因为他慈祥的父亲过早地离开了他。青年的左拉是痛苦的，因为他一直在饥寒交迫中挣扎。成年的左拉是幸福的，因为他有一位贤惠的妻子在照料着他的生活，支持着他的创作，使他成为 19 世纪法国文坛巨星式的人物。

与父母的一见钟情和大胆的追求不同的是，左拉与妻子的婚姻最初是经人介绍的。那是 1864 年夏日的一天，左拉在他的朋友、画家塞尚的先锋画派的沙龙中，由塞尚引见，结识了一位体态丰满、身材窈窕的漂亮女子。这位女性有着迷人的肩膀和迷人的姿态，是一个十分理想的模特人选。她出众的天资使左拉很快对她产生了好感。两个人在交往中萌发了爱情，双双坠入了情网。这个优秀的女子叫加布里埃尔·埃莱奥诺尔·亚力山德里娜·梅莱侬。

不过，左拉的母亲并不喜欢这个女人。尽管她有美丽的姿容，有女性的妩媚，但并非母亲心目中理想的儿媳。只是，既然儿子喜欢，母亲也就不便过多地干预。关于加布里埃尔·亚力山德里娜的身世，人们知道的并不多，只知她的出身并不高贵，生于 1839 年，比左拉大一岁，是一家旅店老板的女儿。由于从小就失去了母亲，因此很小就做工求生。她当过卖花女，做过洗衣工。也许是相同的遭遇引发了左拉的怜悯，也许是下层女性的纯情和质朴激发了左拉单调孤寂的生活中隐伏着的情感，总之，他们相遇、相识、相爱了。成年的左拉需要一个温馨的家，需要一个温情的女子来润泽他那干渴的心田和紧张工作的神经。于是，他就像选择自己的文学志向一样选择了亚力山德里娜这个出身低微的孤女。

1865 年，左拉的长篇小说《克洛德的忏悔》问世时，左拉写下了这样一段题词："献给我亲爱的加布里埃尔，以纪念 1865 年 12 月 24 日这一天。"人们以此推测，这可能是他们定情的日子。

《克洛德的忏悔》使左拉赢得了名气，摆脱了贫困，同时也使他放弃了书局的工作，成为了一名职业作家。艰难的日子过去了，左拉将饱经沧桑的母亲接来同他一起生活。尽管心中不满意，但由于加布里埃尔的贤惠和细心的照料，两个女人都彼此保持着沉默和忍让。加布里埃尔对文学并不精通，但却是左拉的忠实伴侣和文学创作的有力支持者和尊重者。每当塞尚等一伙朋友来到家中的时候，她除了热情招待，尽家庭主妇的职责外，就一声不响地站在一旁，面带微笑地倾听他们的侃谈。

在正式结婚之前，他们在一起度过了五年温馨幸福的时光。尽管生活还是不太富裕，但有加布里埃尔陪伴在身旁，左拉的心情十分愉快，精神生活显得十分充实。他们经常一道散步，一道划着小船在河面上飘荡，一道游泳，一道躺在草坪上享受着日光的沐浴。就这样，左拉告别了青年时期"柏拉图"式的爱情，在加布里埃尔这里找到了情感的真实寄托。与此同时，经过爱情的洗礼，加布里埃尔也焕发出了一个成熟女性更加迷人的光彩。那棕色的秀发下，闪烁着一双黑幽幽的美丽的眼睛，显得那样的痴情。漂亮的衣服穿在她那高挑的身上显得更加光彩照人。作为一个来自社会底层的女性，她经历了人生中的重大转变。她变得有气质、有修养了。她十分尊重左拉，爱左拉。她为人随和，待人坦诚，胸襟开阔，承担了所有的家务劳动，为左拉的文学创作营造出了少有的祥和舒适的氛围。她是一个合格的家庭主妇，一个左拉可靠而忠实的生活伴侣，一个理想的妻子。

于是，经过五年的感情交流和生活体验后，就在文学大厦《卢贡-马卡尔家族》创作伊始的，1870 年 5 月 31 日，三十岁的左拉与大他一岁的加布里埃尔在教堂举行了婚礼。虽然心里不满意，但为了儿子的幸福，母亲也只好把对儿媳的不满埋藏在心底。

关于这段经历，左拉在他的小说中这样写道："他认为已经找到了他要寻找的那个人：一个孤女，一个穷得身无分文的小商人的淳朴的女儿，但是，她漂亮，她聪明……六个月来，在辞去职员工作之后，他投身于报界，从而赚得足够的金钱，过上了比较富裕的生活。他刚刚把他的母亲安顿在巴第尼奥勒的一栋房子里，他想把它变成供三个人同住的住处，以求得到两个女人的爱抚。他已经有足够的力量来养活全家人了。"

爱情的力量是伟大的。加布里埃尔的出现不仅改变了左拉的生活，而且还为左拉的文学创作提供了有益的启迪，并且使之表现在《给伲侬的故事》和《作品》等小说中。在小说《玛特莱纳·菲拉》中，左拉通过对玛特莱纳的描述写到了妻子加布里埃尔：

> 这是一个颀长而美丽的姑娘，那灵活而纤细的肢体透露出一股少有的力量。她的面部长得很有特点。上半部分显得稳重而坚定，有着男性的刚毅；额头上的皮肤很光滑；鬓角、鼻子和颧骨线条柔和而清晰，赋予整个面部以大理石般的冷静和坚定。在这严肃的面孔上，一双蓝灰色的大眼睛在眨动，每当有强光照射的时候，她就眯起双眼，现出微笑的模样。而脸的下半部分却相反，显得非常温和、文静。

左拉就这样沉浸在婚姻的幸福之中，并且在宁静的气氛中进行着他的《卢贡-马卡尔家族》的创作。但是，左拉的母亲却不愿意与他们生活在一起。虽然她也承认儿媳对儿子很好，但就是无法忍受儿媳的专横和俗气。婆媳之间的矛盾不可避免地爆发了，共同在一起生活的可能性没有了。于是，左拉就在巴黎的近郊买了一座别墅，起名为梅塘。之后，围绕着梅塘，吸引了一批自然主义的青年作家，形成了一个自然主义的文艺沙龙，造就了像莫泊桑这样优秀的作家。

加布里埃尔是别墅的主妇，她对别墅艺术氛围的营造、别墅艺术格调的设计，以及对别墅的客人的招待和菜肴的安排等，处处显示出她管理的精明、持家的干练。梅塘之夜有她的身影，梅塘集团有她的功劳。她相信自己的丈夫，尊重丈夫的劳动，支持丈夫的选择。即便是左拉为了创作《娜娜》而到妓院搜集素材，与妓女混在一起，她也表现得十分大度和自信。

左拉母亲的晚年体弱多病，性情多疑。不但为一些微不足道的小事与儿媳争吵，而且还时常怀疑儿媳要害死她。每当这时，左拉总是站在母亲的一边，批评他的妻子。尽管如此，加布里埃尔还是精心地对痛恨她的婆婆予以照料，直到她离开人世。

加布里埃尔的感情世界是纯洁的，她从未有过外遇的"野心"，也从未怀疑过丈夫的忠贞。但是，左拉却在生活的后期出现了感情世界的波折。他的外遇、他的情人以及情人的子女曾经给他的感情世界带来巨大的打击。为此，当有人将一封匿名信送到她手上的时候，她惊呆了。她与左拉发生了激烈的争吵。她找到了丈夫的情人，辱骂了她，砸毁了她的书桌，抢走了情书，宣泄了自己满腔的愤怒和不满。虽然左拉事后向她道歉，虽然她后来一直生活在冷淡和忧郁的气氛之中，但这个胸襟坦荡的女人还是以平常的心态淡化了这件棘手的风波。左拉的晚年就这样生活在两个女人之间，生活在一种既欢娱又尴尬的气氛之中。而在这种不正常的生活中，受害者加布里埃尔无疑是高尚的。她用自己难以想象的忍耐和大度，维护了左拉的声誉，维持了这个家庭的完整，容忍了丈夫与情人的一切，并跟随她所爱的丈夫坚定地在生活的道路上走下去。

德雷福斯案件后，在那次带有预谋性质的煤气中毒事件中，她幸免于难，但左拉却永远地离开了人世。这个不幸的女人，将梅塘别墅捐赠给了慈善机关，建立了一座幼儿园，以使人们永远记住左拉的名字。她还试图在丈夫与情人所生的孩子身上寻找丈夫从前的影子。她同丈夫一道厮守了三十八年的时光，又把左拉这个光辉的名字毫无保留地送给了大众，送给了法国文坛。

加布里埃尔，作家左拉的妻子，一个优秀而坚强的女人，于1925年4月26日走完了生命的全部历程，享年八十六岁。

19世纪的法国文坛，回响着左拉的声音。而在左拉的身后，则活动着她的身影。

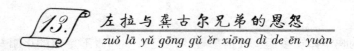

13. 左拉与龚古尔兄弟的恩怨
zuǒ lā yǔ gōng gǔ ěr xiōng dì de ēn yuàn

在左拉的生活天地里，有很多文学艺术界的朋友。除了以他为首的梅塘集团那批文学青年外，福楼拜、都德、龚古尔兄弟和俄国作家屠格涅夫等都是他的文学朋友。福楼拜在世时，他们经常在星期天去这位文学大师的家中做客，"福楼拜的星期天"由此而得名。福楼拜离世后，这个团体不想就此解散。后来，经都德和左拉的提议，将星期天聚会的地点改在了龚古尔家的顶楼上。于是，便又有了"龚古尔的顶楼"之说。

在这个由五人组成的文学团体中，福楼拜曾是左拉精神上的父亲和崇拜的长辈。屠格涅夫一直是左拉信赖的好友。都德与左拉的关系基本上保持着平稳，唯独龚古尔兄弟与左拉的关系时好时坏，处在一种微妙而又复杂的心态当中。

在19世纪后半期的法国文坛，龚古尔兄弟的名字可谓家喻户晓。哥哥叫爱德蒙·德·龚古尔，弟弟叫茹尔·德·龚古尔。爱德蒙生于1822年，茹尔生于1830年。虽说是一母同生，但性格却大不相同。爱德蒙的性格内向沉静，而茹尔的性格则较为活泼。对文学的爱好使兄弟俩走上了亲密合作的道路。

他们与左拉的关系开始于60年代。1865年，兄弟俩发表了被认为是自然主义的开山之作的长篇小说《热尔米妮·拉赛德》。

小说以一个病例分析的方式描写了一个可怜而又可悲的女佣热尔米妮·拉赛德的一生。她出生在一个贫穷的工人家庭，不到五岁就失去了母亲。她在家里经常遭到患有肺结核病的父亲的毒打，姐姐也欺侮她，只有哥哥一直在保护着她。后来，父亲去世了，哥哥也得病死去。那时，她才只有十四岁。为了活命，她一人来到了巴黎，投奔姐姐，在瓦朗德侬家当女佣，靠照顾这个老小姐为生，在孤独、无聊的气氛中打发时光。后来，姐姐得胸膜炎离开了人世，扔下了一个三岁的女儿。埋葬了姐姐后，她便主动承担起了照顾外甥女的重任，并把全部的感情都给了这个不幸的女孩。为了姐姐留下的后代能健康地活着，她几乎付出了一切。

不久，她的另一个姐姐来找她，说是要跟丈夫去非洲工作，建议热尔米妮带着这个小姑娘到那里给她带孩子。热尔米妮经过长时间的犹豫和思考后，决定把外甥女交给姐姐带走，并由她来负责旅途和照管的费用。谁

知三个月后，就传来姐姐死亡的消息，热尔米妮痛哭不止。两年后，外甥女死亡的消息也传到了她的耳中，她的幻想全部破灭了。

这时，一家小乳品店由于更换了主人而生意兴隆起来。老板娘是一位五十多岁的妇人，与热尔米妮是同乡。从此，她就成了这个瑞毕庸妈妈家的常客。她无偿地为她干活，为她忙前跑后，并且对她的儿子产生了强烈的爱情。这爱情给了她生命的活力，使她第一次有了自己的感情，有了自己的生活目标。然而，瑞毕庸是一个好吃懒做的无赖，他利用热尔米妮的感情来骗取钱财，发泄情欲，他的母亲则利用热尔米妮的感情来骗取无偿的劳动。她怀孕了，这使她感到莫大的喜悦和幸福，但后来孩子的夭折又使她陷入巨大的痛苦之中。然而，为了瑞毕庸这个无用的废物，她依然毫无悔恨。为了这个流氓和无赖，她一步步走向了堕落。她酗酒、借债、偷盗、卖淫，并几乎把瓦朗德依小姐家的东西偷得一干二净。最后，她在疾病的折磨下痛苦地死去。

在小说第一版的序言中，作者这样写道：

> 公众喜欢假小说，而这部小说是真小说。
>
> 他们喜欢貌似具有世界水平的书，而这本书来自街衢。
>
> 他们喜欢黄色作品、姑娘们的回忆、密室的忏悔、色情的淫秽和有关书店橱窗里的赤裸裸的丑闻，而他们要读的这本书却是严肃而纯洁的。

可以说，龚古尔兄弟在创作中忠实地执行了这一诺言，小说以在他们家做了二十五年女佣的萝丝的遭遇为蓝本，真实地展示了法国下层阶级的生活场景和心灵体验。作品发表时，还在阿旺特书局为生活而苦苦挣扎的年轻的左拉即刻给兄弟二人写信，高度评价《热尔米妮·拉赛德》是"一部伟大的作品，……在很大程度上展示了我们时代的生活。"对此，兄弟俩感激不尽。在给左拉的信中，他们激动地说："在一片憎恨、敌意、攻击声中，……先生，您竟公开赞扬和鼓励我们，给我们增强了信心。这真是太好了！……我们从字里行间可以感受到我们彼此之间是心心相印的。

……先生，直到今天，只有您了解我们的写作意图和我们试图使读者感受到这个意图。……我们再一次向您致谢，感谢您不拘形式向我们做了深入的分析。为我们这部不像样的作品展示了美好的前景，使它从中得到了力量、勇气和良好的意愿。先生，我们是您的好友。我们希望尽快地有一个机会和您紧紧握手。"

也许是出于对左拉的回报，1868 年，当左拉的长篇小说《戴爱丝·拉甘》问世后，龚古尔兄弟立即给左拉写信，信中说："就我们所知，像这样一部字斟句酌，深入到罪恶心脏中去，把埋藏在人们心灵深处的真实思想统统挖掘了出来的作品是不多见的。对内疚进行的剖析真是妙不可言。每一页上都隐隐约约地有一些令人不寒而栗的细腻描写，书中还给人一种心神不定的新恐怖感。……您的描写完全是出自艺术家之手。……我们衷心为您和您的书效劳。不论在思想、原则问题上，在维护现代艺术、真理和生活的权利上，我们都是和您一致的。请您相信我们吧！"

可以说，这是左拉与龚古尔兄弟之间友谊的"蜜月"时期，而龚古尔兄弟当时是怀着一种对左拉强烈的崇拜心理写这封信的。

共同的文学追求，共同的创作志向，共同的创作遭遇使当时在名气上并不是很大的左拉和龚古尔兄弟走到了一起。不幸的是，他们的友谊并没能维持多久就由于多种原因而产生了裂痕。

1870 年，茹尔·德·龚古尔因病离开了人世。左拉闻讯后立即写信给爱德蒙："他虽然死了，不是还有许多沉默的公众欢迎他的真实的作品吗？"爱德蒙回信说："在我弟弟病重，乃至于绝望之中，您的关于《赛尔维寨夫人》的几篇文章给他带来最后几天的欢乐。为此我万分感激您，这将是我们友谊的美好记录。"弟弟的英年早逝给哥哥爱德蒙的生活带来了沉重的打击，使他几乎失掉了生命的一半。从前，弟弟聪颖的头脑和天生的艺术灵感常常会给深沉稳重但艺术灵感不强的哥哥弥补一些创作上的不足，如今，可爱的弟弟离开了，爱德蒙不但在文学创作上发生了变化，而且同左拉的友情也变得暗中嫉妒、猜忌挖苦和反复无常起来。这一点，左拉也略有察觉。因此，虽然他还经常去龚古尔家登门拜访，但内心的距离

却越来越远了。

1877 年《小酒店》的出版，既给左拉带来了巨大的文学声誉，也给左拉带来了巨额的收入。在某种程度上讲，左拉是由《小酒店》而一举成为法国文坛上的知名作家的。面对左拉的成功，龚古尔妒意大发，完全放弃了昔日的友情，转而指责《小酒店》中的一些情节是受他的一部小说的启发才写成的。为此，他对这么大的荣誉没有降临到他的头上而给了左拉大惑不解。此外，他还对左拉的经济收入十分恼火。他说："我从没见过如此苛求的人，这个名叫左拉的家伙很不满足他的巨额财富。""左拉因为获得了成功，有点像发了横财的暴发户那样神气。"

1884 年，当左拉的长篇小说《生活的欢乐》发表时，龚古尔又怀疑左拉在某些段落上抄袭了他的作品。无奈之下，左拉只好写信解释。信中说："我要强烈抗议。您没有给我读过这一章，我也不知道有这一章。如果我知道，我会竭力避免……我希望您再回忆一下。十八年来，我的朋友，您也想想，我一直是捍卫您和爱您的。"读了左拉的信，龚古尔感到很惭愧。

由于双方都采取了谅解的态度，总算没有酿成更大的冲突，但多年的友情显然又淡泊了不少。

然而，两人之间的隔阂远没有结束。1886 年，当左拉的长篇小说《作品》出版时，处于病态的嫉妒心理支配下的龚古尔再度声称左拉抄袭了他的《加瓦尔尼及其作品》。于是，在他和都德的暗中怂恿下，一伙年轻人发表了《五人宣言》，对左拉从人格到文学创作都进行了恶毒的诽谤和攻击，使左拉大为恼火。

为了避嫌，龚古尔又给左拉写信进行解释，而左拉也不希望中断他们之间的友谊。于是，他们便在一次宴会上宣布言归于好，但实质上，早年的那份情谊已经荡然无存了。原因有两点：一方面，左拉已伤心透顶；另一方面，龚古尔的嫉妒心理无法根治。对左拉当选法兰西学士院院士时，他大发不满，对左拉的小说《萌芽》的成功他也骂声不绝。1896 年 7 月 16 日，七十四岁的爱得蒙·德·龚古尔先于左拉死在都德的别墅，从而结

束了与左拉旷日持久的文学"恩怨"。同处自然主义阵营的盟友闹到这个
地步，不能不说是一个遗憾。

14. 左拉在德雷福斯案件中
zuǒ lā zài dé léi fú sī àn jiàn zhōng

19 世纪末期的法国，社会动荡，人
心浮动，政局不安，与德国的关系自普
法战争以来一直处于非正常的间谍与反
间谍战之中。但偏偏就在这期间，一张
关于法国国防机密情报的纸条，引发了
一场震惊全国、轰动世界的重大冤案
——德雷福斯案件。

这起冤案开始于 1894 年，历时十二
年，直到 1906 年才得到彻底平反。卷入
其中的不但有法国的政界和军界，还有
宗教界、新闻界乃至社会各界人士。为
此冤案付出重大牺牲的不仅是德雷福斯
一家，而是几乎所有的法国人都被带入
了一场严重的政治危机之中。很多要好

德雷福斯案件时的左拉

的朋友，因这起冤案而成为路人；很多恩爱的夫妻，因这起冤案而导致破
裂；很多幸福的家庭，因这起冤案而大打出手。德雷福斯案件自上而下牵
动了每一个法国人的心弦，也唤醒了从不过问政治问题的左拉的正义和
良知。

谈起德雷福斯案件就不能离开左拉，左拉在德雷福斯案件中敢于斗
争、主持正义、不向邪恶势力屈服的崇高精神构成了他晚年生活中最精彩
的篇章。

德雷福斯是一个生于犹太人家庭的实习军官，以优异的成绩在军事学

院毕业后，被选派到陆军总参谋部实习。当他不断地以出色的表现受到上司的好评，一心想在未来的事业上大展宏图的时候，一项间谍罪的指控将他送上了军事法庭。尽管没有充分的证据，尽管罪犯另有其人，但当时法国政坛的腐败以及反犹浪潮甚嚣尘上的情况使军事法庭不顾各方的反对和抗议，将德雷福斯判处无期徒刑。1895 年 1 月，这个无辜的军官被革职后押往魔鬼岛服刑。

消息传出，舆论大哗。赞同者有之，反对者有之，要求重新审理的呼声一浪高过一浪，要求军方纠正错误、伸张正义的队伍也日益壮大，形成了一股强大的示威力量。

当时的左拉正在意大利陪妻子旅行。当人们在法国驻意大利大使馆谈论德雷福斯案件时，他并没有理会，而是一心一意地继续他的《三城市》的创作。在给妻子的信中，他说："我不想管这事，伤脑筋的事已经够多、够烦人的了。"因此，从罗马返回巴黎时，他对德雷福斯案件仍然一无所知。

但是，当他发现自己的小说《巴黎》被大量刊登的有关德雷福斯案件的文章所吞没时，当他在巴黎的大街小巷发现德雷福斯案件已成为人们谈论的焦点话题时，才清楚地意识到这一冤案的严重性。他说："将德雷福斯案件公诸于世的时候，我正在罗马，直到 12 月 15 日我才从那里回来。在那里，自然很少读到法国报纸。这就是为什么我对这一案件不了解并长时间毫无反应的原因。直到 1897 年 11 月，当我从乡下回来的时候，我才对这一事件产生了兴趣，而且客观条件也帮助了了解各种事实及一些档案材料，从而坚定了我的不可动摇的信念。"可以看出，此时的左拉已经完全转变了自己的态度。

他对妻子说："这件冤案太可怕了，是军事上的巴拿马公案。如果我应该做什么时，我要挺身而出。""我要把事情扩大，变成一件强大的人道和正义的案件。""我不知道我该干什么，但人间悲剧从没有像这件事这样激动我的心，这是为真理而斗争，是正义的、伟大的斗争。"于是，他便毅然决然地放弃了手头的创作，投身于正义事业当中。

1898 年 1 月，左拉出版了小册子《致法兰西》，规劝人们从反对犹太人的狂热中清醒过来，结果不但号召未成，却使自己成为反德雷福斯一伙人攻击的主要靶子。也正是在这种紧张的气氛中，军事法庭不但没有丝毫的收敛，反而对真正的罪犯宣告无罪。

严酷的现实、严峻的形势，使左拉义愤填膺，忍无可忍。于是，就在同一阵营中的某些人都已承认失败的情况下，左拉却置个人的安危于不顾，从 1899 年 1 月 11 日深夜开始，直到第二

左拉故居

天凌晨，完成了长达四十页的小册子，名为《致共和国总统费利克斯·福尔的信》。1 月 12 日的晚上，在《震旦报》召开的晚会上，左拉用颤抖的声音激动地向大家朗读：

我控诉杜帕蒂·德·克朗中校，他是这件错案的主谋，我敢肯定，他也是迫不得已的，但是三年来，他绞尽脑汁，使出各种阴谋诡计来为他所做的糟糕透顶的恶作剧辩护。

我控诉梅西耶将军变成这个世纪最不公正事件之一的帮凶，至少是由于思想上软弱所致。

我控诉比约将军，他掌握了德雷福斯是无辜的确实证据，但是他把它扼杀了，于是为了某种政治目的，使参谋部免于牵连，

而成为违反人道和正义的罪行的责任者。

　　我控诉布瓦代弗尔将军和贡斯将军成为这件罪行的同谋犯，其中前一位是由于宗教热情，另一位是由于维护部队的军人精神，把国际部办公室变成不受攻击的精神方舟。

　　我控诉德·佩利厄将军和拉瓦利少校，他们做了存心不良的调查，这是个偏袒的不公正的调查，后者的报告是肆无忌惮的杰作。

　　我控诉检验字迹的贝洛姆、瓦里纳尔、库阿尔等专家，他们搞了一个骗人的和虚假的报告，他们除非是在视觉和判断方面有毛病。

　　我所控告的那些人，我并不认识他们，也从未见过他们，我对他们既无冤仇也无怨恨。在我看来，他们只是社会不平等的制造者和代表。

左拉最后读道：

　　我的行动纯粹是一种革命手段，目的在于使真相和正义早日大白于世。

　　人类已经忍受了过多的痛苦，人类有权要求幸福。我只有一股热情，那就是为人类寻求光明的热情。我的愤怒的抗议是发自我心灵的呼声。让他们把我送去受审吧，但愿审讯是在完全公开的情况下进行！

　　我在等待着。

　　就这样，在一种异常激动的气氛中，左拉读完了他的杰作，随之而来的则是一片热烈的掌声。当这篇文章即将付印时，报社的编辑认为文章的题目有些苍白无力，于是，就将它改为醒目而又响亮的《我控诉》。

　　这篇慷慨激昂的抗议书在国内外舆论界掀起了轩然大波。三十万份的《震旦报》竟被一抢而空。一时间，报社和左拉都成为人们攻击的对象，他们砸坏了报社的玻璃，烧毁了当日的《震旦报》，并高声叫喊着"打死左拉！处死左拉！"有人在文章中说："对左拉来说，……这半个意大利人，四分之一希腊人，四分之一法国人，是货真价实的杂种，他可不是人类的好标本。"还有人在墙上贴出标语说："真正的法国人对意大利人左拉的唯一回答是：他妈的！"

此时此刻，进步阵营也发出了正义的声音。一些作家、艺术家、学者纷纷聚集在左拉的周围，加入了左拉的行列。在小说家普鲁斯特的倡议下，各界人士三千多人联名请愿，对左拉表示声援。旅居法国的俄国作家契诃夫在信中写道："绝大多数知识分子都站在左拉一边，相信德雷福斯无罪。左拉名声大震，他的抗议书好像一阵清风吹来。每个法国人都感觉到：人间毕竟还有正义；如果发生冤狱，总会有人出来说话的。"

当局对左拉的行动十分恼火，在军方的压力下，他们煞费苦心地避开德雷福斯案件，对左拉文章中的几行文字提起诉讼。在法庭上，左拉宣读了一个声明，为德雷福斯做了坚决的辩护：

> 我发誓，德雷福斯是无罪的。我用生命和名誉来保证。在这个严肃的时刻，我站在代表人类正义的法庭上，站在为国民象征的各位陪审员的面前，站在全法国和全世界面前发誓，德雷福斯是无罪的。而且，我敢以我四十年的辛勤劳动和它所能赋予我的权利来保证，我发誓，德雷福斯是无罪的。我还以我所得到的全部财产和我所赢得的荣誉来保证，我发誓，德雷福斯是无罪的。万一德雷福斯不是无罪的，那就让这一切都失去，就让我的全部著作全部毁灭，我也在所不惜。他是无罪的。

在长达数月的审讯之后，法庭迫于军方的威胁，不得不宣布左拉有罪，并判处一年徒刑，罚款三千法郎。狂热的暴徒不但砸了左拉的寓所，还给左拉发去了恐吓信，直接威胁到他的生命安全。左拉在混乱中愤然退庭，被迫匆忙流亡英国，而那些赞成重新审理的有关人员都受到了免职等处分。一时间，反犹浪潮席卷全国。

但是，正义的呼声始终也没有停止，1889 年 5 月，在日益尖锐的社会矛盾中，在一系列事件的冲击下，迫于舆论的强大压力，德雷福斯案件得以再度重审。6 月 3 日，最高法院一致通过了取消 1894 年 12 月 22 日对德雷福斯案件的另一判决。6 月 9 日，被关押了五年的德雷福斯第一次作为一个自由人走出了军事监狱，流亡英国的左拉也回到了法国。然而，这个案件远没有人们想象得那么快了结。从 1899 到 1906 年，又经历了七年的艰苦斗争，德雷福斯才被彻底宣布无罪，而为这一冤案大声疾呼的左拉却没能看到胜利的那一天。

15. 莫泊桑笔下的父亲影子

mò bó sāng bǐ xià de fù qīn yǐng zǐ

在莫泊桑短暂的一生中，不幸的家庭经历曾带给他巨大的心灵创伤，充满了矛盾与危机的家庭悲剧，不但给他的童年生活留下了终生难以抹去的阴影，也为他日后的创作提供了真实的素材。尤其引人注目的是，在这场家庭悲剧当中，他的父亲充当了一个十分重要的"坏蛋"的角色，并促使他不得不痛苦地反映在自己的作品当中。

莫泊桑的父亲叫居斯塔夫·莫泊桑，母亲叫洛拉·勒·普瓦特万。居斯塔夫长相十分性感，而且穿着时髦，风流放荡，无所事事，俨然一副花花公子的派头。洛拉与居斯塔夫同岁，她容貌美丽，气质不凡，而且酷爱文学，性情也比较深沉，能讲一口流利的意大利语和英语。在洛拉的生活圈子中，既有她的兄弟阿尔弗莱德，也有她兄弟的好友，大作家居斯塔夫·福楼拜和诗人兼剧作家路易·布耶。在这样一个讲求格调、讲求高雅的文学沙龙里，在名声显赫的小说家和诗人及剧作家面前，饱食终日、游手好闲的纨绔子弟居斯塔夫·莫泊桑实在是没有什么可以炫耀的地方。但是，这个贵族公子哥在情场上又确实很有一套赢得女人喜欢的办法，美丽端庄的洛拉也因此而成为他猎取的对象。他的追求使洛拉感到十分困惑：一方面，她觉得这个帅哥在文学和智力上很难与她相匹配；而另一方面，这个风流子的贵族身份又使她动心。作为一位已经破了产的纱厂老板的女儿，沦为平民女子的洛拉在社会地位上也无任何可自豪的地方。传统的门第观念和女性特有的虚荣心，迫使她急于跻身上流社会，以赢得人们的尊重。几经周折之后，居斯塔夫答应以贵族的身份，即居斯塔夫·德·莫泊桑的身份向她求婚，从而满足了洛拉进入贵族社会的愿望。于是，两人如愿以偿地于 1846 年 7 月正式结婚。而恰巧在同一年，居斯塔夫的妹妹路易丝又嫁给了洛拉的兄弟阿尔弗莱

莫泊桑像

德。亲上加亲的两个家庭一时间都沉浸在幸福和欢乐的巨大喜悦之中。

1850 年 8 月 5 日，在这对夫妇结婚四年后，这个家庭迎来了他们的第一个孩子，起名为居易·德·莫泊桑。但幸福和谐的家庭气氛仿佛从此就随着这个可爱的孩子的到来而远离了这个本来就不十分稳固的家。问题显然出在丈夫身上。风流倜傥的居斯塔夫没有什么固定职业，整日到处游荡，把抚养孩子、料理家务等一切生活的重担都扔给了妻子。这还不算，他那生性放荡的癖好又促使他不断地在外面寻花问柳，勾引女人，好像只有在这些女人面前才可以找回他在生性高雅的妻子面前所失掉的自尊。

儿子一天天长大了，父亲的放荡生活则日益荒唐，他甚至连家里的女仆也不放过。洛拉无法忍受了，一场场家庭战争就这样爆发起来，并成为这个家庭的"主旋律"。另一方面，道德败坏的居斯塔夫不但耗尽了洛拉的家财，还要变卖洛拉的产业。这更使家庭的矛盾达到了白热化。而这一切，都没有逃过莫泊桑那幼小的眼睛，在他的心头笼罩上一层耻辱和痛苦的阴影，并形成了对父亲的坏印象。

"在幼年的时候，我受过一次打击，这次打击造成了我毕生的黑暗世

界。"在自传体小说《堂倌，来一大杯》中，莫泊桑如实地把童年时期所目睹的家庭冲突展现给读者，并描绘出自己对父亲由尊敬到惧怕到憎恨的心路历程。

最初，小莫泊桑的心灵是快乐的，充满了幻想和希望。他写道：

> 那年，我只有十三岁。我原是快乐的，对什么都满意的，正同大家在那种年龄充满着生活幸福一样。

这是每一个花季少年正常心理状态的真实写照，莫泊桑感到生活是美好的，家庭是和谐的，父母是可敬的。他说：

> 我钟爱我的母亲，害怕我的父亲。……我对于二老同样地敬重。……我的父母都讲礼貌，都是庄重而又严肃的。

这是莫泊桑对父母的最初描述。虽说对父亲有点怕，但还是由于父亲的严肃态度所致，充其量还只是儿子对父亲的一种尊重和敬仰。

> 谁知那年九月底，快要回校以前的某一天，我正在园子里独自做"跳狼"的游戏，在树的枝叶中间跳来跳去，偶然抬头向一条来道望去，瞧见了我二老正在那里散步。

一个父母散步的正常情景被玩耍的儿子撞见似乎没有什么异常之处，但接下来莫泊桑的景物渲染就给人们的心头蒙上了一层凝重：

> 那一天是一个起大风的日子。整行的树木都在狂飙之下弯曲，呼啸，仿佛迸出许多叫唤声，许多震耳而不可测的叫唤声，树林子全卷入了风暴里。

至此，一种不祥之兆便油然而生。写到这里，作者仍觉得不够，于是，下面的气氛就更加沉重起来：

> 树上那些被风卷下来的黄叶像鸟儿一般飞舞盘旋，然后落下来，随后又像一些疾驰的动物一般沿着夹道奔跑。

天色晚了。在茂密的树林里已经相当晦暗。狂风和树枝所生的激动使我兴奋起来，于是我发狂似地跳着，并且模仿狼嗥的声音。

奔跑之中的莫泊桑，无意之中看到了父亲。一种孩子特有的好奇心和顽皮的心理使他没有立刻露面，而是躲在树丛的后面想尝试一下恶作剧。但是，眼前所发生的一切却使他感到突如其来的恐惧：

我父亲正怒气冲天地大声说："你母亲是个糊涂人，此外，这件事本与你母亲并无相关，不过与你有关而已。我告诉你，我必须用那笔钱，我要你签字。"

我母亲毅然答道："我将来决不签字。那些东西是约翰的财产，我替他保管着，并且不愿意你像花掉了你自己得来的遗产一样，又在妓女和女佣人身上再去花掉约翰的。"

原来他们又在吵架！这样的场景对年少的莫泊桑来说，似乎已经习惯了。然而，还没等他反应过来，接下来的事情就使他惊呆了：

于是我父亲气得浑身发抖了，转过身去抓住我母亲的脖子，用另一只手迎面去打她老人家。

我母亲的帽子落了，散了的发髻也披开了，她老人家极力躲避，却没有达到目的。而我父亲却像发狂似地打了又打。她老人家滚到地上了，两只胳膊抱住了脸。于是我父亲为了再去打母亲，就把她老人家揿着仰卧在地上，去扳开她老人家那双掩着脸的手。

这是少年莫泊桑所看到的最悲惨的一幕家庭悲剧。这场悲剧极大地震撼了，也深深地伤害了他那稚嫩的心灵。就从那一刻起，他对父亲的印象彻底地改变了：

我那时候以为世界的末日快到了，天理已经变了。我感到的慌乱，正像一个人面对着鬼怪，面对着巨祸，面对着不可补救的灾殃。我的幼稚头脑紊乱了，发狂了。因为一种恐怖、一种伤心和一种惊骇擒住了我，我莫名其妙地开始尽力狂叫起来。我父亲听见了我的声音，回过头来望见了我，就站起来对着我走。我以为他会来杀我，我就像一只被人追赶的野兽似地一直向前对着森林里飞跑。

……

恐怖之感吞噬了我，一阵永远摧折孩童心灵的悲痛侵蚀了我。……天明了。我既不敢起来，又不敢行走，也不敢回家，更不敢遁逃，怕的是遇见我已经不愿再看见的父亲。

这是一个孩子对家庭、对父亲感到绝望的心理的真实写照，也是一个少年对人生、对社会感到迷惘和困惑的真实表述。因为正是从那可怕的一幕起，莫泊桑似乎就告别了欢乐的少年时光而笼罩在家庭的阴影之中。他写道：

从那天以后，我看不见好的那一面了。一些什么事在我头脑里经过了？什么古怪现象转变了我种种念头？现在还不知道。不过无论对于什么，我从此不感兴趣，不感需要，不爱谁，没有欲望、大志或者希冀。我始终看见我可怜的母亲躺在树底下夹道里的地上，我父亲正在殴打她老人家。

这就是莫泊桑在作品中描绘的自己的父亲。在那悲惨的一幕过后，夫妻双方的感情彻底破裂了。1860 年，这场家庭拉锯战终于以双方的协议分居而告结束，母亲带着他和弟弟回到了诺曼底海滨，开始了远离家庭烦恼的自由生活。父母离异了，虽然父亲还给他抚养费，虽然他还可以给父亲写信，但莫泊桑还是觉得他被父亲遗弃了，心灵上的那道创伤成了他永久的痛苦的印记。有专家统计说，在莫泊桑所创作的小说中，以弃儿和私生子为题材的作品，竟多达三十多部。家庭悲剧所带给莫泊桑的影响由此可见一斑。

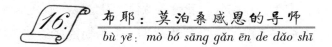

16. 布耶：莫泊桑感恩的导师
bù yē：mò bó sāng gǎn ēn de dǎo shī

在莫泊桑的文学生涯中，曾有两位恩师给他以指点。但是，大多数文学爱好者好像只知道福楼拜，因为他们之间那亲如父子般的深厚情感的确给 19 世纪的法国文学史增添了一道迷人的色彩，成为世界文坛上经久传诵的一段动人的佳话。但事实上，福楼拜并不是莫泊桑的第一个文学导师，他在文学创作之路上的第一位领路人是一个人们并不十分熟悉的布耶，他是莫泊桑在文学创作道路上当之无愧的第一位老师，在莫泊桑的成长历程中，布耶可谓当真功不可没。

在《论小说》一文中，莫泊桑动情地写道："有两个人，用他们简单明了的教导，给了我这种不断尝试的力量，这两个人就是路易·布耶和居斯塔夫·福楼拜。……在我获得福楼拜的友谊之前的两年，我在一种比较亲密的气氛中首先认识了布耶。"

布耶何许人也？他不仅是诗人和剧作家，而且还是莫泊桑的舅舅阿尔弗莱德的好友，同时也是以阿尔弗莱德为核心的文学团体中的一个重要成员。对文学创作的酷爱，使他们俩与福楼拜一道结成了无比亲密的友谊。不幸的是，阿尔弗莱德过早的离世给这个亲密无间的三人团体带来了感情上的巨大打击，以至于在很长的一段时间内布耶和福楼拜都无法从对亡友的思念中解脱出来。就在这时，亡友的外甥莫泊桑却出人意料地闯进了布耶的生活，给他孤寂的心灵带来了莫大的宽慰。

莫泊桑是在诺曼底迷人的海滨长大的，他的童年时光也是在与渔民的孩子们一道玩耍中渡过的。长期的游民般的生活，养成了他自由不羁的性格。所以，当他十三岁跨进教会学校的大门时，就注定了他不是一个循规蹈矩的学生。学校的生活使他感到窒息，枯燥的学习内容使他感到厌倦，他的眼睛里闪烁着叛逆的火焰。成年后，莫泊桑曾不止一次地在作品中如实地描绘这所教会学校的阴森景象："阴惨惨的房屋，挤满了神父和将来要成为司铎的学生。……里面弥漫着祈祷的气息，就像涨潮的日子里市场上弥漫着鱼腥味一样。""我很少游戏，我没有伙伴，我经常一连几小时地思念着家，我伏在床上痛苦不已……"虽然他头一个学期的成绩还不错，校方对他的评语也很好，但他还是无法忍受学校的清规戒律和精神上的折磨。他硬着头皮学习他不愿意学习的内容，背诵他不愿意背诵的东西。他怀念自由自在的海滨生活，他盼望着假期的早日到来，他偷偷地阅读卢梭的作品，向往着要像舅舅那样一生致力于诗歌的创作。这种反叛的思想从第二学期开始就转化为具体的行动，并且融注在他的诗歌创作中了。

在一首诗中，他写道：

> 因为天空太低沉，地平线太窄小，
> 整个宇宙对我显得太小。
> 生活是远去的船只的痕迹，
> 也像长在山上瞬息即逝的花朵。

在给表姐的一首诗中，他又写到：

> 在这远离人世的地方，
> 看不到田野和森林，
> 心头是无尽的忧伤，
> 哪会有温柔的歌声。
> 你曾对我说："要歌唱
> 鲜花和钻石交相辉映
> 在金发姑娘头上的美景，
> 歌唱情人们幸福的爱情。"
> 可是，被深深围困在
> 这荒僻的修道院里，
> 我们只知道世上有

黑色长袍和白色法衣。

这种蔑视宗教的大胆行为，极大地触怒了因循守旧的校方。很快，莫泊桑就被开除了。对儿子的归来，母亲虽然表面上大为恼火，可内心深处却对儿子显示出来的诗人的才华感到高兴和骄傲。读着儿子的诗，过世的弟弟的身影仿佛又出现在她的眼前。喜悦之余，她又把这一切都告诉了自己的好朋友福楼拜。

离开阴森乏味的教会学校，母亲又给他选中了一所比较开明的世俗学校。这里的空气是自由的，老师对学生们的态度是和蔼的。逃离苦海的莫泊桑，不但在这里找到了自由，找到了翱翔的天地，而且还在老师的鼓励下再度萌发了自幼在母亲的熏陶下所培养的诗的灵感。他的诗作屡屡在同学中朗诵，并受到同学的称赞和模仿，而且还被同学们称为诗人。但莫泊桑并不满足，他每写完一首诗，都要拿给母亲阅读，请母亲点评。母亲在大量地阅读了儿子的作品后，觉得有必要为正处在成长时期的儿子寻找一位启蒙老师。于是，她便把莫泊桑的诗寄给了自己的另一位好友路易·布耶。

对布耶这个名字，莫泊桑并不陌生。虽然未曾谋面，但他很小就从母亲那里得知已故的舅舅有两个最要好的朋友，一个是文坛巨匠福楼拜，一个就是著名的诗人和剧作家，现任卢昂图书馆馆长的布耶。所以，当他在卢昂城高乃依中学的操场上首次见到自己心中仰慕已久的布耶时，显得既惊喜又亲切。第二天，他就迫不及待地跨进了布耶的家门。

莫泊桑正式结识布耶的那一年，布耶刚好四十六岁。他身材高大，大腹便便，除了满脸的胡须外，还留着一撮引人注目的山羊胡子。他挺着大肚子走路，向后仰着头，并透过一副大夹鼻眼镜来看人，使人忍俊不禁。布耶是一个典型的独身主义者，虽然有时表现得愤世嫉俗，但为人开朗，性情幽默，喜欢开玩笑，尤其喜欢恶作剧，对自己所从事的艺术事业更有一种特殊的感情。当莫泊桑战战兢兢地走进他的家门的时候，虽然他习惯性地做了一个鬼脸，说了几句客套的话，但还是亲切地接待了这个年轻的崇拜者，并收他为自己的学生。因为他已经从莫泊桑的母亲那里对亡友的外甥有了一些了解，也希望以培养莫泊桑来告慰亡友的在天之灵。那一年，是1869年的1月。从那时起，莫泊桑就成了布耶家的常客。他不时带着自己的诗作前来，忐忑不安地为老师朗诵。布耶则不厌其烦地将莫泊桑的作品一一过目，并耐心地对作品中的不足给以善意的批评和指正，有时，性情爽朗的布耶甚至亲自拿起笔来对诗歌的某些方面进行修改，这使莫泊桑激动不已。

还是在《论小说》一文中，莫泊桑回忆道：

> 布耶经常对我说，只要有一百行——也许更少也可以了——就足以使一个作家蜚声文坛，只要这些诗句是无可指摘的，只要这些诗句里包含着一个人——即使是第二流的人——的才华和独创精神的成分。这些话使我懂得了，只要孜孜不倦地工作，对艺术精益求精，就可能在一个头脑清醒、精力充沛、灵感丰富的日子，由于碰巧遇到一个和我们的心灵的所有倾向都十分符合的题材，写出一部不长的、唯一的、我们所能写出的最完美的作品。……我懂得了，最有名的作家也几乎从未留下过第二部这样的作品；我还懂得了，首要的是要在层出不穷可供我们选择的素材中间，发现并识别那个可以发挥我们全部的能力、我们全部的价值和我们全部的艺术天赋的材料。

就这样，在布耶的书房里，莫泊桑开始了他真正意义上的诗歌创作之路。也是在布耶的书房里，他见到了文学上的第二个导师福楼拜。福楼拜对莫泊桑的要求是严格的，批评是严肃的，而布耶则显得比较和颜悦色，批评的语调也显得十分温和。福楼拜激发了莫泊桑的小说灵感，而布耶则发现了莫泊桑的诗歌天赋。福楼拜最终培育出了"短篇小说之王"莫泊桑，布耶则把一个年轻的诗人推上了文坛。两位老师都留着颇具个性和幽默色彩的小胡子，他们心地善良，和蔼可亲，都有宽厚的胸怀。一个想让莫泊桑成为一名诗人，另一个则想让莫泊桑成为一名小说家。虽目标不同，但对莫泊桑的教诲却是一致的，那就是一部作品必须要经过时间的磨练，在没有充分的把握之前，要有耐心，不要急于求成，不要急于发表。不幸的是，布耶没能完成自己的夙愿，就离开了他的学生。

1869 年 7 月，布耶作为莫泊桑的导师还不到一年，他的健康状况便开始恶化，十八天后便突然去世了。噩耗传来，莫泊桑悲痛欲绝。因为他在老师的指教下刚刚起步，在诗歌的创作上刚刚有所领悟，还来不及报答恩师的一片恩情，老师就离去了。参加完布耶的葬礼，他在生活的道路上一片茫然。然而，值得庆幸的是，福楼拜接过了布耶的接力棒，将迷惘之中的莫泊桑收于自己的麾下。于是，福楼拜就理所当然地成为莫泊桑的第二个文学导师。也正是从那时起，莫泊桑便逐渐"告别"了诗歌而转向了小说的创作之路，并成为著名的小说家，这不能不说是福楼拜的功劳。对此，莫泊桑的母亲曾感激地说："如果布耶能活着，他会使居易成为诗人。是福楼拜使居易成为小说家。"

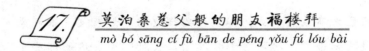

17. 莫泊桑慈父般的朋友福楼拜
mò bó sāng cí fù bān de péng yǒu fú lóu bài

1950 年，法兰西学士院院士埃杜瓦尔·艾里欧在纪念莫泊桑一百周年诞辰时指出："如果莫泊桑不是福楼拜的儿子，我为此感到遗憾，因为在他们之间有着无可置疑的精神上的亲缘关系，有那么多的东西联系着这两颗伟大的头脑。"又一个五十年过去了，如果莫泊桑在世的话，已经是一百五十余岁的高龄老人。当我们再度重温艾里欧的这番话语时，不禁联想起两位文学大师留给 19 世纪法国文坛的那段亲如父子的佳话。

莫泊桑一家与福楼拜一家有多年故交，莫泊桑的外婆和福楼拜的母亲是同学，莫泊桑的舅舅阿尔弗莱德与福楼拜也是亲密的朋友。不幸的是，阿尔弗莱德过早地离开了人世，这使福楼拜悲痛不已。在给莫泊桑母亲的信中，福楼拜说："没有一天，我敢说几乎没有一时，我不想他。"《包法利夫人》问世时，福楼拜曾写道："他要活着的话，这本书原该献给他。

因为在我的心上，他的位子空着，而热烈的友谊决不熄灭。"所以，当长相与舅舅十分相似的莫泊桑出现在眼前的时候，福楼拜惊喜万分，仿佛二十年前的老朋友又回到了他的生活之中。

福楼拜身材高大，肥胖，秃顶，头发披在脑后，留着长长的胡须，眼皮低垂，两只大眼睛却流露出睿智与亲切。虽然已经多年没见，可在老师布耶的书房中，莫泊桑还是一眼就认出了他。福楼拜的寓所在塞纳河畔，离鲁昂不远。乘船沿塞纳河顺流而下，在北岸的一座山脚下，在绿草如茵的花园里，矗立着一所白色的房子。在这所神秘的屋子里，堆满了书籍，塞满了废纸，充满了烟雾。从窗口向外望去，河道就在眼前，驳船、货船和渔船来来往往，络绎不绝，港湾的喧嚣不时传来，热闹的场景屡见不鲜。福楼拜就在这里过着隐居的生活，彻夜不眠地进行着文学创作。"福楼拜先生窗口的明灯"曾为过往的船员们所熟悉，经典佳作《包法利夫人》就在这里孕育而生。也正是在这里，福楼拜开始担当起莫泊桑第二个文学老师的重任，对弟子的一句句语重心长的教诲就在这里发出：

> 如果已经有某种程式，那首先要摆脱它。如果没有独创风格，那就要创造它。问题在于要看比较长时间内表达的那些事物，用心发现那些没有被人看见和没有被人说过的事，最微小的东西都包含着陌生的东西。要找到这些。要描写燃烧的火和原野上的树，那就要观察这团火和这棵树和其他的火和树不相同之处。用这种办法，人们就会有独特风格。

> 当您经过一个坐在自己的铺子门口的杂货商人前面，经过一个在抽烟斗的门房前面，一个公共马车停车站前面时，请把这个杂货商和这个门房的姿态，以及他们所有的——包含着他们所有的道德品质在内的——体形和外貌以形象的手法表现给我看，而且要使我不会把他们和任何其他杂货商或者其他门房混淆起来。请再用一句话让我看出，一匹拉公共马车的马为什么和它前前后后五十匹其他的马有所不同。

1869 年 7 月，布耶突然离世，莫泊桑悲痛万分，因为他失去了文学创作上的一位恩师。福楼拜也受到了沉重的打击，因为他的两位挚友都离他而去，把他一人孤零零地抛在这个冷酷的世界上。然而，值得庆幸的是，剩下的师徒二人却在彼此的身上找到了生活的安慰。他们之间那父子般的友谊开始了。为了告慰逝去的两位亡友，福楼拜忍着悲痛一人承担起培养莫泊桑的任务。他们的接触更加频繁，莫泊桑不断地去看望福楼拜，不时给老人孤寂的生活带来一些快慰，福楼拜也像父亲一样关怀莫泊桑的生活。莫泊桑经常把自己的作品不论是诗歌还是散文带给福楼拜审阅，老人每次都认真地阅读，严格地指点，并耐心地予以鼓励。福楼拜一到巴黎，莫泊桑肯定是那里的座上客，并且在老师的寓所中结识了泰纳、都德、左拉、屠格涅夫和龚古尔等文坛巨匠。福楼拜在塞纳河畔的家，莫泊桑也每周都要去远道拜访，从不间断。共同的志向，就这样把一老一小的生活紧密地联系到了一起。

莫泊桑在给母亲的每一封信中几乎都要说："最吸引我的地方，我最喜欢的地方，我最常去的地方，还是福楼拜先生的家。"

福楼拜在给莫泊桑母亲的信中也说："心爱的夫人，我无法对您说，您的儿子的来访使我感到多么地愉快。""尽管有年龄差距，我仍把他当做'朋友'，然后使我想起可怜的阿尔弗莱德的很多事情！每当他低头朗诵诗篇时，我甚至感到吃惊……应该鼓励你儿子对诗篇的爱好，因为这是高贵的激情，因为文学能安慰不幸的人们，因为你的儿子将来可能有才华……"

尽管福楼拜对弟子的未来充满了信心，尽管莫泊桑的一些作品受到福楼拜的高度赞赏，但是，当莫泊桑的母亲询问老友自己的儿子何日得以成材时，福楼拜仍觉得为时过早。他严肃地告诫莫泊桑不要操之过急，不要急于发表作品，不要拜倒在任何人面前。同时，他还对莫泊桑提出了更为严格的要求：

不论人们所要描写的东西是什么，只有一个词最能表示它，

只有一个动词能使它生动，只有一个形容词使它性质最鲜明。因此就得去寻找，直到找到这个词、这个动词和这个形容词，而决不要满足于"差不多"，决不要利用蒙混的手法，即使是高明的蒙混手法，决不要借助于语言的戏法来回避困难。

十余个寒窗酷暑，十余个春夏秋冬，莫泊桑就这样在老师的眼皮底下，遵从老师的教诲，仔细地观察生活的每一个角落，揣摩事件的每一个细节，捕捉着生活的每一个场景，不知疲倦地创作。这是他秣马厉兵的十年，这十年中，他付出的多，得到的少；创作的多，发表的少。终于，经过长期痛苦而艰难的磨练之后，福楼拜于1880年得出了结论："小伙子确有才华。"而就在他得出这一结论不久，莫泊桑便以其《羊脂球》一举成名，突入法国文坛。

作为《羊脂球》的第一读者，福楼拜欣喜若狂。在写给弟子的信中，他激动地说："我得马上告诉您，我认为《羊脂球》是一篇杰作。……这是大师的作品。构思很有特色，通俗易懂，文笔流利。风景和人物描写协调，心理描写也很出色。总之，我心醉神迷。我曾高声大笑过三四次……这篇东西会流传于世，这您要确信。您描写的那些市民的面孔真是妙极了！没有一个是败笔！我真想长久地拥抱亲吻你！是真的，我很高兴！我挺开心和挺欣赏……真棒！"

《羊脂球》问世后一周，莫泊桑又将刚刚出版的《诗集》寄给了福楼拜。当老人迫不及待地打开封面时，扉页上的献词又使他老泪纵横："献给居斯塔夫·福楼拜，我衷心挚爱的杰出的慈父般的朋友，我最最敬慕的无可指责的导师。"心潮澎湃的老人立即回信给自己的弟子："我的年轻人，你有理由爱我，因为你的老头儿真心爱着你。……你的献辞使我回想起好多人：你舅舅阿尔弗莱德，你的祖母，你的母亲。有好一会儿，我这老头儿心中酸楚，眼泪汪汪。"

又一个周末到来了，沉浸在巨大的成功喜悦之中的莫泊桑，多么想急切与恩师见面，再叙衷肠啊！然而，1880年5月8日下午三点半，不幸的电报使他痛不欲生："福楼拜中风，已无希望。六点动身，速来。"噩耗使他顿时惊呆了，残酷的现实使他难以相信所发生的一切。在列车上，他悲伤得一句话都说不出来。在老师的床前，他没有哭泣，而是给老师擦洗了身子，洒上了香水，穿上了衣服，又给老师梳理了头发和胡须并合上了老师的眼睛。

福楼拜之死使莫泊桑感到万念俱灰，生活枯燥无味。在写给左拉的信中，他痛苦地倾诉道："我不知道该怎么说，我是多么地想念福楼拜，他的身影到处伴随、环绕着我。他的思想不断地在我脑海中出现，我听见他的声音，看见他的手势神态，我时刻见到他站在我面前，身穿褐色长袍，说话时高举双手。"对此，一位学者曾感叹："从来没有哪个儿子因为死了父亲而比他更悲痛。"这又引起了莫泊桑是福楼拜的私生子的种种猜测和传说。是啊！如果莫泊桑不是福楼拜血缘上的儿子，那的确是人生的一种遗憾。但莫泊桑作为福楼拜文学上的儿子，又不能不说是法国文学史上的一大幸事！

18. 莫泊桑笔下的普法战争
mò bó sāng bǐ xià de pǔ fǎ zhàn zhēng

1869 年 10 月，莫泊桑告别了母亲和恩师福楼拜，来到巴黎法学院学习，开始了他的大学生活。然而，他迈进大学的校门还不到一年，内外交困的统治者拿破仑三世为转移民众的视线，就迫不及待地向普鲁士宣战，普法战争爆发了。那一年，莫泊桑刚好二十岁。

战争激起了民族的狂热，人们纷纷走上街头，高唱着《马赛曲》，呼喊着"打到柏林去！"的口号，举国上下，群情激昂。在突如其来的战争面前，莫泊桑感到有些茫然。在随之而来的席卷全国的征兵热潮中，莫泊桑没等别人动员就自愿应征入伍。就这样，他转眼间就由一个大学生和初出茅庐的年轻诗人变成一名战士而奔赴了前线。

然而，战场上的一切很快就毁掉了他满腔的热情和幻想。一心指望能在几天之内就能攻陷柏林的法国军队，一开始就陷入了被动。士气的低下、指挥的无能，使普鲁士在两军之间出尽了风头，抢占了主动权。顷刻间，阿尔萨斯省被敌人占领了，法军的主力部队也被普鲁士人分割为两半，甚至皇帝拿破仑三世本人和法军统帅麦克马洪也被普鲁士人包围在色当。刚刚开赴前线的莫泊桑，马上就卷入了大溃退的洪流之中。来势汹汹的普鲁士军队乘胜追击，直奔巴黎。原本不可一世的法国军队则节节败退，狼狈不堪。在中篇小说《羊脂球》中，莫泊桑这样写道：

> 接连好几天，溃退下来的队伍零零星星地穿城而过，他们已经不能算作什么军队，简直是一帮一帮散乱的乌合之众。那些人脸上是又脏又长的胡子，身上是又破又烂的制服，他们既没有军旗，也不分什么团队，懒洋洋地往前走着。所有的人都像是十分颓丧，十分疲惫，再也不能想什么念头，再也不能出什么主意，只是出于习惯不知不觉地往前走着；只要一站住，便会累得倒下来。
>
> ……
>
> 走在最后的是将军，他已经不抱任何希望；带着这些一盘散沙似的败兵残勇，实在也无能为力；一个惯于打胜仗的民族竟然遭遇了这样的大崩溃，英勇昭著的民族竟然败得不可收拾，将军身处其中也是张皇失措……

在逃兵的行列中，他累得直不起腰。他不清楚要逃到哪天，逃向何方。望着一张张惊慌失措的面孔，看着失去了武器的士兵和没有战旗、没有指挥官的部队，莫泊桑十分悲哀。在给母亲的信中，他沮丧地写道：

> 在溃军中，我逃出来了；我差一点被俘，……为了传送命令，整整跑了一夜，我曾睡在冰凉的地窖石头上。我的腿都挪不动窝了。

不久，不幸的消息再度传来：色当失守了！紧接着就是皇帝的被俘，皇后的逃亡，普鲁士人兵临城下。第一发炮弹在巴黎城内炸响了，它所摧毁的不仅仅是莫泊桑为保卫巴黎而拼死奋战的最后一线希望，也动摇了满目疮痍、筋疲力尽的巴黎。法国投降了，失败的条约使法国蒙受了巨大的耻辱。莫泊桑痛苦地写道：

> 战争结束了，德国人占领了法国；这个国家就像是被击倒在地的拳击手，跪在胜利者面前微微颤抖。侵略的气味充塞了各住户和各广场，改变了饮食的滋味，使人有在遥远的、野蛮可怕的部落里做客的感觉。

莫泊桑就这样糊里糊涂地经历了这场屈辱的战争。虽然他没有机会同敌人在战场上正面相遇，因而既没有杀伤过敌人，自己也没有受过伤，但战争却在他的心灵上留下了难以治愈的创伤，普鲁士军队对法国人民犯下的侵略暴行成为他眼前抹不掉的痛苦印记。他愤怒地记述普军的野蛮行径：

> 进入一个国家，屠杀保卫自己家园的人（只因他身穿平民服装，头上不戴军帽），烧毁没有面包的可怜人的住房，砸毁或盗走家具，喝光地窖中找到的酒，奸淫街道上找到的妇女，把数百万法郎焚为灰烬，只在身后留下苦难和瘟疫。

一个可怜的女人，在二十五岁那年，在一个月里先后失掉了父亲、丈夫和刚刚出生的孩子。在巨大的精神打击下，她疯了。她躺在床上一动不动，一躺就是十五年。普鲁士人打过来了，由于这个疯女人无法出来迎接他们，普鲁士军官觉得受到了怠慢，十分恼火，便下令将这个女人连床带人一道抬了出来，扔到了冰雪覆盖的森林里被狼活活吃掉了。在短篇小说《女疯子》中，莫泊桑对侵略者惨无人道的暴行作了无情的揭露。

在巴黎被围困期间，饥饿难忍的两个朋友莫里索和索瓦热相约去城外钓鱼。当他们来到河边，沉浸在久违的喜悦之中的时候，普鲁士人将他们抓了起来。很快，这两个无辜的人就被怀疑为法军的奸细而走上了刑场。

他们的尸体被扔到了河里，他们辛辛苦苦钓来的鱼也成为普鲁士人的一顿美餐。在短篇小说《两个朋友》中，莫泊桑对侵略者滥杀无辜的罪行提出了愤怒的抗议。

侵略者的嚣张气焰激起了法国人民强烈的复仇欲望，他们的反抗开始了。于是"在城外，顺着河流往下两三里，……船夫和渔人便常常从水底捞上德国人的尸体来。这些尸体都穿着军服，被水泡得肿胀，有一刀砍死的，有一脚踢死的，也有被石头砸开的，也有从桥上被人一下子推下水的。这条河底的污泥里，埋葬着不少这样暗暗的、野蛮的、合法的复仇行为，那是不为人知的一些英勇举动，一种无声的袭击……"在日后的创作中，莫泊桑结合自己的切身体验和耳闻目睹的一切，对法国人民奋起反抗侵略者的英雄事迹给予了热情的歌颂，从而构成了他短篇小说创作中最精彩的爱国主义篇章。

在诺曼底北部的一个农村里，一位忠厚的老农被普军处死了。这位老农本来代表本村负责安置普军的工作，待他们十分殷勤，深得信任。谁知他每到夜间就化装成普军骑兵，趁普军不备突然袭击之，每夜必杀几个敌人。只是由于他在最后一次袭击中，脸上被砍了一刀，这才暴露了真情。莫泊桑根据这个事迹创作了他著名的短篇小说《米隆老爹》。

一个五十来岁的法国农妇，家里住着几个普鲁士士兵。他们待她像孝子，她也待他们似亲人。可是有一天，她接到来信，说她参军的儿子被普鲁士的炮弹炸成了两段。为了替儿子报仇，当晚，她就巧设计谋，把几个普鲁士士兵活活烧死在顶楼中。莫泊桑又根据这件感人的事迹创作了他的名篇《索瓦热老婆婆》。

这，就是莫泊桑笔下的普法战争。从《女疯子》、《两个朋友》的有力控诉，到《米隆老爹》、《索瓦热老婆婆》和《菲菲小姐》的以牙还牙，再到《羊脂球》那荡气回肠的情感震撼，莫泊桑以其敏锐的艺术嗅觉、透彻的艺术观察力和精湛的艺术手法，为 19 世纪的法国文坛书写了辉煌的篇章。

19. 莫泊桑短篇中的社会风景图

mò bó sāng duǎn piān zhōng de shè huì fēng jǐng tú

作为"短篇小说之王"，莫泊桑的短篇小说既是一座资源丰富的艺术宝库，也是一座色彩缤纷的艺术画廊。在这座令人叹为观止的宝库中，19世纪法国社会生活的各类题材都尽收其中，令人目不暇接；在这座令世人无比惊叹的画廊里，19世纪法国社会的各类画卷都尽收眼底，令人眼花缭乱。当莫泊桑登上"短篇小说之王"宝座的时候，才只有三十五岁，这不能不说是法国文坛乃至世界文坛的一个奇迹。

但是，在莫泊桑的艺术宝库和人物画廊中，着墨最多、数量最大、质量最高的还是对那个时代的社会风貌和人情风俗的描写。如小人之间的尔虞我诈，生活的世态炎凉，小资产者的虚荣浮华，以及疯狂变态的金钱世界等，构成了19世纪后半期法国社会精彩纷呈的生活画卷。

这里有一根绳子的悲剧：

在一个赶集的日子，奥什科纳老爹在路上发现了一根绳子。出于农家人特有的节俭，他弯腰将那根绳子捡了起来。这日常生活中最常见的一幕正好落在老爹的仇人、马具皮件商人玛朗丹的眼里。将近中午的时候，奥什科纳老爹去饭店吃饭。这时，当差的宣布有人丢失了一只皮夹子，捡到者有酬谢。听到这些，人们并没有在意。不久，宪兵班的班长却来到饭店，将奥什科纳老爹带到了镇政府，说马具皮件商人玛朗丹举报亲眼看见奥什科纳老爹捡到了那个皮夹子。老爹气坏了，从口袋里掏出了那根捡来的绳子，镇长仍不相信。但由于没在老爹身上搜出任何证据，只好把他放了出来。然而，老爹自打走出政府的大门，即刻就被淹没在流言蜚语之中。老人费尽心思地向众人讲述自己的清白和不幸，但没有一个人相信他。终于，在众人的议论声中，心力交瘁的老人倒下了。弥留之际，他还在一个劲地说"一根绳子……一根绳子……"

这里有一串项链的悲剧：

　　她是一个美丽娇艳的女子，却出生在一个小职员的家庭。没有陪嫁，没有遗产，只能委屈地嫁给一个小科员。没有钱来打扮自己，她非常痛苦。没有钱来享受豪华生活，她十分悲哀。于是，她只有幻想舒适的生活、漂亮的服装、金光闪闪的珠宝和美味佳肴。强烈的虚荣心使她时常伤心、懊悔、绝望、哭泣。有一天，丈夫给她带来一份请帖，是教育部长和夫人邀请他们去参加晚会。由于没有像样的衣服可以赴约，她又哭了起来。没办法，丈夫只好把节省下来的几个钱拿去给她做了一件漂亮的衣服。但是，由于没有相应的珠宝佩戴，她又愁眉不展。在丈夫的提醒下，她跑到朋友那里借了一串钻石项链。那是一个令她陶醉的晚会。整个晚会她都沉浸在巨大的幸福和喜悦之中。然而，当他们回家的时候，却发现那串借来的项链不见了。于是，他们只好借了几万法郎买了一串项链还给朋友。从此，他们便过起了穷人的日子，用了整整十年的时光才还清了所有的债务。而她也由一个楚楚动人的女子变成了一个丑陋的老妇人。当一次偶然的机会与朋友再度相见时，才知道那副项链是假的，最多值五百法郎……

　　这里有一只小酒桶的悲剧：

　　阴险狡猾的客店老板希科看中了一位七十二岁的孤老太太的产业。他想把这份产业买下来，但老人不同意。于是，他便想起了另一种"买"下的方法。他每个月给她一百五十法郎，等老人死后，这座农庄才归他所有。心事很重的老人思考了一晚上，又去找公证人商量后，终于在字据上签了字。一转眼，三年过去了。老太太不但一点也不见老，而且还十分健壮。希科老板觉得自己失算了，如果老太太就这么活下去，他非破产不可。于是，他又想起了一个更为狠毒的手法，引诱老太太喝酒，从此不时地拎着一小木桶酒给老太太送去。渐渐地，老太太喝酒上了瘾，经常喝得不省人事，烂醉如泥，多次被人抬回家去。就在第二年冬天圣诞节的前夕，这个没儿没女，而且身体非常强壮的老太太由于喝酒喝得大醉，倒在雪地里冻死了。希科老板就这样如愿以偿地得到了老太太的产业。但他逢人便说："她要是不贪杯，总还有十年好活吧。"

这里有一份遗产的悲剧：

年轻有为的勒萨勃尔先生同美丽动人的卡舍兰小姐结婚了。卡舍兰小姐家没有钱，但她的姑妈却十分有钱。她非常希望自己的侄女结婚后能生一个孩子。可是，他们结婚已经十五个月了，姑妈的愿望还没有实现。不久，这个女人病倒了，很快就离开了人世。她把一百二十万法郎的遗产留给了她的侄女结婚以后所生的孩子。如果在她去世以后三年内，她的侄女仍不能生育，就将把全部财产送给穷人和慈善机关。可是，他们夫妇偏偏就不能生孩子。问题出在丈夫的身上。为了做爸爸，得到那百万遗产，他遵照医生的嘱托，在家长时间地休息；他不敢与妻子同房；他吃牛肉，吃补药；他每天锻炼身体，希望自己能健壮起来，精力充沛地为做爸爸而努力。他们在乡间租了一间小房子，在大自然的美景中渡过了一个又一个蜜月，但一次又一次地失败了。同事侮辱他，妻子说他不是男人，老丈人骂他是一只阉鸡。他一天天地瘦下去，在家里的地位也岌岌可危。他又去找医生，又吃了一大堆药，但一无所获。一晃，又几个月过去了，离最后的期限只有一年了。后来，在父亲的怂恿和丈夫的默许下，妻子与丈夫的一个同事发生了关系，并且怀上了身孕。闻讯后，一家人欣喜若狂，得意忘形。从那以后，一家人过得十分和睦，直到妻子生下了一个别人的孩子。

这里有一个手足之情的悲剧：

"我"出生在一个并不富裕的家庭。父亲在外面做事，很晚才回来。"我"还有两个姐姐。母亲对家庭的窘境十分痛苦。为此，她时常将这痛苦发泄到父亲身上。家里样样都要节省，用的是最廉价的日用品，姐姐的衣服要自己做，吃的饭食也十分简单。但每到星期天，全家都要穿戴整齐地去散步。这时，只要看到一艘来自远方的船开进港口，父亲就要重复他不知说了多少遍的话："于勒叔叔要是在这条船上，那会多么叫人惊喜呀！"于勒是父亲的弟弟，"我"的叔叔，从前是家里的祸害，现在是全家的唯一希望。他行为不端，吃喝玩乐，是一个坏蛋、流氓和无赖。当他把自己的那份遗产吃得一干二净时，就被送上一艘开往美洲的船。到了那里后，叔叔不知为什么发了大财。他的每一封信都会引起全家的震动和惊喜。于是，在"我们"的心中，于勒叔叔又变成了一个正直的好人、一个有良心的人。等待叔叔的归来成了我们心头的一件大事。姐姐的年纪大了，二姐总算有了未婚夫。婚礼之后，全家到盼望已久的泽西岛旅游。但是，在船上买牡蛎的时候，父亲突然发现一个卖牡蛎的人很像他的弟弟。于是，他十分不安地向船长打听，结果得到了证实，他就是"我"的叔叔于勒。站在他的面前，"我"真想喊一声叔叔。可是全家人都惊慌失措，不想去认那位并没有发财的亲人。回来的时候，"我们"乘坐了另一条船，以免再遇见他。打那时起，"我"再也没有见到他。

这里有一位畸形母亲的悲剧：

"我"的朋友给"我"讲述了一个怪胎之母的故事。她是一位勤劳、稳重、简朴的姑娘。她在一家农庄里做工，没有人知道她是否有情人，也没有人看出她有什么缺点。在一个秋季的傍晚，她在一捆捆麦子之间同一位小伙子做了一件错事。不久，她怀孕了。一个未婚的姑娘家，她既羞愧又害怕。为了遮掩日益膨胀起来的肚子，她想尽办法勒紧裤带，逐渐地，把肚子里的孩子勒成了残废。当孩子降生的时候，人们看到的是一个怪胎。脑袋又长又尖，眼睛可怕地凸现出来，四肢和身体也歪歪扭扭，十分难看。分娩时，人们仿佛看见了一个怪物，吓得四处跑开。从那以后，这个姑娘就成了人们心目中的魔鬼。她失业了，独自一人抚养着这个怪孩子。一天，几个跑江湖的人听说了此事后，把这个畸形的孩子买走了。这意外的来钱之道使她放弃了一切，专心致志地生育怪物，并根据不同的需要将孩子变成各种各样的形状，平均每年有五六千法郎的收入。当朋友的故事讲完之后，"我"在海边见到了一个高雅的贵妇人，可在沙滩上玩耍的她的三个孩子却是畸形的。朋友告诉我，这是贵妇人为了保持自己苗条的体形而使孩子成为了残疾。此时，"我"又想起了那个怪胎之母。

这里有……

从《绳子》、《项链》、《小酒桶》、《遗产》、《我的叔叔于勒》、《怪胎之母》到《修软垫椅的女人》、《遗嘱》、《骑马》、《珠宝》、《保护人》和《伞》，莫泊桑就这样调动起他捕捉艺术的灵感，通过截取日常生活中的普通画面，深刻地折射出整个社会的风貌。

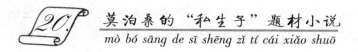

莫泊桑的"私生子"题材小说
mò bó sāng de sī shēng zǐ tí cái xiǎo shuō

在莫泊桑短暂的一生中，始终有一道抹不去的阴影笼罩在他的心头，那就是父母的离异给他的心灵带来的巨大的精神创伤。这种摆脱不掉的被遗弃的感觉也深深地影响了他的创作，浸透在他的作品中，表现在人物的命运中。因此，在很长一段时间内，他始终没有放弃对"私生子"问题的关注，他的很多作品，无论是长篇还是短篇，都不同程度地涉及到了那些被抛弃或被领养的"私生"孩子的命运，"私生子"题材也由此而成为他文学创作中一个不容忽视的领域和重要的组成部分。透过"私生子"题材的作品，我们隐约可见莫泊桑本人的身影。或爱，或恨，或悔，或喜，或悲，或同情，或鄙弃，种种复杂的情感都自觉或不自觉地融入到了作品其中……

1888 年 1 月，莫泊桑的第四部长篇小说《皮埃尔和让》出版了。这是一部无论在风格上还是内容上都不同于前三部长篇小说的作品。虽然小说的问世没能引起《一生》和《漂亮朋友》那样的火爆和轰动，但却被认为是一部"具有人物个性的作品，也是一部无意中自我揭露的作品"。在这部作品中，莫泊桑把自身融进了人物的命运之中，充分地展示了他对"私生子"的矛盾而又复杂的心理。

布朗一家有四口人，夫妻俩和两个儿子。一家人生活得和谐、平静、美满。哥哥叫皮埃尔，是一个医生。弟弟叫让，刚刚学完法律，并通过了法学士的考试。他们虽为兄弟，却有很大的不同。哥哥头发乌黑，弟弟则满头金发；哥哥脾气暴烈，弟弟则性格文静；哥哥衔恨记仇，弟弟则平易可亲；他们既相亲相爱，又在互相窥伺，在一种兄弟间的无害的敌意中互相戒备着。皮埃尔对让有一种隐隐约约的嫉妒心理，他嫉妒让从父母的怀里抢走了他的温馨与宠爱，他嫉妒父母不断地夸奖让的温顺和善良。

　　不久，他们结识了邻居家的一个年轻的寡妇罗塞米利太太。这个年轻漂亮的女人激起了哥俩的竞争，但罗塞米利太太似乎对让更有所偏爱，这又使皮埃尔十分恼火。一天，一件意想不到的事情彻底打破了家里的平静，使兄弟间和母子间的矛盾爆发出来。布朗夫妇的一个老朋友莱昂·马雷夏尔去世了。令人意外的是他留下遗嘱，把全部的财产给了布朗的二儿子让。如果让不愿意接受，这笔遗产就将转送给孤儿院。这飞来的财产给全家带来了巨大的惊喜，他们都沉浸在欢天喜地当中，只有皮埃尔百思不得其解。他也认识莱昂·马雷夏尔先生，这位和蔼可亲的先生也很爱他，可为什么偏偏把遗产只给了让？这解不开的谜团使他产生了疑惑。从自己与让的头发、长相、举止、神态和气质等方面的巨大差异，他对母亲产生了怀疑。他怀疑母亲是那位先生的情人，怀疑让是那位先生的私生子。这怀疑使他心惊肉跳，痛苦不堪。此时此刻，他所思考的已经不是对让的嫉妒问题，而是事关母亲贞洁荣辱的大问题。他在一种极为复杂的心理状态下开始了调查，敏感的母亲也立即察觉到了他的行为，但已经无法制止他的脚步。调查的结果证实了他的疑虑，气急败坏的他忍不住在与让的争吵中讲出了真情。让大惊失色，急忙找母亲去证实这一切。在儿子的巨大压力下，母亲承认让是她与莱昂·马雷夏尔的私生子。对这些，她并不感到遗憾。她对让说："虽然我是你父亲的情妇，我却更是他的妻子，他的真正的妻子；关于这件事我心里没有什么可以愧疚的，我一点儿也不后悔。虽然他已经死了，我还是爱他，我将永远爱他，我也只有爱过他一个人，他是我整个生命；我所有的快乐，我所有的希望，我所有的安慰，我所有的一切……在这个世界上我只有他，还有你们两个，你的哥哥和你。如果没有你们，那么一切都是空的……"

　　当自己私生子的身份得到确认后，善良的让将自己在家里所应有的继承权给了哥哥。皮埃尔也因无脸见人而远离家庭到一艘轮船上做医生。

　　在作品中，莫泊桑对那个"失足"的母亲不但没有任何的谴责，反而给予了极大的同情。这与莫泊桑自身的生活遭遇息息相关。由于很小时父母就开始分居，莫泊桑在感情上一直不喜欢他的父亲，而与母亲却十分接近。因此，不论在生活中，还是在小说里，莫泊桑都"设法理解她，作为女人设身处地地为她着想，可能还会发现她过去有过外遇"。于是，他便把作品中的母亲写成了一个高尚的女人，一个有着丰富的情感世界的女人，一个真正享受过爱情的女人，一个既看重爱情同时又把自己的儿子看作生活中唯一精神支柱的好女人。这一切，与他自身同母亲的感情不无关联。

对小说中的让，莫泊桑的态度是矛盾的，这也是由他自身所处的矛盾地位所决定的。他究竟是谁的儿子？这个看似简单的问题一直在困扰着他。社会上的风言风语对他这样一个敏感的作家不可能没有任何影响。一方面，自父母分居后，他就一直觉得自己是一个弃儿。这在很大程度上决定了他在创作中多写弃儿的题材。另一方面，对自己是福楼拜的私生子的传言，他又不能无动于衷。因为他的母亲不止一次在信中和谈话中讲到福楼拜是莫泊桑的父亲。福楼拜也曾经在给莫泊桑的赠书上写过"赠给我像爱我的儿子一样挚爱着的居易·德·莫泊桑"。持这种观点的人还在莫泊桑与福楼拜的长相上发现惊人的一致。虽然这些说法至今也没有得到准确的证实，但莫泊桑却一直十分希望他的母亲也能像小说中的母亲一样亲口解开他心头的疑团。这种矛盾复杂的心态使"他感到自己既是私生子让，又是合法婚生子皮埃尔。这种内心世界的斗争，通过他创造的虚构人物，在小说中都有所反映。"

关于莫泊桑对待私生子的复杂心情，还有一个更为重要的原因，那就是莫泊桑也有自己的私生子。据中国学者张英伦在所著的《莫泊桑传》中透露，终生未娶的莫泊桑并非没有儿女，而是留下了一男二女。人们用了整整二十四年的时间才最终探明莫泊桑的儿子叫吕西安娜·利泽尔曼，长女叫吕西安，次女叫玛特·玛格丽特，即利泽尔曼三兄妹。而他们的母亲直到1920年才去世。如此一来，莫泊桑在私生子问题上的矛盾态度和复杂心情的疑团似乎可以解开了。自己本身是弃儿，又被怀疑是别人的私生子，自己也生下了私生子，其中的复杂情感恐怕只有莫泊桑自己最为清楚。

　　应当指出的是，莫泊桑关于"私生子"题材的小说并非只有《皮埃尔和让》一部。在他短篇小说的创作中，有关"私生子"方面的作品也不少。在《西蒙的爸爸》中，莫泊桑描写了一个没有爸爸的孩子西蒙在学校所受到的虐待，以及西蒙的妈妈在社会上所受到的歧视。在对母子的不幸遭遇表示了极大同情之后，莫泊桑又以赞美的笔调描写了铁匠菲利浦向西蒙的妈妈求爱，并主动担任西蒙的爸爸的善良之举，从而歌颂了社会下层人民的美好情怀。

　　在《一个女雇工的故事》中，莫泊桑描写了一个可怜的女工被情人抛弃后生下了一个私生子。从此，她忍着巨大的精神痛苦，顶着巨大的舆论压力拼命工作，拼命赚钱，抚养孩子。被迫与农庄主人结婚后，她仿佛掉进了一个够不到边的深渊里，永远爬不出来。她知道，她的所有痛苦都来自那个私生子，而她的所有幸福也是那个孩子给她带来的。终于，当她与她的丈夫无法再生育孩子的时候，这个私生子才取得了"合法"的地位。

　　如果说在《西蒙的爸爸》和《一个女雇工的故事》中，两个私生子最后被合法收养，有了一个幸福而圆满的结局的话，那么在《一个儿子》中，私生子被生父遗弃的遭遇就十分悲惨了。小说所描写的是一个很有身份的法兰西学士院的院士在年轻的时候所做的荒唐事。二十五岁那年，他在与朋友旅行期间到一家旅店住宿。一位十八岁的女仆勾起了他的邪念。于是，他不顾女仆的强烈反对，粗暴地强奸了她，然后一走了之。三十年后，他旧地重游，想起了那个女仆。经打听才知道那个可怜的女子在生下一个私生子后痛苦地死去了。于是，在院子里，他看到了他的亲骨肉，一个身上破破烂烂，脏得可怕，一瘸一拐的男子，一个有点钱就酗酒的白痴。看到这些，他痛苦又反复地对自己说："那就是我的儿子。"

　　在《隐士》、《遗嘱》、《帕朗先生》和《永别》等作品中，关于"私生子"的故事还在继续……

21. 《梅塘之夜》幕后的故事
méi táng zhī yè mù hòu de gù shì

梅塘位于巴黎的西郊，那里空气清新，景色迷人，是法国作家左拉的别墅，也是一个云集了当代一批自然主义作家的文学沙龙。从年龄上看，左拉比莫泊桑要大一些，他们是 1874 年在福楼拜的巴黎寓所中相识的。当时，福楼拜在巴黎慕柳街的住所也是一个法国各界名流经常聚会的地方。每逢星期日，都有一些作家聚集到这里，互相切磋，互相交流。作为福楼拜的弟子，莫泊桑也经常出入此处。在这里，他不但结识了左拉，而且还与另外几个标榜自然主义的法国青年作家成为挚友。他们是：保尔·阿莱克西（1847 — 1901）、莱昂·艾尼克（1851 — 1939）、昂利·赛阿尔（1851 — 1924）和乔治·卡尔·于依斯芒斯（1848 — 1907）。这几个血气方刚的小伙子不但年龄相仿，情趣相投，而且当时都是左拉的崇拜者。共同的追求和共同的志向使他们走到了一起。从那以后，他们每星期四的傍晚都要聚集在左拉的家中，左拉夫妇也热情地款待他们。渐渐地，一个以左拉为核心的文学团体就这样悄然形成了。后来，左拉又在巴黎西郊修建了梅塘别墅，他们六人每周的聚会便搬到了那里。这就是在 19 世纪的法国文坛被传为佳话的"梅塘集团"，著名的小说集《梅塘之夜》就诞生在那里。

关于《梅塘之夜》的幕后故事，莫泊桑在 1880 年的一篇文章里曾写下了如下美妙的文字：

> 有一年夏天，我们聚集在左拉的梅塘别墅。……夜间美极了，很温暖，充满了树叶的馨香，所以每晚我们都到别墅外面的"大岛"上散步。

很显然，莫泊桑文中所说的"我们"就是后来以《梅塘之夜》而震撼法国文坛的六个自然主义作家：爱弥尔·左拉、保尔·阿莱克西、莱昂·

艾尼克、昂利·赛阿尔、乔治·卡尔·于依斯芒斯和莫泊桑。当时，左拉已经以完整的自然主义理论和文学大厦《卢贡-马卡尔家族》的部分作品蜚声法国乃至世界文坛，引起社会各界的广泛关注，而于依斯芒斯在法国文坛上还仅仅是一个崭露头角的小卒，至于莫泊桑也不过是一个即将震动文坛的毛头小伙子，另外三位忠实的弟子则正在左拉的指导下勤奋写作。总之，在那个美妙的夏夜，在明朗的月色中，他们的创作灵感得到了激发，他们的文学想象得到了释放，他们沉浸在文学大师的作品中，陶醉在浪漫的情调中流连忘返。

还是在那篇文章里，莫泊桑非常神往地写道：

> 我们逐个地回忆了所有著名的说故事家，赞扬了许多能口头即兴的说故事家，就我们所熟悉的人当中，最出色的是伟大的俄国人屠格涅夫，他几乎可以说是法国式的巨匠。保尔·阿莱克西认为：要写一个短篇故事并非易事。怀疑论者赛阿尔望着月亮喃喃地道："这是多美的一幅浪漫主义的背景啊，应该把它用上……"于依斯芒斯添上一句："……在讲情意绵绵的故事的时候。"左拉感到，这是出色的想法，我们每个人都应该讲一个故事。这个主意使我们觉得非常有趣，于是我们商定了。……我们坐好了，在沉沉入睡的田野的一片恬静中，借着明亮的月光，左拉给我们讲了战争的悲惨历史中的可怕的一页，它叫做《磨坊之役》。

这个动人心魄的故事发生在普法战争中，罗科勒兹村一所古老的磨坊里。磨坊的主人梅里埃大爷正在为女儿弗朗索瓦兹和未来的女婿多米尼克筹备婚事。但是：法军战败了，普鲁士人打了过来。婚礼无法举行，小小的磨坊也成了一支法国军队狙击敌人的堡垒。战斗是激烈的，整整一天，猛烈的枪声没有停止过，法军士兵步步为营，寸土不让，一直坚持到最后一分钟。密集的子弹把磨坊打得百孔千疮，热血染遍了每一片砖瓦。到完成任务撤退时，只有队长和四名战士幸存。起初，身为比利时人的多米尼克只是在一旁观看。当发现自己心爱的未婚妻也被流弹击伤时，他便拿起了自己的猎枪，以准确的枪法不知疲倦地射击，甚至在法军已经撤走后还在战斗。不幸的是他被捕了，等待他的即将是死亡。夜里，弗朗索瓦兹以惊人的毅力帮助他逃了出来。气急败坏的普鲁士士兵要以枪毙梅里埃大爷作为代价。就在这时，多米尼克出现了，法军也出现了。经过激烈的战斗后，法军胜利了，但多米尼克和梅里埃大爷却献出了自己的生命，往日充满欢乐的磨坊成了一片废墟……

这个生动感人的故事后来就成为左拉的名篇《磨坊之役》。在作品中，左拉满腔激情地歌颂了三个爱国主义英雄的形象：沉着冷静的梅里埃老村长，他心爱的女儿——美丽而勇敢的弗朗索瓦兹，未来的女婿——比利时青年多米尼克。

左拉的故事讲完了，几个年轻人也被故事的情节和融注其中的爱国主义热情深深地感染了。他们一致催促左拉尽快把这个故事写出来，而左拉却微笑着告诉他们这篇小说早已经写完了，他们这才如梦初醒。就这样，他们度过了一个难忘的夜晚。

转眼间，又一个美丽的夜晚降临在迷人的梅塘别墅，故事会又开始了。这次轮到了莫泊桑。虽然此时的莫泊桑还是文坛上的一位无名小卒，但他已经在福楼拜的指导下写作多年。虽然在"梅塘集团"的六位作家中，他当时是名气最小的一个，却已经养成了对生活、对社会敏锐的观察力和思考力。应当说，他已具备了作为一个优秀作家所应具备的素质。只不过福楼拜老师不希望他急于发表作品，而是让他默默地等待时机。今天，在这个特殊的文学沙龙里，在令人陶醉的梅塘之夜，他的创作灵感如奔腾的江河宣泄而出，法国文坛也似乎在等待着一个文学天才的诞生。

说起普法战争，莫泊桑深有感触，因为他是普法战争的参加者和见证人。作为战争期间应征入伍的一名战士，他曾亲临前线，目睹了战争的残酷、上层军官的贪生怕死、下层士兵的英勇无畏，也目睹了普通百姓的爱国主义壮举。他亲身经历了法军的溃败，经历了在溃败中险些被敌军俘虏的恐惧。上流社会的腐败、黎民百姓的淳朴、战败者的耻辱、对侵略者的

仇恨在他的心中留下了难以忘怀的印象。也许是有感于左拉的《磨坊之役》，莫泊桑的眼前出现了普法战争中的另一个片断：那是一个被社会唾弃的妓女，一个被同车厢的"上流妇女"所不齿的"下贱"姑娘。在那场战争中，她虽没有走上前线，却以一名法兰西人所应有的民族气节对普鲁士军官的无耻追逐和占有欲予以严词拒绝。虽然她以卖身为生，但她绝不愿向侵略者出卖自己的肉体，更不愿出卖自己的灵魂。在"羊脂球"这个"下贱"女性的对映下，同一车厢里那些道貌岸然的"正人君子"的丑恶嘴脸一览无遗。这个以特殊的角度再现普法战争的故事就是后来就成为莫泊桑的成名作《羊脂球》。

又一个难忘的夜晚过去了。当下一个梅塘之夜来临的时候，仿佛普法战争成了大家讲故事的中心。于依斯芒斯讲了一个士兵的可怜遭遇，引起了众人的兴趣。这个荷兰画家的儿子，自幼受家庭的熏陶，生性忧郁，酷爱人工技巧和精确洗练的手法。普法战争时期，他上过战场，亲身经历过一段病院的生活。那种倦怠的无秩序的病院生活是他终生难忘的一段可怕的回忆，也成了小说《背上背包》的素材。接下来几天，余下的三位小说家也分别讲述了关于普法战争的故事。一个个迷人的梅塘之夜就这样成了他们创作素材的交流会，对法国人民爱国精神的歌颂会和对普鲁士侵略暴行的声讨会。

一天傍晚，几位年轻人又聚集在左拉的巴黎住所。当时，左拉提出每人以1870年的战争为题材写一部中篇小说，得到了大家的一致赞同。之后，赛阿尔提出的以《梅塘之夜》作为小说集书名的想法也获得了一致通过。于是，在1880年的4月15日，由这六位作家创作的、在思想和艺术上错落有致的中篇小说集《梅塘之夜》就在巴黎问世了。这六篇作品是：左拉的《磨坊之役》、于依斯芒斯的《背上背包》、赛阿尔的《放血》、艾尼克的《"大七'事件》、阿莱克西的《战役之后》以及莫泊桑的《羊脂球》。《梅塘之夜》的出版，不但在巴黎引起了爆炸性的反响，也使莫泊桑像一颗新星进入了文坛。那一天不仅成为莫泊桑创作上的转折点，也使《梅塘之夜》成为一则动人的佳话而永存于19世纪的法国文学史册。

小说《羊脂球》台前幕后
xiǎo shuō yáng zhī qiú tái qián mù hòu

　　《羊脂球》是莫泊桑的成名作，它诞生于左拉的梅塘别墅，并成为那部轰动法国文坛的中篇小说集《梅塘之夜》中最耀眼的明星。在这部以普法战争为背景的作品中，莫泊桑既融注了自己对普法战争的切身体验和一股浓浓的爱国主义情感，也正式向世人展示出了自己出色的艺术才华。

　　《羊脂球》的主人公是个妓女。在实际生活中，这个妓女确有其人。她叫阿德里安娜·勒盖。由于长得胖胖圆圆的，人们确实送给她一个外号——羊脂球。不仅如此，在普法战争期间，她本人又的确经历过莫泊桑在小说中所描写的那段不幸的遭遇。但是，莫泊桑在创作这部小说时，并没有见到过这个女人。有关她的故事是一个亲戚讲给他听的。当时，正在老师福楼拜的指导下苦苦创作的莫泊桑，立即就以文学天才的目光和敏锐的思维力洞察到了这个轻浮女子的故事后面所隐含的社会意义。于是，经过他的一番加工和提炼，一个简单的妓女受辱的故事就成了一部具有强烈的道德震撼力和艺术感染力的经典佳作。

　　故事发生在普法战争期间，在被普鲁士军队占领的城市卢昂，几个商人依靠他们与所熟悉的普鲁士军官的某种关系，从司令部那里弄来了一张准许离境的通行证。于是，他们便订好了一辆四匹马的公共马车，准备离开卢昂，前往尚未被普鲁士人攻占的港口勒阿弗尔。在一个星期二的清晨，为了不引起旁人的注意，天还没亮时，他们便悄悄地动身了。

　　外面飘落着鹅毛大雪，马车在缓慢地前行。天渐渐亮了，借着透进来的一丝亮光，坐在车厢里面的人们开始互相打量起来。原来，这小小的车厢里共坐了十名乘客。在他们中间，有臭名昭著的葡萄酒批发商人乌先生和他的妻子；有工厂老板卡雷·玛拉东先生和他年轻的太太；有一位派头很大的老绅士于贝尔·德·布雷维尔伯爵和他的夫人。在伯爵夫妇的身旁，坐着两个面色难看的修女。在修女的对面，坐着引人注目的一男一女。那个男的大家都认识，他叫高尼岱，人送外号"民主党"。而那个女人则是一个妓女，身材圆乎乎的，人送外号"羊脂球"。

在这个十人组成的小小空间内，一旦大家互相认识并了解了彼此的社会地位后，几位"正派"的女人很快就结成了统一战线，对那个"羊脂球"姑娘发出了恶意的攻击和辱骂，虽然"羊脂球"投以毫不畏惧的挑战目光，但在场的男人们却对"羊脂球"的处境无动于衷。

马车以十分缓慢的速度行进着，已经过了吃午饭的时间，可马车仍没有走出多远。此时，车厢内的人们早已饥肠辘辘。这时，羊脂球犹豫地看了看大家，又犹豫地在自己的裙子底下寻找着什么。终于，当众人饿得无法忍受，而前方已经确实没有什么地方可以停下来吃饭的时候，她便把自己早已准备好的、足够三天用的食物拿了出来：鸡肉、肉酱、水果、糖果、红葡萄酒……看到这些，那些先前辱骂她的女人们恨不得把她扔下车去，丢弃在雪地里。出乎意料的是，羊脂球却热情地招呼大家吃饭。此时此刻，饥饿的人们早已顾不得自己的身份和地位，顾不得刚才对人家的侮辱，一会儿就把羊脂球的食物一扫而光。

傍晚，马车终于到了一个小镇。这里仍被普鲁士军队占领着。一个军官不知从哪儿得知车内有一个妓女，便无理地要求"羊脂球"陪他过夜，如果"羊脂球"不答应，第二天就不许马车放行。"羊脂球"拒绝了。第二天，马车被普鲁士军队扣住了。一天又一天过去了……

逐渐地，众人对羊脂球的看法开始有了微妙的变化。由于个人的既得利益遭受了损失，他们的立场很快就转移到了占领军的一方。于是，他们便联合起来，帮助敌人做"羊脂球"的工作。他们或威逼利诱，或软硬兼施，终于迫使孤立无援的"羊脂球"勉强答应了那个普鲁士军官的要求。

第二天，马车又向前滚动了。众人似乎忘记了是谁使他们得以成行的，又对"羊脂球"表现出轻蔑和冷落。中午时分，他们纷纷拿出早已准备好的食品，大吃大嚼，而"羊脂球"由于走得匆忙，没来得及带任何食品，却没有人理睬她。

马车就这样继续走着，一直在一旁冷眼观看的高尼岱突然恶作剧般地吹起了口哨，并且忍不住地哼起了《马赛曲》：

> 对祖国的神圣的爱，
>
> 快来领导、支持我们复仇的手，
>
> 自由，最亲爱的自由，
>
> 快来跟保卫你的人们一道战斗！

歌声使车厢内的那些人涨红了脸，因为他们并不喜爱这首人民的歌曲。车走得更快了，但"羊脂球"却一直在抽泣。

莫泊桑是在左拉的住所里为众人朗读《羊脂球》的书稿的。据说，当他满怀深情地将书稿念完后，寓所中出现了长时间的沉默。良久，被小说中独特的情节所感动，被蕴涵其中的巨大震撼力所激励的作家们，纷纷站起身来，用无声的语言对莫泊桑精湛的艺术手法表示深深的敬意。

在第一时间内阅读了《羊脂球》的样稿后，福楼拜兴奋不已，立即作出了最强烈的反应。在给弟子的信中，他激动地说：

> 你那资产者的面孔多么惟妙惟肖！没有一个不成功的：高尼岱绝妙而且真实；满脸小麻子的修女，好极了；而伯爵，口称"我亲爱的孩子"；还有那结尾！可怜的妓女哭泣着，而另一位在唱《马赛曲》，妙！

血气方刚的莫泊桑气势逼人。在《羊脂球》的序言中，他发出了强有力的挑战："我们等待不怀好意和出于无知的攻击，对这些惯常的攻击，我们已经受了许多考验。我们唯一的考虑就是公开承认我们的真正友谊和我们的文学倾向。"

很快，巴黎的新闻界也立即予以回击。有人在《费加罗报》撰文指出："这伙自负的年轻人，在罕见的序中向舆论界挑战。这是一眼就能看穿的诡计。他们的想法是：设法向我们抨击，这样就能够把书卖出去。《梅塘之夜》，不值一提。除了左拉卷首的那篇小说外，都是平庸至极的作品。"

也有人在《时代》杂志发表文章说："尽管头插羽饰，这本书极为平常。这些自称左拉一派的年轻人，继承的是他的不足之处，而不是他的才华。"

在一片十分尖刻的批评声浪中，评论界赞扬的声音也一浪高过一浪。《欧洲政治经济财政报》的文章认为，《羊脂球》"手法敏捷灵活，描写简明扼要"。

《新闻报》也赞扬莫泊桑"文风紧凑、有节制、集中"，"观察精神无可指责"。并认为"这完全是福楼拜的风格，才能卓绝，已不单是模仿这位优秀的散文家了"！

就在评论界对莫泊桑及其《羊脂球》进行褒贬的热潮中，一位曾经批评过莫泊桑的评论家也表达了自己的心声："莫泊桑先生的《羊脂球》获得了辉煌的成就。这不是没有道理的。莫泊桑先生——我曾在本报严厉对待过作为诗人的他——是一位出类拔萃的散文家。"

而另一位诗人和剧作家则大胆预言："人们将不知厌倦地一读再读这部《羊脂球》。"

此时此刻，一直在密切注视着新闻评论界动态的福楼拜又站出来给予弟子以坚决的支持和有力的赞扬。他在信中说："我又读了一遍《羊脂球》，我还维持我的观点，这是一篇杰作。设法写它一打这样的作品，那你就是个人物了。"

《羊脂球》成功了！而它的成功首先要感谢那来源于生活的真实素材。在实际生活中，不仅"羊脂球"确有其人，作品中的"民主党"人高尼岱也有确其人，他的原型就是莫泊桑表兄表姐的继父高尔东。另一方面，虽然莫泊桑当时没有见到"羊脂球"本人，但是，就在《羊脂球》这部小说发表数年后的一天，他终于在一家剧场的包厢里实现了他多年的夙愿，见到了他笔下的"羊脂球"的原型。当时，莫泊桑曾长久地望着她，激动不已，并且在散场后请她吃了一顿饭，同她长时间地交谈，对这位不幸但坚强的女性表达了深深的敬意。因为正是这位被侮辱与被损害的女性的生活经历，使他得以创作出那部蜚声世界的佳作。不幸的是，数年后，这个可怜的女人只因交不起仅仅七法郎的房租就自杀身亡了。值得庆幸的是，她的遭遇曾感动了莫泊桑，并因此通过莫泊桑的神来之笔将自己的形象借助《羊脂球》流芳百世！

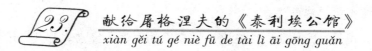

23. 献给屠格涅夫的《泰利埃公馆》
xiàn gěi tú gé niè fū de tài lì āi gōng guǎn

屠格涅夫与莫泊桑的老师福楼拜关系甚密，因此，莫泊桑与屠格涅夫很早就有了文学上的接触。不过，尽管福楼拜一再向屠格涅夫推荐自己的弟子，他还是不太喜欢这个风流小生。早在福楼拜在世时，他就曾读过莫泊桑的习作，并且很武断地说莫泊桑"永远也不会有才华"！后来，《羊脂球》获得了巨大的成功，使莫泊桑在法国文坛名声大振。即便如此，屠格涅夫仍然不屑一顾，在一片赞扬声中持一种"再看一看"的目光。直到短篇小说《一家人》的发表，才彻底改变了他对莫泊桑的看法，承认这个英俊而风流的年轻人"不是一颗一闪而灭的火星"。于是，他也步起了布耶与福楼拜的后尘，主动承担起培养关怀莫泊桑的工作。虽说他不是莫泊桑严格意义上的文学老师，但在莫泊桑成长的功劳簿上也有他的一份贡献。为了把莫泊桑的作品介绍到俄国，在俄国广泛传播，使俄国的广大读者认识、熟悉并了解这位法国文坛上的天才，屠格涅夫做了大量的努力。因此，莫泊桑对这位俄国大作家一直怀着深深的敬意和感激之情，并试图创作一部优秀的作品作为回报。

1881 年 1 月，莫泊桑在写给母亲的信中高兴地说："我的反映妓女生活的小说快完成了，她们是刚行圣体仪式的妇女。我相信，这篇小说要是不如《羊脂球》，起码也可以与之媲美。"他所说的那部反映妓女生活的小说，就是继《羊脂球》之后的又一篇杰作《泰利埃公馆》。

这部中篇小说的创作灵感来自一位老朋友为他提供的一条线索。有一次，他的老朋友在散步时偶尔发现一家妓院的门上贴着一张布告，上面写道："因第一次领圣体暂停营业。"这份来自妓院的布告引起了他极大的兴趣。于是，他把这件事告诉了莫泊桑。莫泊桑觉得这是一部中篇小说的极佳题材。虽然他的同伴们一致认为这件小事不足为奇，但莫泊桑还是以其特有的捕捉能力和艺术家的眼光洞察到了其中不同寻常的意义。就这样，当同伴们一笑了之、各自忘怀之后，莫泊桑却拿起了那支犀利的笔，完成了这部不可多得的名篇佳作。

泰利埃公馆是一家妓院，住在这个城市里的很多人经常去那儿，就如同去咖啡馆一样平常。但有那么七八个人却是那里的常客，他们是前市长、船主、商人、税务官和银行家的儿子等。有妻室的嫖客玩到半夜时就回家，而年轻人就留下来继续狂欢作乐。妓院里共有五位姑娘，她们按照妓院的老板——泰利埃太太吩咐，并根据自身的特点，各负其责，在不同的位置招待着不同阶层的客人。由于在这个小城市里，仅有这一家妓院，所以它生意兴隆，每天门庭若市，成为该市的一些有闲人宣泄放荡的固定场所，多年来，从未出现过意外。

但是，在五月末的一个晚上，当该市的前市长木材商普兰先生第一个来到这里的时候，却发现大门紧紧地关着，里面没有开灯，甚至一点声音都没有。他耐不住寂寞地沿街乱走，正巧碰到了也来这里的船主迪韦尔先生。他们一道去敲门，没有反应。这时，咸鱼商人图尔纳沃也赶到了这里。由于家里有儿有女，并不自由的他好不容易才出来一趟，谁知关门了。

三个人来到码头，又遇到了泰利埃公馆的另几位常客，银行家的儿子菲列普先生和税务官潘佩斯。当他们一同回到泰利埃公馆时，发现在那里等不及的水手们正怒气冲冲地向里面扔石头，而有的人甚至急得哭了起来。人们走散了，但咸鱼商人却要探个究竟。终于，他在墙上发现了那张布告，上面写着："因第一次领圣体暂停营业。"

原来，泰利埃太太的侄女已经满十二岁了。应弟弟的邀请，泰利埃太太要回到家乡去参加侄女的领圣体仪式。但如果她离开，公馆非乱起来不可。没办法，她就把妓院内的几个姑娘也一道带回了乡下。妓院的营业停止了，几位姑娘却欢天喜地，穿上花花绿绿的衣服，高兴地乘上了火车，来到了太太的故乡。由于好不容易才有这么一次机会，所以，她们走到哪里，就把欢歌笑语带到哪里。就这样，在火车的车厢里，在无拘无束的田野和村庄，在狭小的农家院落，到处都留下了她们的笑声，也引来了众人不同的目光。当她们来到神圣的教堂，目睹小姑娘领圣体的仪式时，不禁回想起自己的童年。于是，她们泪流满面，仿佛回到了纯真的时代。

渡过了一段难得的乡间生活后，她们又急急忙忙赶回了城市。泰利埃公馆又开业了，各类嫖客们喜出望外，纷纷前往，好像久别重逢一般。妓院又恢复了往日的气氛，妓女们又操起了自己所熟悉的行当，嫖客们又找到了他们盼望已久的姑娘。人人都满面春风，兴高采烈，而那一天暂停营业的事也很快就被忘到了脑后……

在 19 世纪的法国文坛上，虽然莫泊桑不是第一个接触妓女题材的作家，但是像他这样独树一帜地以轻松、欢快和幽默的笔调来描写妓院及妓女生活的，并不多见。

在姑娘们乘坐火车的车厢内，莫泊桑这样写道：

> 车厢内也确实是花花绿绿，令人眼花缭乱。太太从头到脚，全身上下都是蓝绸缎，上面披着一条冒充法国开司米的披肩，红颜色，红得耀眼，而且闪闪发光。费尔南德穿一件苏格兰花呢的连衫裙，呼哧呼哧地喘气，她的同伴们拼命替她把连衫裙的上身束紧，下垂的胸脯被高高地束成两个圆球，不停地晃荡，好像是用布兜住的两包水。

> 拉斐埃尔戴一顶插着羽毛的帽子，看上去像个鸟窝，而且里面有着满满的一窝鸟；她身穿一身淡紫色衣裳，装饰着金色的闪光片，富有东方情调，跟她犹太人的相貌很相称。泼妇萝萨穿宽荷叶边的粉红裙子，模样儿像一个过于肥胖的孩子，或者生了肥胖病的侏儒。看来是用旧窗帘给自己裁制了别出心裁的服装，这种花枝图案的窗帘还是复辟时期的货色。

这些花枝招展的妓女不修边幅的举止和轻浮的打扮在车厢中，在教堂里招来了很多"正派"女人的轻蔑和惊奇，也招来了一些不怀好意的男人淫秽的目光和莽撞的举动。但是，就在领圣体仪式进行的时候，"萝萨突然想起她的母亲、她村子里的教堂、她自己第一次领圣体。她以为自己又回到了那种日子里，她那时是多么小，整个儿淹没在她那件白连衫裙里，她开始哭了起来。……路易丝和弗洛拉也被相同的遥远的回忆压得透不过气来，泣不成声。……正像小小的火星点燃一大片成熟的庄稼，萝萨和她同伴的眼泪立刻就在全体教徒中间蔓延开来。男人，女人，老人，穿着新罩衫的年轻人，全都一下子哭了起来；在他们的头上好像笼罩着一样超自然的东西，一个无所不在的灵魂，一个看不见的全能者的神奇的气息。"

格调是欢快的，气氛是圣洁的。但是，一回到那座小城，这些水性杨花的妓女又恢复了放荡的模样。然而，就在这充满了节日气氛的泰利埃公馆里，透过欢快和轻松，莫泊桑为我们展示的却是另一种丑恶的画面：商事法庭的法官来了，这个柏拉图式的求爱者正在角落里同泰利埃太太亲密交谈；前市长来了，萝萨正骑在他的大腿上同他调情；税务官和银行家的儿子也来了，费尔南德一人正同他们两人戏耍；而咸鱼商人则冲进来就把拉斐埃尔抱起来，并且迅速地消失在通往卧室的楼梯中……

上流人士的嘴脸，有钱人士的丑态，大小官员的肮脏，纨绔子弟的龌龊……总之，资产阶级文明的一切真实面目，都在这场常演不衰的人肉筵席上得到淋漓尽致的展示。社会风气的污浊、道德伦理的泯灭、正人君子的伪善、下层生活的悲惨也在这看似幽默的笔调中得到了深刻的揭示与批评。莫泊桑就这样以一种与众不同的风格，对当时那个社会既定的秩序给予了坚决的否定，表达了强烈的反叛。

一位年轻的出版商指出：《泰利埃公馆》"描写得既独特又大胆，这是一件非常棘手的事情，我相信，它肯定会要么激起愤怒，要么就虚假地表示愤慨，总而言之，该书会以体裁漂亮和富有才华而一举成名"。事实正像他所预测的那样，仅仅几个月内，《泰利埃公馆》就印了十二版！为表达自己的真诚谢意和感激之情，莫泊桑在《泰利埃公馆》的扉页上写下了这样一段话语：

"献给伊万·屠格涅夫，以表深挚的感情和崇高的敬慕。"

不久，屠格涅夫就把《泰利埃公馆》的法文本送给了俄国另一位大文豪列夫·托尔斯泰。这位誉满欧洲的大作家正是从《泰利埃公馆》起便一发而不可收，几乎阅读了莫泊桑的全部作品，并称赞莫泊桑具有"那种使他能够在事物和生活现象中见到人所不能见的特征的天赋注意力"。

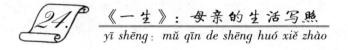

24. 《一生》：母亲的生活写照
yī shēng: mǔ qīn de shēng huó xiě zhào

《一生》是莫泊桑的第一部长篇小说，发表于 1883 年。但莫泊桑创作长篇小说的意图却由来已久，甚至可以追溯到恩师福楼拜还在世的年月。1873 年，福楼拜在写给莫泊桑母亲的信中说："我很希望能看见他写一部长些的作品，哪怕写得不好也无妨。"老师的关怀和母亲的督促，使得莫泊桑创作长篇小说的欲望更加强烈起来，而最先进入他脑海的故事情节就是《一生》。1877 年，他告诉福楼拜："我已经制定了一部长篇小说的提纲，……我立刻就开始写这部长篇。"当他把《一生》的提纲读给老师听的时候，福楼拜高兴得大叫："啊！好极了！这是一本好小说，构思真实！"遗憾的是，福楼拜却没能在有生之年看到弟子的长篇小说问世。《一生》的创作道路十分艰难。这期间，莫泊桑冥思苦想，反反复复，几经周折，直到 1883 年才将其奉献给读者。而那时，福楼拜已离去三年。

《一生》讲述的是一个带有悲剧色彩的女子约娜从年轻到年老、从浪漫到现实、从幻想到幻灭的一生。约娜是一个贵族少女，在修道院生活了五年后被接回了家中。十七岁的她对人生，对爱情，对未来满怀着浪漫的憧憬和美好的幻想。她不了解外面的社会，不了解周围的一切，更不了解生活于其中的形形色色的人。她生活在家庭的脉脉温情之中，整日幻想爱神的早日降临；她依偎在父母关爱的怀抱中，整日盼望着生命的奇迹出现；她陶醉在大自然的景色中，一心渴望心中的白马王子来到她的身边。她，生活在缥缈的幻想之中。

一个偶然的机会，邻居家的贵族公子哥于连闯进了她的生活。这个长相英俊、举止大方的小伙子很快就赢得了约娜家的好感，也扣动了约娜渴望爱情的心扉。天真烂漫、富于遐想的约娜立刻就把于连看作梦中仰慕已久的意中人。因此，当于连向她求婚时，迫不及待的她很快就答应了。随之而来的，自然就是隆重的婚礼。

约娜结婚了，她是带着甜蜜的梦想迈入洞房的。然而，当于连出现在她身边的时候，那文雅的举止不见了，取而代之的却是一个粗暴无礼的恶棍及其对肉欲的无休止追求。在巨大的肉体的苦痛中，她的新婚之梦破灭了。而接下来所发生的每一件事情，无不将她的美好梦想一一毁灭。

结婚后，于连终于露出了他真实的面目。他是一个厚颜无耻的吝啬鬼，一个缺少任何温情的守财奴。他掌管了全部的家产，紧缩开支，处处斤斤计较，苛刻无比。他一扫贵族青年的英俊仪表，俨然一副粗俗丑陋的土财主的派头。在无可奈何的失望中，约娜的生活之梦破灭了。

于连还是一个放荡不羁的淫棍。他一边在约娜的身上寻求肉欲的满足，一边又勾引约娜的使女萝莎丽，并同这个女仆生下了一个私生子。此外，他还勾引邻居家的女人，并公开与之通奸，直到最后死于非命。在色鬼丈夫的浪荡行为面前，约娜的爱情梦破灭了。

于连死了，约娜又做起了儿子梦，一心想在儿子保尔身上寻求自己的寄托。但是，她的百般溺爱并没有给她带来任何幸福的回报。保尔长大了，他比父亲还要放荡，比父亲还要邪恶，比父亲还要不负责任。他粗暴蛮横，挥霍无度，无恶不作，把约娜一家搞得家破人亡。在残酷的现实面前，约娜的儿子梦又破灭了。

此时的约娜，面容憔悴，白发斑斑，已失去了对人生的任何企望。这时，同样失去了丈夫的萝莎丽带着那个私生子又回到了她的身边，担负起照顾她生活的重任。后来，约娜的不孝儿子也死掉了。约娜接回了自己的孙女后，对生活发出了由衷的感叹："人生从来不像意想中那么好，也不像意想中那么坏。"

《一生》的出版获得了巨大的成功。从 1883 年 2 月 15 日到 4 月 6 日，

《一生》在《吉尔·布拉斯报》上以小说连载的形式发表后，立刻在读者中引起了强烈的反响。数日内，这份报纸就成了人们争相抢购的"热门货"。紧接着，出版社又及时地将《一生》的单行本推出，二万五千册的印数竟然没能满足读者的需求，很快就被一抢而光。在给朋友的信中，莫泊桑高兴地说："从公众和报纸的反应，我意识到我已经取得完全的成功。"

《一生》反映的内容从故事情节上看，不是莫泊桑所生活的法国社会现实，而是在他之前的那段历史时期，即复辟时期到40年代。即便是这样，作品对当时的历史风貌、重大事迹和社会变革也没有做正面的表现。可以说，小说的背景不是十分明晰的，主人公的生活视野至少是远离那个充满了动荡和变化的时代的。

那么，约娜的悲剧究竟是什么悲剧？在这个不幸的女人背后究竟隐含了作家的什么意图？莫泊桑说：在《一生》中，"我并没有想做其他的事，仅仅是在展示构成一个女人生活的事件——她那交织着幻想、幻象和忧伤的一生。"这个女人又是谁？透过作品的表象，追寻莫泊桑家庭生活的足迹，我们似乎觅到了一些蛛丝马迹，感觉到在约娜这个形象背后所站立着的竟是莫泊桑母亲洛拉的身影，比较起来，她们的遭遇竟是那样的一致……

约娜的丈夫于连是一个淫棍，洛拉的丈夫居斯塔夫·莫泊桑也是一个以不断追求女人为生活内容的酒色之徒；约娜的丈夫同家里的女仆鬼混，洛拉的丈夫也在家里勾引使女；约娜的女仆萝莎丽被于连奸污后生下了一个私生子，据说，洛拉的丈夫居斯塔夫也同莫泊桑的奶娘留下过私生子。

更为相同的是，约娜和洛拉都有一个不争气的儿子。约娜的儿子保尔完全继承了父亲于连的一切恶习，给家里带来了巨大的灾难；而洛拉的二儿子，也就是莫泊桑的弟弟艾尔维则不务正业，吃喝嫖赌，到处闯祸，给洛拉带来了沉重的负担和无尽的烦恼。在给表姐的信中，莫泊桑说："我母亲此刻精神上十分痛苦，身体完全垮了。艾尔维对她的态度像一个坏蛋，常打电报逼她为他还债。……他简直是个混蛋和无赖。"

此时，反对的声浪也不甘示弱。个别议员指责《一生》有伤风化，对莫泊桑及其小说大力攻击，无端谴责。政府部门甚至不惜动用权力，宣布《一生》为禁书，并下令所有火车站的书报亭禁止销售《一生》。对此，莫泊桑大为恼火。在给左拉的信中，他气愤地说："在候车室里，有人在负责检查书籍的道德风化问题，认为我的书是淫秽读物。这种人是不是白痴？"

尽管批评和反对的声音充斥媒体，但在《一生》的影响逐渐扩大，在读者中的声望逐渐提高的巨大成功面前，正义的呼声还是占了上风。《一生》不但恢复了它应有的文学地位，而且跨越了国门，在欧洲各国赢得一片好评。俄国作家托尔斯泰指出："这部小说的全部事件和人物这样地生动，令人久久不能忘怀……读者能感觉到作者是爱着这个女性，不是爱她的外表，而是爱她心灵，她的内在的美，怜恤她，为她受苦，这种感情是不自觉地传达给读者的。因此，读者要问：为了什么，何以这个优美的女性被毁了呢？难道应当这样吗？在读者心中就自然而然地产生了这样的问题，而迫使他们去思索人生的意义。"

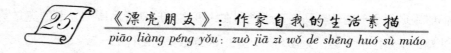

25. 《漂亮朋友》：作家自我的生活素描

piāo liàng péng yǒu：zuò jiā zì wǒ de shēng huó sù miáo

《一生》的成功，给了莫泊桑以巨大的精神鼓舞，也坚定了他进一步尝试长篇小说创作的信心。于是，就在《一生》问世两年后的 1885 年，他又推出了第二部长篇《漂亮朋友》。与《一生》艰苦而漫长的创作道路形成巨大反差的是，《漂亮朋友》是莫泊桑在短时间内一气呵成的。1884 年 10 月，《漂亮朋友》的初稿刚刚完成，莫泊桑就迫不及待地向女友宣告："我的《漂亮朋友》完稿啦！我希望那些要求我写点儿长东西的人会感到满意。"1885 年 2 月，他在给出版商的信中说："我已经完成《漂亮朋友》。我只要再看一遍，最后两章再斟酌一下。再干六天，它就可以完成。"1885 年 4 月，小说仍在刊登过《一生》的《吉尔·布拉斯报》上连载，再次在读者中引起超出作家预料的强烈反响。

　　故事从一个在巴黎街头徘徊的落魄年轻人写起。他叫乔治·杜洛阿，一个乡镇酒店老板的儿子，一个在法国殖民地的非洲度过了两年淫荡生活的恶棍，一个无所事事但敢于冒险的骗子。他在巴黎的街头游荡，虽然口袋里的钱已所剩无几，而且眼看就要变成一个穷光蛋，但爹妈却给了他一张漂亮的脸，所以人送外号"漂亮朋友"。也正是凭着这张漂亮的脸，他才得以在巴黎这个大染缸里如鱼得水。

　　正当他走投无路的时候，一个熟悉的面孔出现在他的眼前。福雷斯蒂埃——这是他当年在非洲共同服过兵役的老朋友，现任《法兰西生活》日报政治新闻的主编。偶然的相见既给他带来了意外的惊喜，也给他带来了峰回路转的收获。于是，在老朋友的举荐下，不学无术的杜洛阿竟然进入了这家报社，还当上了记者。

　　不但进入报社的门是老朋友为他打开的，作为新闻记者的第一篇文章也是老朋友的妻子玛德莱娜为他撰写的。这对善良的夫妇既帮助他在报社站稳了脚跟，又帮助他成为报社的著名记者。但是，杜洛阿还不满足，内心世界仍十分苦闷。因为他觉得自己仅仅还是一位平凡的记者，梦寐以求的上流社会距离他仍十分遥远。于是，他就充分利用起自己漂亮的面孔，把女人作为闯进上流社会的阶梯。

　　他的漂亮的脸蛋很快就派上了用场。贵妇玛莱勒夫人被他的漂亮脸蛋征服后，他立即借助这个不凡的女人涉足上流社会。快速成功的巨大喜悦，使得他进一步意识到自己这张脸孔的重要价值。于是，他又利用自己的脸骗取了报社总经理瓦勒泰尔夫人的青睐，不但用花言巧语蒙骗了她，占有了她，而且还戏弄她，把这个年纪不小，但没尝过爱情滋味的女人搞得魂不守舍，疯疯癫癫。结果，他马上就得到了提升，成为本市要闻版的编辑主任。

　　一次次意外的成功，使他更加得意忘形，肆无忌惮，在社交场合上大打女人牌。他发现老朋友的妻子玛德莱娜是一个能力不小的女人，不但有灵活而广泛的交际能力，还有较好的文字能力。于是，老朋友在世的时候，他依赖这个女人。老朋友刚一断气，他就将这个女人据为己有。在妻子的帮助下，他不但升了官，出了名，扩大了影响，而且还抢占了妻子的一半遗产，靠妻子发了一笔横财。

但是，当他发现更大机遇还在前面，眼前的这个女人对他的升迁和发财已无更大的作用时，便巧设圈套，将妻子抛弃了。随后，他便拐走了报社总经理瓦勒泰尔的小女儿，迫使这位总经理承认了这起婚姻，从而一举坐上了《法兰西生活》日报总编辑的宝座。这样，通往内阁的大门就为他打开了。

隆重的婚礼上，杜洛阿春风满面，得意洋洋，而曾经是他的情人，被他勾引过、奸污过、耍弄过的瓦勒泰尔夫人，如今的岳母大人则满面愁云，悲痛万分……

《漂亮朋友》问世之时，正值大作家雨果逝世。但是，小说的出版仍然是空前的火爆。出版仅两月，就印了二十七版。到小说出版后的两年，即 1887 年，已经印刷了五十一版。有评论家指出："近半个世纪以来，这部小说的成功无论在法国还是在世界上，都没有中止过。"

《漂亮朋友》的揭露是尖刻而犀利的，小说所塑造的冒险家的形象也是典型而鲜明的。"莫泊桑在生命的旅途中，怀着难以平静的心情回忆起当时殖民时期所做的事情，大金融集团所施行的阴谋诡计，拙劣作家们进行的肮脏竞争以及妇女们在一个受人任意摆布的社会中所起的主要作用。这些正是巴黎生活的真实写照，也是那些趾高气扬的投机分子的研究课题。"所以，小说的思想价值和艺术价值完全可以同司汤达和巴尔扎克的作品并驾齐驱。对此，有的评论家认为："《漂亮朋友》产生在标志着第三共和国历史特点的投机活动第一个重要时期最辉煌的时刻，堪称是这一时期重大事件所孕育的杰作。"这是对莫泊桑及其作品的中肯评价。

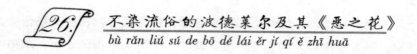

26. 不染流俗的波德莱尔及其《恶之花》
bù rǎn liú sú de bō dé lái ěr jí qí ě zhī huā

夏尔·波德莱尔（1821 — 1867）是 19 世纪重要的诗人和文艺批评

家。他的影响遍及法国现代诗歌中各种流派。

波德莱尔的父亲约瑟夫－弗朗索瓦·波德莱尔出身于农民家庭，在巴黎大学受过哲学和神学教育，后来放弃教职到一个公爵家当了家庭教师，沾了一些贵族习气。他是 18 世纪启蒙思想家的信徒，爱好绘画，收藏颇丰。他在六十岁时第二次结婚，娶了一个二十六岁的孤女，两年后生下夏尔·波德莱尔。

波德莱尔

幼年的波德莱尔眼中的父亲是那么渊博，他喜欢和父亲到卢森堡公园里散步，在绿树掩映、鲜花簇拥的地方有许多美丽的大理石雕像，它们不仅造型优雅生动，而且还有神奇的传说和引起无限遐想的神话。父亲讲得娓娓动听，给小沙尔造成了强烈的印象，这些印象便是波德莱尔"最初的强烈爱好"。

六岁时，父亲去世了。年轻的母亲刚过服丧期便改嫁给欧比克少校。这造成波德莱尔幼小心灵的极大创伤。父亲的音容笑貌、思想作风又深深地扎根在他的脑海中，此时，他不仅痛恨那个突然闯进来的陌生人，也迁怒于自己的母亲。

欧比克少校古板、生硬、思想偏狭。他对继子的聪颖感到骄傲，竭力想博得他的好感，想把他培养成循规蹈矩的官场人。可是波德莱尔藐视习俗，不守纪律，与继父的想法背道而驰，两人的矛盾日益尖锐。波德莱尔才华出众，敏感、易激动，常常异想天开，玩世不恭，结果因违反纪律而被路易大帝中学开除。

1839 年他通过中学毕业会考。家里希望他进外交界供职，他却向往"自由的生活"，要去当作家。他大量涉猎罗马末期作家的作品，着迷于他们颓废的情调；他阅读大量诗社诗人的作品，叹服他们声律的严谨；他喜欢巴尔扎克的小说，并因结交他本人而深感荣幸。他在美术展览会上流连，重新唤起那"最初的强烈爱好"，他喜欢雨果、戈蒂耶、拜伦、雪莱，为浪漫主义这"美的最亲近、最现代的表现"所征服。他沉湎在巴黎的不夜城，出入酒吧、咖啡馆，寻欢买笑，纵情声色，浪迹于一群狂放不羁的文学追求者之间。波德莱尔不检点的生活终于引起了家庭的不安。

在家庭的安排下，波德莱尔开始旅游了，他从波尔多出发，原计划旅行十八个月，但不久便重返巴黎。虽然他行色匆匆，走马观花，但异域的风光和情调激活了他的艺术想象力，给他的文学活动带来了意想不到的收获。

波德莱尔重返巴黎后，更加无法忍受家庭的束缚。他带着父亲遗留给他的遗产约十万法郎，离开了家庭。从此他更无节制，挥金如土，放浪形骸。他处处标新立异，以骇世惊俗的装束和举止表示他对资产阶级社会的藐视和唾弃。他认为，"浪荡"就是不同流俗，"追求崇高"。他鄙视一切社会上认为"有用"的人。他厌恶一切职业和一切道德规范。他开始写诗，但很少发表，他与丹娜·杜瓦尔同居，这个剧场跑龙套的女子深深影响了他的创作。

没有职业，没有收入，却又大肆挥霍。波德莱尔在两年中一下用掉了五万法郎。家庭严格控制了他的经济供给，每周仅给他二百法郎，他债台高筑，被债主逼得日夜不安。

1845 年，波德莱尔发表了画评《1845 年的沙龙》，其观点新颖、大胆，评论界为之震动。第二年他发表了具有完整体系的《1846 年的沙龙》，奠定了其艺术评价家的地位。在这本书论的封面上，有他一本新诗集的预告《莱斯波斯女人》，这就是闻名遐迩的《恶之花》的雏形。1847 年，他对美国作家爱伦·坡产生了强烈的兴趣，并开始翻译他的作品。他的翻译工作进行了十七年，使爱伦·坡作品的法译本成了典范精品。

1848 年的大革命中，波德莱尔异常活跃，他背着枪，浑身散发着火药味，奔波于街垒之间，口中喊着"枪毙欧比克将军"。他怀着一种对资产阶级进行"报复"和"破坏"的情绪，扬言要在革命中"寄托一些有如空中楼阁一样的乌托邦"。他并不理解革命，因此当革命失败后，他便彻底脱离政治，不介入人类的任何争议。

1852 年之后，波德莱尔的创作进入高潮。他发表了二十多首诗，十余篇评论、大量译作。1857 年 6 月 26 日，几经预告的《恶之花》终于出版，立刻遭到社会的攻击和诽谤。《恶之花》的诗写于 1840 至 1861 年间，其中小部分曾在刊物上发表，大部分是结集出版时才公之于世。波德莱尔以严肃认真的态度对待诗歌创作，对形成内容精益求精，反复推敲，十几年后才发表出来。

《恶之花》的意思是"病态的花"，将丑在艺术上加以表现，作为一种审美对象，从中引出道德教训。因此作者在题词中写道："我以最谦卑的心情，把这些病态的花朵献给严谨的诗人，法兰西文学中最完美的魔术师，我十分亲爱的、十分尊敬的老师和朋友，泰奥菲勒·戈蒂耶。"

《恶之花》代表了时代思潮的变化。19 世纪 40 年代，浪漫主义文学运动已经衰落，唯美主义为艺术而艺术的思潮正在兴起，波德莱尔正是承上启下的代表人物。他的文艺思想中既有传统的观念，又蕴藏着创新的因素。既表现出继承性，又表现出创造性，他成为 19 世纪后期新流派的先驱。

《恶之花》是波德莱尔美学原则的宣言，他在草拟序言中说："什么叫诗歌？什么是诗的目的？就是把善同美区别开来，发掘恶中之美；让节奏和韵脚符合人对单调、匀称、惊奇等永恒的需要；让风格适应主题。"

在《恶之花》中，波德莱尔提出了独特的"美的定义"：

（1）忧郁才可以说是美的最光辉的伴侣。

（2）最完美的雄伟美是撒旦——弥尔顿的撒旦。

波德莱尔把美与不满和反抗相联系，打上了鲜明的时代烙印。他认为美分绝对美和特殊美，他强调特殊美，认为"每个时代、每个民族都拥有自己的美和道德的表现。"而巴黎这座盛开"恶之花"的"病态城市"就是挖掘"美"的场所。美不在灯红酒绿，不在奢侈豪华，而在巴黎的地下迷宫，在充斥娼妓和乞丐的底层社会；这些令人忧郁和愤怒的面貌，是美的独特所在。波德莱尔的美学观表现了资本主义社会弊病日益暴露的情况下，知识分子苦闷、彷徨、愤怒与反抗的情绪。

《恶之花》表现了病态的、孤独的、贫困的、颓废的诗人追求光明、幸福、理想的失败。这是波德莱尔对现实的观感和内心的写照，在现实与理想、堕落与上进、地狱与天堂的尖锐对立中展现了诗人的全部情感。

波德莱尔的作品得到了包括雨果在内的许多著名作家的支持，他们高度评价了波德莱尔的作品。四年后，波德莱尔亲自编写的《恶之花》第二版问世，反响巨大。成功的喜悦使波德莱尔一扫往日愁云，他精力充沛，先后出版了《1859年沙龙》、《人造天堂》以及不少散文诗，他在文坛上日益显赫，成为魏尔仑、马拉美等一代青年诗人的精神领袖。

波德莱尔仍然处在贫困中。文字的成功并未改变他的窘迫，他仍然疲于应付那些日夜逼债的债主，向再寡的母亲讨钱，照顾病中的冉娜。

早年生活的不检点使波德莱尔也病痛缠身。1861年12月，他申请进法兰西学士院，因为没有希望，选举前夕自行引退。

1864年6月，他到布鲁塞尔，但计划中的演讲遭到冷遇，比利时出版商拒绝出版他的作品，使他无力偿还拖欠很久的债务。他勤奋地写作，但贫困交加，使他无法应付，终因贫困和健康欠佳，于1867年去世。

波德莱尔仅活了四十六年，他对现存社会和资产阶级充满了反感和憎恶，试图进行某种反抗，但他的反抗是孤独的、消极的、病态的。他的作品表现了他的人生态度，势必被资产阶级所排斥、抨击。

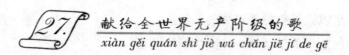

27. 献给全世界无产阶级的歌

xiàn gěi quán shì jiè wú chǎn jiē jí de gē

起来，饥寒交迫的奴隶，

起来，全世界受苦的人！

满腔的热血已经沸腾，

要为真理而斗争！

这是一首在血泊中诞生的歌；这是一首有着激昂悲壮旋律的歌；这是一首身处异邦、语言不通的人都可以凭它找到亲人的歌；这是一首全世界无产阶级共同的歌。近一个半世纪以来，这首歌传遍了五大洲的每一个角落，唱遍了这个蓝色星球的高山大河。

1871 年 5 月 28 日，是一个黑暗的日子、流血的日子、邪恶吞噬正义的日子。当凡尔赛军队攻陷了世界上第一个无产阶级政权——巴黎公社的最后一个堡垒——贝尔-拉雪兹神甫公墓时，仅仅存了七十二天的巴黎公社革命宣告失败。塞纳河上的炮声沉寂了，但大屠杀的枪声却随之响起。转眼间，三万革命志士倒在血泊之中，四万正义者被关进了囚笼。死亡的阴影盘旋在美丽的巴黎上空，白色恐怖笼罩在人们的心头。

1871 年 6 月，是公社失败后最阴暗的岁月。就在这危急的时刻，就在这紧要的关头，一个隐居在巴黎近郊的公社战士拿起笔来，在极大的悲痛之中写下了那首气吞山河的《国际歌》。这位坚强不屈的公社战士，就是著名的巴黎公社诗人欧仁·鲍狄埃。一首《国际歌》使他的名字与全世界工人的命运连在了一起。《国际歌》因他而永存，他因《国际歌》而不朽！

1816 年 10 月 4 日，欧仁·鲍狄埃诞生在巴黎塞纳河畔一个贫穷的工人家庭里，诞生了一个伟大的儿子欧仁·鲍狄埃。这个劳动者的家庭终日与贫困为伍。正是这摆脱不掉的贫困使鲍狄埃仅仅读了几年的书，就被迫走上了养家糊口的求生之路。他十三岁开始当童工，在恶劣的条件下，在父亲做工的工厂里没日没夜地做着乏味的工作。求学的路被堵死了，但鲍狄埃的文学志向和学习热情却并没有减弱。繁忙的劳动之余，他常常挑灯夜读，坚持诗歌创作。

1830 年，巴黎爆发了反封建的七月革命。那时，鲍狄埃只有十四岁，虽经再三的请求也没能加入到起义者的队伍当中，他却用自己的笔写下了歌颂革命的诗歌《自由万岁》。这是他的第一首诗，是他在诗歌创作上第一次成功的尝试。从此，他的诗情便一发而不可收，第二年就出版了他的

第一部诗集《少年诗神》，将反压迫、反暴政、爱自由的浓浓情感溢于笔端。日后的岁月中，鲍狄埃频繁地活跃在革命者的行列中，活跃在诗歌创作的战场。

1848 年的巴黎革命中，他一边与敌人在枪林弹雨中周旋，一边写出了《一八四八年六月》等战斗的诗篇。1870 年的普法战争中，他一边号召人民反对这场战争，一边又在巴黎面临敌人的围困时创作了《自卫吧，巴黎》的诗篇，号召人民起来保卫自己的家园。在 1871 年的巴黎公社革命运动中，他怀着满腔的热情参与了公社的革命工作。在街垒战斗中，他始终冲在最前线，并且就在公社失败后的第二天，冒着敌人大搜捕的危险，在简陋的工人家庭的顶楼上，完成了不朽的名作《国际歌》。公社失败了，鲍狄埃被迫携着妻子和儿女流落他乡，并且在国外继续积极地参与工人运动。在这期间，法国军事法庭曾经缺席判处他死刑，但这丝毫也没有动摇他继续战斗和创作的勇气和信心。1880 年 7 月，法兰西第三共和国颁布了对公社社员的大赦令，饱经沧桑、年迈多病的鲍狄埃才得以回到阔别多年的祖国。也就是在那一年的 11 月 6 日，这位刚刚踏上祖国土地仅几个月的七十一岁老人就离开了人世。但是，人民没有忘记他，巴黎的工人没有忘记他。出殡那天，数万人涌上街头为他送行，"公社万岁"、"鲍狄埃万岁"的口号声成为这场盛大而隆重的葬礼的主旋律。

《国际歌》是一首战斗的诗篇，它原来的名字是《国际工人联盟》，最早出现在鲍狄埃的诗集《革命歌集》（1887）中。而《国际歌》之所以能传遍全世界，成为全世界无产阶级的歌，还要感谢它的作曲者，工人作曲家比尔·狄盖特。那是在《革命歌集》出版后的第二年，即 1888 年 6 月，狄盖特在法国工人党纪念鲍狄埃的活动中读到这首歌词后，便连夜为它谱写了曲子。6 月 23 日，狄盖特亲自指挥在工人集会上演唱。从此，这首表达了无产阶级不屈不挠斗志的《国际歌》就受到工人群众的热烈欢迎，很快在法国传开，并且穿过万水千山，传遍全球，成为全世界无产阶级的战歌，激励着人们为真理而战斗。一百多年来，《国际歌》被翻译成各国文字，传遍了地球上的每一个角落。

比尔·狄盖特（1848—1932）是法国工人业余作曲家。他出生于比利时，后来到法国定居。比尔在青年时代就积极参加工人运动，并坚持在工人夜校刻苦学习文化和音乐。在工人运动中，他曾经在工人业余合唱团任指挥，写作歌词，创作乐曲，并且在七十二岁那年加入了法国共产党。有感于身边的生活实际，狄盖特的音乐作品基本上以工人运动为主题，因而有着鲜明的时代色彩。在他的音乐作品中，《国际歌》是名副其实的代表作。与原作有所不同的是，狄盖特在谱曲时只采用了歌词的第一、二、六段，而把副歌放在了每段的后面。

《国际歌》自从跨出国门以后，在中国的刊载和流传也经过了一个从词到曲、不断完善的过程。《国际歌》是在 20 世纪初传入中国的。1920 年 10 月，在广东省共产主义小组主办的《劳动者》周刊上刊登了《国际歌》的中文译文，当时的名字为《劳动歌》，译者为列悲。而最后一部分的副歌则翻译为："最后的奋斗，快联合，将来之世界，只有人类全体。"这是迄今为止我们所能见到的关于《国际歌》的最早译本。

在《国际歌》的翻译和流传中，中国共产党早期的主要领导人之一瞿秋白做出了重大的贡献。1923 年 1 月，他用一只小风琴将由俄国带回的原歌谱重新译配。1923 年 6 月，在《新青年》季刊第一期《共产国际号》上刊登了瞿秋白译配的《国际歌》词曲。对副歌部分，瞿秋白将其翻译为："这是我们的最后决定，争同英得纳维尔人类方重兴。"

同是在 1923 年，远在莫斯科的诗人萧三也译配了《国际歌》的词曲。1922 年秋冬之交，当萧三在《国际歌》的故乡法国第一次听到、唱到"原汁原味"的《国际歌》时，就为它所折服，所激励，进而萌发了把它翻译成中文的愿望。1922 年冬，萧三怀着对十月革命圣地的向往，只身从巴黎经柏林千里迢迢来到了莫斯科。1923 年暑假，萧三约陈乔年一起把《国际歌》翻译成中文。那时，他们并不知道他们的译本并不是最早的，也不是唯一的。关于瞿秋白的译本，萧三后来回忆道："从秋白同志的译词来看，他完全是根据俄译再意译为汉文的。我们则主要是根据歌词的原文法文并参考俄译而意译为汉文的。"正是经过萧三等人的润色，《国际

歌》的副歌才最终被译为目前流行的："这是最后的斗争，团结起来到明天，英特纳雄耐尔就一定要实现。"

新中国成立后，对《国际歌》的译文又做了进一步的修订与完善。1962年4月28日，《人民日报》发表了经过修订的《国际歌》中文词曲，其中该曲的主题——"英特纳雄耐尔就一定要实现"，是参照各国都按其音译的统一特点改正过来的。大概就在这次修订中，将原先的译文"不要说我们一钱不值"改为"不要说我们一无所有"。从此，中国各族人民及各文艺团体就以这个版本为标准演唱这首全世界无产阶级共同的歌。

28. 《企鹅岛》：德雷福斯案件的艺术再现

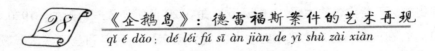

qǐ é dǎo: dé léi fú sī àn jiàn de yì shù zài xiàn

19世纪末到20世纪初的法国文坛，活跃着一个个伟人的身影。左拉、莫泊桑、都德、龚古尔兄弟等以其各自独特的艺术风格、敏锐的艺术观察力和迷人的艺术风采，点缀着法国文学五彩缤纷的画卷，抒写着法国文学的动人篇章。在这个伟人的行列中，阿那托尔·法朗士（1844－1924）的名字闪烁着不同寻常的光彩。正如有的学者指出的那样："他是拉伯雷、蒙田、伏尔泰的光辉继承者。是他把法国传统的民主主义的火炬从左拉手中接过来，保持着它的纯洁而旺盛的火焰交到巴比塞和罗曼·罗兰的手里，为今天法国的进步的战斗文学打下了基础。"

法朗士的一生经历了普法战争、巴黎公社革命、德雷福斯案件、第一次世界大战和俄国十月革命等重大的历史事件，马克思主义的影响、与社会主义思想的接近，使他对社会中的每一次重大变革都能作出正确的评断。因此，"每逢国内外发生重大的反正义、反人民的事件时，他总站在前列和反动势力作斗争"。关于这一点，在德雷福斯案件中表现得尤为突出，为了使这起冤案早日昭雪，使真相大白于天下，他不仅同左拉一道冲到了斗争的最前线，而且拿起笔来，将这起轰动全国、震惊全世界的冤案出神入化地反映在他作品当中。德雷福斯案件构成了法朗士人生道路的转折点，描写德雷福斯案件的小说也构成了他文学创作生涯中的精彩篇章。

德雷福斯案件是 19 世纪末期法国历史上一起耗时最长、牵涉面最广、斗争最激烈的政治事件。政界的黑暗、军方的腐败、司法制度的虚伪，激起了全国性的、声势浩大的社会运动。政府、军队、教会、政党、团体、报界乃至众多的家庭都分成了两大敌对的派别。为了这起冤案，朋友成为敌人，夫妻成为陌路，亲人大打出手，整个国家都陷入到严重的政治危机之中。在这场延续了十二年的案件中，左拉第一个站出来伸张正义，为真理而大声疾呼。他那篇著名的致共和国总统的公开信《我控诉》以犀利的笔触和振聋发聩的语言将德雷福斯案件的真相公之于众，既得到了进步人士的拥护和支持，也触怒了腐败的军方和黑暗的政界，一时间他处于反动势力的围攻、谩骂和恐吓之中。在严峻的形势下，法朗士始终同左拉并肩战斗在一起，与反动势力进行了坚决的斗争。1906 年 7 月 12 日，德雷福斯终于得以彻底平反，蒙冤受屈十二载的德雷福斯被判无罪而恢复了名誉。但是，为这个案件最后的公正裁决做出巨大贡献，付出巨大辛苦的左拉，却于 1902 年在一次带有预谋性质的煤气中毒事件中奇怪地死去。有感于这起案件的前因后果，法朗士拿起笔来，将其艺术地再现于他的文学作品中。

法朗士影射德雷福斯案件的最重要的作品是长篇小说《企鹅岛》。1905 年，在《纽约先驱报》欧洲版的画刊上，法朗士发表了《企鹅岛：圣诞故事》，赢得了读者的一致好评。在随后的几年中，他再接再厉，陆续推出了《阿尔卡之龙》、《阿加里克和科纳米斯，企鹅故事》、《永远没有完的历史》等，再度引起法国文坛的密切关注。1908 年，法朗士对上述作品进行了重新加工、修改和整理，在增加了大量内容的基础上，于当年的 12 月以《企鹅岛》为名隆重出版。

《企鹅岛》既是一部历史小说，又是一部幻想小说。作品共分八卷，即"起源"、"古代"、"中世纪和文艺复兴"、"近代：特兰科"、"近代：夏蒂荣"、"近代：八万捆干草案件"、"近代：塞雷斯夫人"、"未来：永远没有完的历史"。小说从圣玛埃尔的生平写起，描写他乘坐的小船在冰海上经过一个多小时的航行，停靠在一个叫阿尔卡的小岛上。那里没有一个居民，主宰这个岛屿的是大批的企鹅，他们之间相处得十分友好。于是，圣玛埃尔便向这群企鹅们传授福音，为他们进行了三天三夜的洗礼。接受了洗礼的企鹅很快就变成了人，圣玛埃尔不忍心抛弃他们，就把这个小岛带到了不列颠海岸。企鹅自变成了人以后，逐渐失去了以往的友爱与和谐，变得残忍起来并互相残杀。对此，玛埃尔十分痛心。在这个岛上，住着一个男企鹅人，叫克拉康。一天，他在荒野里意外地遇到了一个年轻貌美的女企鹅人奥博萝丝，两人一见钟情，结为夫妻，组成了一个小小的企鹅人之家。克拉康品行不端，经常化装成恶龙到村子里偷窃别人的财产。而奥博萝丝则生性放荡，经常背着丈夫与别的男人来往。后来，他们生下了一个儿子，取名为德拉科，并由他建立了企鹅人的第一个王国。此后，这个王国中的每一代国王都是战争狂，在长达数百年的战争中，艺术被毁掉了，古代文献的手稿也被贪婪虚伪的僧侣们所篡改了。随着历史脚步的前行，经过了宗教改革、文艺复兴以及古典主义运动等几个世纪的洗礼，共和国随之诞生了。但是，走向衰微的封建贵族和僧侣阶级并不甘心自己的失败，他们便在一起八万捆干草丢失的案件中将偷盗的罪名强加在犹太军官比罗的头上。这起惊动全国的特大冤案使共和国内部产生了分裂，催生出一个昏庸无能的政府。半个世纪过去了，工业文明染指到了企鹅岛。一时间，小小的岛屿上高楼林立，马路上熙熙攘攘，热闹非凡，但广大居民却在饥饿和死亡线上苦苦挣扎。最后，繁荣的企鹅岛凋零了，在荒凉的原野上，人们又过上了打猎和放牧的原始生活，又一个历史轮回开始了。

作品从企鹅岛上八万捆供骑兵用的干草丢失写起，陆军部长出于对犹太军官比罗的嫉妒和仇恨，把任何坏事的罪名都要强加在比罗的头上。因此，当得知八万捆干草丢失后，他的第一印象是："准是比罗干的!"事实上，不光他这么想，企鹅岛上所有排斥犹太人的居民都这么想。所以，当得知这一消息后，举国上下人人幸灾乐祸。作品写道："八万捆干草是比罗偷的，可以说没有一个人在相信以前有过片刻的犹豫。大家都不怀疑；

既然大家对这件事的来龙去脉一无所知，那么就不应该怀疑，怀疑是要有理由的。我们可以毫无理由地相信，却不能毫无理由地怀疑。大家都不怀疑，因为这件事到处都在重复谈论，而对听众来说，重复谈论就是证明。大家都不怀疑，因为大家都希望比罗有罪，大家都相信自己所希望的；最后还因为怀疑能力在人们中间是罕见的。"就这样，比罗受到了秘密审判，并且被莫名其妙地定了罪。于是，可怜的比罗就被押到了企鹅岛西部海港的一个荒凉的塔楼上服刑。比罗的亲属们要为他伸冤，但是，他们却"没有办法推翻起诉的罪证，因为他们没有办法知道那些罪证；而他们没有办法知道那些罪证，是因为它们根本不存在"。如此荒唐的案件就连军方的一位将军都得意地说："这个案件是个杰作，它是从无中制造出来的。"至此，德雷福斯案件的真相便被作者和盘托出。

在以"八万捆干草案件"来影射德雷福斯案件的描写中，法朗士通过对一个叫科隆邦的作家形象的塑造，艺术地再现了左拉的身影，表露出对为德雷福斯案件而战斗，为德雷福斯案件而献身，在有生之年没能看到德雷福斯案件昭雪之日的正义作家左拉的深切怀念和钦佩之情。作者这样写道："比罗被定罪以后，过了几个星期，一天早晨有一个身材矮小的人，近视眼，面带愠色，满脸大胡子，带了一罐糨糊、一把梯子和一包招贴从家里出来，沿着一条条街走去。他在墙壁上贴的是标语，上面用粗大的字体印刷着：'比罗无罪，莫贝克有罪。'他的职业并不是张贴广告。他叫科隆邦，一百六十卷的企鹅国社会学的作者，是阿尔卡工作最勤奋、最受人敬重的作家之一。""他立刻动手写了一份备忘录，明确指出比罗不可能盗窃陆军部的八万捆干草。这八万捆干草根本没有进陆军部，因为莫贝克虽然收了钱，却从来没有交货。科隆邦让人在阿尔卡的街头上散发这个声明。老百姓拒绝看，……议会两院被激怒了，……这个人将移送法庭，为那篇可耻的诽谤文字受到审判。"这是法朗士对德雷福斯案件的最精彩的描述，对左拉的正义之举的最为形象的再现。

29. 都德《最后一课》的余音
dū dé zuì hòu yī kè de yú yīn

　　《最后一课》好似一篇平常的童话，却蕴藏着深刻的内涵；如同一个顽童的故事，却浸透着浓郁的爱国主义情感。这是一个特殊的战场，没有枪炮隆隆，刀光剑影；冲锋陷阵，没有流血牺牲，一切都在心灵的撞击中进行。法国作家阿尔丰斯·都德（1840 — 1897）在其著名的短篇小说《最后一课》中，以独特的艺术视角和精湛的艺术功力，把发生在1870年的普法战争以及那场战争在法国人民的心中所引起的悲剧性震撼，都凝注在一个天真的孩子的目光中，并且通过这个孩子的自身感受和情感变化，令人信服地再现出来。国家战败了，皇帝投降了，家乡沦落了，祖国的语言被停止使用了，人们纷纷涌向课堂，力图通过这难忘的最后一节法语课，向祖国的语言告别，把法兰西永记心中。

　　小弗朗士是作品的主人公，作者用他的口吻来写，使读者感到亲切和真实。随着故事情节的展开，他的目光在变，他内心的情感也在变，读者正是循着这一变化的轨迹，感受到了作者所要表达的一切。

　　最初，小弗朗士的目光是天真的、顽皮的。虽然已经迟到了，虽然普鲁士人已经占领了他的家乡，虽然那张布告牌子上不时有坏消息传来，但是在他眼中，天气还是那么暖和，那么晴朗，画眉鸟还在歌唱。然而，当他上气不接下气地跑到学校的时候，那天真顽皮的目光中就闪现出了意外的惊诧。首先是同学们出奇地安静，整个教室里有一种不平常的严肃气氛。其次是老师韩麦尔先生没有对他的迟到进行惩罚，而最使他吃惊的是在教室后排的板凳上，竟坐着镇子上的一些成年人，他们带着破旧的初级课本，个个看来都很忧郁。当韩麦尔老师告诉孩子们这是最后一堂法语课的时候，一种悔恨的情感顿时涌上小弗朗士的心头。他后悔从前没有好好学习，他后悔现在几乎还不会写作文，他第一次觉得刚才还十分讨厌的语法书和历史书竟像老朋友那样难舍难分。望着身穿庄重礼服的老师，看着坐在后面的许多成年人，小弗朗士好像一下子明白了很多，长大了很多。原来，韩麦尔先生穿上他那很少见到的礼服是为了纪念这最后一节法语课，原来镇子上的成年人也来上课，是为了向祖国的语言做最后的告别！

　　我本来打算趁那一阵喧闹偷偷地溜到我的座位上去；可是那一天，一切偏安安静静的，跟星期日的早晨一样。我从开着的窗子望进去，看见同学们都在自己的座位上了；韩麦尔先生呢，踱来踱去，胳膊底下夹着那怕人的铁戒尺。我只好推开门，当着大家的面走过静悄悄的教室。你们可以想象，我那时脸多么红，心多么慌！

　　可是一点儿也没有什么。韩麦尔先生见了我，很温和地说："快坐好，小弗朗士，我们就要开始上课，不等你了。"

　　我一纵身跨过板凳就坐下。我的心稍微平静了一点儿，我才注意到，我们的老师今天穿上了他那件挺漂亮的绿色礼服，打着皱边的领结，戴着那顶绣边的小黑丝帽。这套衣帽，他只在督学来视察或者发奖的日子才穿戴。而且整个教室有一种不平常的严肃的气氛。最使我吃惊的，后边几排一向空着的板凳上坐着好些镇上的人，他们也跟我们一样肃静。其中有郝叟老头儿，戴着他那顶三角帽，有从前的镇长，从前的邮递员，还有些别的人。个个看来都很忧愁。郝叟还带着一本书边破了的初级读本，他把书翻开，摊在膝头上，书上横放着他那副大眼镜。

　　我看见这些情形，正在诧异，韩麦尔先生已经坐上椅子，像刚才对我说话那样，又柔和又严肃地对我们说："我的孩子们，这是我最后一次给你们上课了。柏林已经来了命令，阿尔萨斯和洛林的学校只许教德语了。新老师明天就到。今天是你们最后一堂法语课，我希望你们多多用心学习。"

　　我听了这几句话，心里万分难过。啊，那些坏家伙，他们贴在镇公所布告牌上的，原来就是这么一回事！

我的最后一堂法语课！

我几乎还不会作文呢！我再也不能学法语了！难道这样就算了吗？我从前没好好学习，旷了课去找鸟窝，到萨尔河上去溜冰……想起这些，我多么懊悔！我这些课本，语法啦，历史啦，刚才我还觉得那么讨厌，带着又那么重，现在都好像是我的老朋友，舍不得跟它们分手了。还有韩麦尔先生也一样。他就要离开了，我再也不能看见他了！想起这些，我忘了他给我的惩罚，忘了我挨的戒尺。

可怜的人！

他穿上那套漂亮的礼服，原来是为了纪念这最后一课！现在我明白了，镇上那些老年人为什么来坐在教室里。这好像告诉我，他们也懊悔当初没常到学校里来。他们像是用这种方式来感谢我们老师四十年来忠诚的服务，来表示对就要失去的国土的敬意。

这时，老师韩麦尔叫他的名字，该轮到他背诵课文了。他是多么想从头到尾、一字不差地把课文背诵下来呀！可是，往日的逃学、贪玩和迟到，使他只念了几个字就糊涂了。这时，小弗朗士的内心情感发生了重大变化：从前那个贪玩的孩子不见了，因为他从来也没有像现在这么认真听讲过，而且从来也没有听得这么懂。从前那个害怕老师的学生不见了，因为他觉得老师从来也没有像今天这么高大，这么和蔼可亲。从前那个幼稚、不懂事的顽童也不复存在了，因为他已经从失去祖国的语言中感受到了失去家乡的痛苦。

接着，韩麦尔先生从这一件事谈到那一件事，谈到法国语言上来了。他说，法国语言是世界上最美的语言，最明白，最精确；又说，我们必须把它记在心里，永远别忘了它，亡了国当了奴隶的人民，只要牢牢记住他们的语言，就好像拿着一把打开监狱大门的钥匙。说到这里，他就翻开书讲语法。真奇怪，今天听

讲，我全都懂。他讲的似乎挺容易，挺容易。我觉得我从来没有
这样细心听讲过，他也从来没有这样耐心讲解过。这可怜的人好
像恨不得把自己知道的东西在他离开之前全教给我们，一下子塞
进我们的脑子里去。

作为一个孩子，我们不能指望他在短短的一节课上对亡国的悲痛做更
深刻、更痛苦的思索，但是，通过这最后一课，他起码已经懂得了爱祖国
的语言就是爱法兰西，懂得了祖国的语言是最美丽的语言，懂得了只要牢
记祖国的语言就好像掌握了一把打开监狱牢门的钥匙。下课的时间到了，
最后的告别不可避免地到来了，怀着巨大悲痛的韩麦尔先生使出全身的力
气把几个沉甸甸的大字写在黑板上，也写进了读者的心中：法兰西万岁！
"啊！这最后一课，我真永远忘不了！"

忽然教堂的钟敲了十二下。祈祷的钟声也响了。窗外又传来普鲁士士
兵的号声－－他们已经收操了。韩麦尔先生站起来，脸色惨白，我觉得他
从来没有这么高大。

"我的朋友们啊，"他说，"我——我——"

但是他哽住了，他说不下去了。

他转身朝着黑板，拿起一支粉笔，使出全身的力量，写了两个大字：

"法兰西万岁！"

然后他呆在那儿，头靠着墙壁，话也不说，只向我们做了一个手势：
"放学了，——你们走吧。"提示：（"法兰西万岁"：在法语中，法兰西是
一个字，万岁是一个字！所以是两个字。）

都德参加过普法战争，那场屈辱而令人难忘的战争给他以极大的震
撼，使他在燃烧的爱国主义激情中获得了创作的灵感。《最后一课》就是
这一创作灵感和爱国情怀的产物。小说的背景是清晰的，在1870年的普法
战争中，战败的法国将阿尔萨斯和洛林地区割让给了德国。当时的都德刚
刚三十岁出头，血气方刚的他从中深切地感受到国家战败割地的巨大耻
辱，因而借助《最后一课》抒发他的爱国主义情怀。在漫长的历史上，阿

尔萨斯的归属一直是一个十分复杂的政治和军事问题。从 1870 年到 1945 年的七十五年内，阿尔萨斯地区曾三次成为德法两国互相争夺的对象，这场长期的争斗使得阿尔萨斯地区的人不得不几次改变他们的国籍。早在 17 世纪时期，法国国王路易十四就通过一系列大规模的战争并使用一系列的外交手腕，从当时德国手中将阿尔萨斯抢夺过来，使其成为法兰西的国土。1870 年爆发的普法战争，导致了法国的惨败，于是，作为战败国一方的法国又被迫将阿尔萨斯割让给了德国，阿尔萨斯再度回到德国的版图当中。及至 1918 年第一次世界大战结束，德国成为战败国，阿尔萨斯再次易主，法国又将其划归到自己的国土之中。1940 年，在第二次世界大战的炮火硝烟中，德国法西斯又将阿尔萨斯吞并。可是，这一状况并没有维持多久。到 1945 年二战结束，阿尔萨斯再次归属了法国。从阿尔萨斯长达百年的命运中，我们不但清晰地看到了欧洲历史上霸权纷争的缩影，也从那里的古老建筑中看到了德法两种文化互相撞击融合的痕迹。当然，对都德来讲，这一切已经成为后话。

《最后一课》不仅是都德短篇小说中的精品，而且也是世界短篇小说中的精品。因此，自 1873 年发表以来，《最后一课》就以独特的艺术视角、强烈的爱国主义情感感染了世界各国的读者。一百多年来，它被世界各国译成多种文字，在世界各国广为传诵。不仅如此，《最后一课》还被选为中小学的语文教材，成为教学中脍炙人口的经典篇章。20 世纪初，当它被介绍给中国读者的时候，很快就在当时逐渐沦为半殖民地社会的中国引起了强烈的共鸣和反响。

从此，在将近一个世纪的时间里，它被长期选入我国的中学语文教材，超越了不同时期、不同意识形态的阻隔，成为在中国家喻户晓、最具群众基础的法国文学名篇之一，它甚至可以作为都德的代名词，作为"爱国主义"的符号，融入近代中国人百年的情感之中！一代又一代的中国读者，通过《最后一课》，了解到"法语是世界上最美丽、最清晰、最严谨的语言"，懂得了"当一个民族沦为奴隶时，只要它好好地保存着自己的语言，就好像掌握了打开监狱的钥匙"。

英国作家哈代的亡妻之恋
yīng guó zuò jiā hā dài de wáng qī zhī liàn

俄国大作家托尔斯泰有句名言：幸福的家庭都是相似的，不幸的家庭各有各的不幸。

在这些不幸的家庭中，英国作家哈代（1840 — 1928）的爱情就显得更为特殊一些。别人的爱是现世的爱，而哈代的爱却是天国的爱；别人的爱是对活着的人的爱，而哈代的爱却是对故去的人的爱。无论从哈代的个性看，还是从他的作品中考察，我们都会发现，哈代是一个比较典型的多情善感的人。正因为如此，在他漫长的一生中，就结交了很多优秀的女性，并且与她们建立了十分亲密的友情。这不但影响了他的思想和感情，也直接影响了他的生活乃至创作，其中以哈代与他的第一个妻子的感情经历最为引人注目。

哈代的第一个妻子叫爱玛·拉维尼娅·姬弗德，与哈代同岁。爱玛从小接受过良好的家庭教育，在文学和艺术方面很有天赋。1870 年，哈代为写一部带有爱情故事和犯罪情节的小说，前往康沃尔市对教堂进行考察。在那里，他认识了教区牧师的妻妹爱玛，两人从此相爱。两年后，哈代发表了自己的第二部长篇小说《绿荫下》。虽然获得了成功，也赢得了文学界的好评，但身为建筑师的哈代仍没有找到明确的生活目标，对自己将来能否从事文学创作仍犹豫不决。这时，是爱玛对他的人生选择起到了关键作用。也许是出于女性的敏感和聪慧，爱玛在哈代的身上发现了作家的气质和才能。因此，就在哈代对自己未来的前途感到迷惘的时刻，爱玛积极地鼓励哈代以文学为生。在爱情的巨大激励下，哈代一举完成了他的第三部小说《一双蓝眼睛》。这部作品既融会了哈代的劳动，也凝聚了爱玛的心血。小说的发表极大地鼓舞了哈代，使他最终决定放弃建筑师的行业，全身心地投入到文学创作中去。从这个意义上讲，是爱玛以自己的爱陶冶、激励和成全了哈代，帮助哈代在人生的十字路口做出了明智而正确的选择。1874 年，长篇小说《远离尘嚣》的问世给哈代带来了巨大文学声誉和可观的经济效益。正是在这个事业与爱情双丰收的时期，哈代与爱玛结合了，英国文坛上的一位著名作家也随之诞生。

应当说，在结婚后的很长一段日子里，哈代与妻子的感情还是比较和谐的。自身的不懈努力和追求，妻子的温情与爱催生出一部部优秀的名篇佳作：《还乡》（1878）、《卡斯特桥市长》（1886）、《德伯家的苔丝》（1891）等都可看做是他们夫妻二人甜蜜爱情的产物。然而，随着岁月的流逝，夫妻二人在性格气质上的差异和人生见解的不同便逐渐地显露出来，并且愈演愈烈。1895 年，哈代的著名小说《无名的裘德》出版以后，遭到舆论界的猛烈抨击和严厉谴责，反对的呼声和抗议的规模甚至达到了无情的地步。哈代在这部小说中公开否定了婚姻的神圣观念，这使得爱玛极为恼火，一向笃信宗教的爱玛觉得哈代在宗教和道德上的堕落已经不可救药。就这样，长期以来郁积于夫妻间的裂痕就明显地暴露出来了。舆论界的无端指责，妻子的不解和分居给哈代在精神上造成了巨大的压力。对此，哈代十分苦恼，觉得与妻子之间那种融洽的感情已经彻底地破裂了，消失了。

就这样，一对本来十分恩爱的夫妇，一方在伦敦孤独地思念，一方却在百里之外的地方孤独地生活，一切往来都被无情地阻隔了，甚至连爱玛重病在身，哈代也全然不知。1912 年 11 月 27 日，爱玛在孤独和疾病中悄然离世。噩耗传来，哈代在震惊之中经历了一场巨大的悲痛。爱玛死后，他重访当年热恋并追求爱玛时的旧地，一时间心潮难平，思绪万千，不禁疯狂地爱上了故去的亡妻，怀念他们曾经拥有的难忘岁月。他连续不断地创作了二十余首怀念爱玛的诗篇以表达对爱玛的爱恋之情，这就是著名的《一九一二至一九一三诗集》。哈代的亡妻之恋为他的诗歌宝库增添了一批优秀的作品，也演绎成 19 世纪后期英国文坛的一则传奇般的佳话。

《一九一二至一九一三诗集》把罗马诗人维吉尔的史诗《伊尼德》中的一行诗句"旧日情火的余烬"引为副标题，再清楚不过地点明了诗集的创作宗旨。循着诗人怀念的足迹，我们所能切身感受到的是深深的眷恋，不尽的哀婉和浓浓的情思。

尽管在哈代的生活中，对他产生较大影响的女性不止爱玛一人，但爱玛的确在他的人生旅途上占据了太多的分量，以至于到了迟暮之年，哈代对爱玛的深深眷恋丝毫没有减弱。

1928 年 1 月 11 日，哈代走完了自己的生命进程，闭上了那双多情的眼睛。人们按照他临终前留下的遗言，将其安葬在爱玛的墓穴中。一对生前未能相亲相爱到底的夫妇终于在通往天国的路上走到了一起。

31. 苔丝：被命运摧残的纯洁女人
tái sī：bèi mìng yùn cuī cán de chún jié nǚ rén

劫数和命运也许是宇宙中最不可信任的东西，它总是喜欢嘲弄像苔丝这样善良纯洁的姑娘，不但静静地看着她在命运的泥沼中无望地挣扎，又冷冷地看着她在悲壮和痛苦中坠入黑暗的深渊。苔丝——一个纯洁女性的悲剧就这样在英国作家哈代的长篇小说《德伯家的苔丝》中拉开了帷幕。

苔丝的家住在布莱谷的马勒村里，父亲约翰·德伯是个经济窘困、生活潦倒的农民和小商贩。他除了做买卖外，只靠仅有的一匹老马耕种土地，以此来勉强维持家里九口人的生计。那是在 5 月的一个傍晚，牧师告诉约翰一个根本就没有用的消息，说他是英国最古老的贵族之——德伯世家的唯一后裔。穷困潦倒的约翰听到这个消息后，心中不免沾沾自喜起来。当晚，他就将手头仅有的几个钱换了酒，喝得酩酊大醉，躺在床上不醒人世。这样，原定的次日两点赶到镇里卖蜂蜜的事就他不能去了。为了及时把蜂蜜卖掉，他的大女儿，十七岁的苔丝就不得不替父亲去集上卖蜂蜜。她让弟弟做伴，凌晨两点准时驾着老马拉着货车出发了。

星斗闪烁，路面崎岖不平，马车摇摇晃晃地前进，姐弟俩不知不觉地睡着了。突然，一阵可怕的响动声把苔丝惊醒了。她睁眼一看，了不得啦！原来货车与一辆邮车相撞，老马倒在地上，胸口鲜血如注，很快就死

《德伯家的苔丝》插图

掉了。

家里唯一的生活支柱没有了，贫困压得苔丝一家更加抬不起头来。为了维持全家人的生活，苔丝不得不红着脸，到她所不认识又瞧不起他们的邻村的德伯家去攀亲，想以此来找个工作，减轻父母的负担。其实，那个自称是德伯的家庭是个暴发户，家中有一个失明的老太太和一个名叫亚雷·德伯的浪荡公子。亚雷是远近闻名的花花公子，村里好人家的女子都十分讨厌他，远离他。他家本不姓德伯，因为有了几个钱，为了讨个好名声，就在博物馆里查找贵族姓氏，并将自己的姓氏改成了德伯。

由于两家根本就没有任何亲缘联系，因此苔丝的到来本是没有任何希望的。但是，亚雷一见到如花似玉的苔丝，心中就产生了邪念，便把她留下了。在随后的日子里，他不断地勾引苔丝，捉弄苔丝。在一个周末的夜晚，苔丝和村里的很多姑娘一起到镇上去玩，回来的路上亚雷和她同骑一匹马。为了得到苔丝，亚雷有意钻进密林之中，猥亵苔丝。纯洁的苔丝本能地将亚雷推下马，德伯将头撞破了，流了点血。见此情景，苔丝感到十分内疚，她暗自责怪自己说："我怎么能这么狠心，竟如此下了毒手！"这时，狡猾的德伯却趁机抱住了苔丝，在大雾和夜幕的掩盖下，将她奸污了……

昏暗和寂静统治了周围，在茫茫的林海中，苔丝茫然了。上帝呢？那个她一心信仰的上帝此刻在哪里呢？这位像雪一样纯洁的姑娘原想当个教师，做个体面的、由自己把握命运的人。但是，就从这一刻起，她就再也无法为自己的命运做主了。这一切，正像这个偏僻乡村里的人们常说的那样——"都是命中注定"。

惨遭不幸的苔丝不能再待下去了。于是，她愤然离开了亚雷·德伯家的农场，回到家中。但是，她怀孕了，生下了一个婴儿。顷刻间，她周围的一切都从此改变了模样，她也从此而永远告别了纯洁的身体、纯洁的心灵和纯洁的名声。在世人的眼中，她将永远是一个不贞的姑娘，不贞的女人。虽然她身在家乡，但内心的感觉却比陌生人还要陌生。后来，那个不幸的孩子死掉了，为了变换一下生存的环境，远离人们的非议和讥嘲，她只身一人，离开家乡，到一家条件十分恶劣、十分艰苦的奶牛场做挤奶工。

在奶牛场里，一个叫安玑·克莱的年轻人走进了苔丝的生活。安玑·克莱是一个彬彬有礼的青年。他出身于有钱的牧师家庭，完全可以读完大学做个牧师，但"为人类服务"的理想使他违背了父亲的意愿，跑到乡下来学习农业技术，幻想着将来做一个农场主。他待人诚挚，心地善良，言行优雅大方。当他第一眼看到苔丝的时候就情不自禁地爱上了她。苔丝那花一样的嘴唇，温柔迷人的眼睛使他陶醉。他心想，她太可爱了，简直是从全体妇女里提炼出来的最美丽的化身。另一方面，克莱的真情和体贴即使苔丝体验倒了从未有过的幸福，又使苔丝感到从未有过的恐惧和痛苦。克莱的仪表和高尚的气质以及丰富的知识的确让苔丝分外着迷，因此，她好几次想把往事告诉克莱，但却没有勇气说出口。是啊，让一个纯洁的女人讲出自己的被迫"不纯洁"的悲痛历史，这对于恋爱中的苔丝是一副何等沉重的十字架呀！但是，善良的苔丝还是不想欺骗克莱，经过一番激烈的思想斗争之后，她决定将自己失身的事情告诉克莱。为此，她写了一封信，并顺着门缝把信塞到克莱的房间里。可凑巧的是，克莱却偏偏没看见。苔丝见他没有任何的反应，才逐渐地战胜了内心的重重矛盾，终于答应了克莱求婚的请求。

那是一个迷人的新婚之夜。一对伴侣紧紧握着对方的手，沉浸在无比的幸福和温馨之中。此时此刻，纯洁的苔丝勇敢地站起来，要忏悔自己的"罪过"，但克莱却抢先一步，向苔丝讲述了自己过去曾经跟一个陌生女子鬼混过四十八小时的荒唐的历史。为此，他要求妻子的宽恕。善良的苔丝几乎没有考虑，立刻就原谅了丈夫。接着，苔丝就把自己不幸的过去向丈夫和盘托出。然而，"思想开通"的克莱却没能说出原谅苔丝的话。在那短暂的瞬间，苔丝觉得他好像变成了一个陌生人。他几乎是冷酷地说："我原来爱的那个女人并不是你。"尽管苔丝再三解释，克莱却依旧无情地宣布："不要再辩解了，身份不一样，道德观念也就不同，哪能一概而论呢！你是乡下女子，不知道什么叫体面。"此刻，他已经把苔丝看成了骗子，看成是外表纯洁内心淫邪的女人。经过一番痛苦的思想斗争，克莱决定撇下妻子到巴西去开辟农场。

克莱远去了，被遗弃的苔丝再次陷入绝望的境地。为了生活，她不得不离开了奶牛场，到处给人家打短工做零活。内心纯洁的她要默默地忍受着人们对她的歧视以及恶劣的环境对她的双重逼迫。她日夜思念着丈夫，等待着他的归来。生活困难的时候，她曾经想过到婆婆家去，求得他们的资助，可她却没有勇气。有一次，她终于鼓起勇气，到婆婆家的镇子上去了。她站在门前，隐隐听到了克莱的哥哥在与人们谈论着自己弟弟的不成功的婚姻，苔丝的心中便更加恐慌，原来的勇气一下子就消失了。

一年过去了，当可怜的苔丝正在农场给人做零活的时候，已经做了牧师的亚雷·德伯又来纠缠她。他声称要给苔丝帮助，要求和她结婚，并无耻地说，是苔丝引诱他放弃了宗教，不得不重新堕落。苔丝气愤已极，用坚硬的手套朝他脸上打去，打得亚雷鼻血直流。苔丝骂道："你把我的一生都毁灭了，我恨透你了。"面对亚雷的再次纠缠，苔丝实在忍无可忍，她给丈夫克莱写了一封长长的恳切的信，要求他赶快回来保护自己的妻子。

在巴西流浪的安玑·克莱，刚到美洲就得了一场热病，变得骨瘦如柴。经历了一番人生体验之后，他开始追悔过去，认识到了自己行为的鲁莽，切身感受到他真正爱的女人就是苔丝。他从美洲回来，决心与苔丝重归于好。几经周折后，他终于找到了苔丝，但为时已晚。原来，卑鄙的亚雷趁苔丝父亲去世，家中陷于困境之际，用花言巧语和金钱威逼苔丝。在走投无路的时候，无奈的苔丝只好答应与亚雷同居。

克莱的归来，使苔丝又陷入无比的痛苦和绝望之中。因为她已经无法和自己的丈夫破镜重圆。她心中对那个无耻的亚雷的愤恨更加强烈。当克莱悻悻地离开之后，无法平静的苔丝终于用刀子杀死了剥夺她爱情，坑害了她一生的亚雷·德伯。她追上了自己的丈夫，和他一起乘车逃跑了。在荒郊野外，他们度过了几天逃亡的生活。一天，他们逃到了一个漆黑阴森的地方，这儿原来是古代人祭祀的祭坛。困倦的苔丝躺在那儿香甜地睡着了。当她一觉醒来，发现有十六个警察包围上来，出人意料地显示出了出奇的平静。她站起来将身上的土抖了抖，往前走去，而等待着她的，是令人毛骨悚然的绞刑架。

苔丝就这样走了，命运终于结束了对这个纯洁女性的摧残和戏弄，留给读者的却是一片无尽的思索空间……

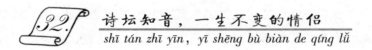

32. 诗坛知音，一生不变的情侣
shī tán zhī yīn, yī shēng bù biàn de qíng lǚ

在世界文学史上，大概没有哪一位诗人像 19 世纪英国诗人罗伯特·勃朗宁和伊丽莎白·巴雷特一样同诗结下不解之缘，又凭借诗歌彼此相识、相知，最终结成终身伴侣，凭借诗歌彼此传达情愫恩爱一生的。

罗伯特·勃朗宁在邂逅伊丽莎白·巴雷特之前已经读过巴雷特小姐的一些诗歌。诗歌中充溢的大胆、热情及对美好事物的敏感领悟都给勃朗宁留下了深深的印象，他以极大的热情感受着诗，同时对作者也产生了浓厚的兴趣。勃朗宁从父亲的同学那里得知，她是个腼腆，但对生活充满乐观向上精神的老姑娘，常年卧病，很少与外界接触。但她受过良好的教育（这教育主要来自家庭），学识渊博，懂希伯来语、希腊语和拉丁语，十二岁时就已经在诗坛崭露头角，而且小有名气。

勃朗宁本人，虽然在这时也发表了一些诗作，而且广泛参与社会活动，颇有知名度，但在个人感情上尚未涉足爱河。

相同的志趣，使得勃朗宁与巴雷特小姐在情感上一拍即合。他试图通过朋友凯尼恩的帮助同巴雷特小姐见面，但没能成功。1844 年勃朗宁访问意大利归来，又读到了巴雷特小姐新近出版的两本诗集。其中的一首诗，在讨论当时文坛的诗人时，对勃朗宁作了这样的描述：

> 勃朗宁的石榴，如果剖开来看，
> 现出来的是一颗布满博爱血管的心。

勃朗宁深受鼓舞，那颗久欲谋面的心又开始热烈骚动起来，给她写了一封感谢信，并谈了他在读她的诗时的内心感受，希望有幸与她相见。

在 1845 年 1 月 10 日的信中，他又写道："我真心爱你的诗，亲爱的巴雷特小姐。"过了几行他继续写道："我说过，我真心地爱这些书，我也爱你。"

也许正是这种热情的表白，叩动了巴雷特小姐久已沉寂的情感之门，但考虑到自身的状况，她自然对这种突如其来的情感深表疑虑。她在回信中说："同情对我来说是亲切的，非常亲切；但是一位诗人，这样一位诗人的同情对我来说才是真正的同情。"她还说明了自己的身体状况，不能接待客人，并表示如果春天身体能好起来，她将有可能同他见面。信末邀他就诗歌的创作问题继续通信。

这使得勃朗宁看到了希望，内心更加热烈，信也写得越来越勤，每隔一两天就往来一封，一共竟写了五百七十三封之多。在二月份的一封信中，他写道："春天来了，鸟儿知道。我就要见到你了，我说！"

在 1845 年 5 月一个星期二的午后，他终于获准对她的家进行第一次造访。谈话非常融洽，两个人完全敞开了心扉。尽管如此，紧接着，伊丽莎白·巴雷特收到的一封信，还是让她大吃一惊。就在第一次造访的当天，勃朗宁回家后立即给巴雷特小姐写了一封信，提出向她求婚。

1845 年，伊丽莎白·巴雷特已经是年满三十九岁的老姑娘了，而且自她十五岁生日那天不慎从马背上摔下，一直处于半瘫痪状态。十多年来，她从未离开过自己的房间，生活不能自理，即使从床上挪到沙发上，也要借助别人的帮忙。当时，大多数人，包括勃朗宁在内，都相信她已没有治愈的可能。可实际上，她的瘫痪与其说是起因于摔伤，不如说是起因于她父亲的一种固执的专横。她父亲本来在牙买加拥有一座种植园，是个巨商富贾。后来，由于奴隶解放的缘故，他的财产遭受到很大损失，对此，他一直耿耿于怀。没有奴隶可供他颐指气使，于是，他下决心要专横地支使他自己的孩子们。他长期以来，喜欢晚上十一二点钟来到女儿的病榻前，跟他心爱的女儿一起为来世好运气祈祷，却没有考虑对女儿的伤病给予有效的长期治疗。他每天似乎陶醉在他那伤感的语调所营造出来的伤感气氛中，并觉得为自己在女儿面前扮演一个好父亲找到了合适的机会。他不仅不让他的两个年纪较轻、身体健康的女儿结交异性朋友，而且也不许他已成年的七个儿子谈婚论嫁！他在世时有三个孩子结了婚，他从此不再同他们说话。

在这样的境遇当中，伊丽莎白·巴雷特时常怀念起已经去世的母亲，她在一封信中谈及去世多年的母亲："她一生中失去了很多，但是她的死使我们失去更多，她是个永远不能反抗的女人。"

伊丽莎白·巴雷特及她的兄弟姊妹们也像他们的母亲，安于现状，不敢反抗父亲的专横。她常常感觉自己的双腿完全不听使唤，相信这是伤痛所致，而完全不觉得这是长期得不到使用而造成的。

勃朗宁很快就敏感地察觉到，只要她以后不再为取悦于她父亲而安于病瘫，她也许就会站起来，同自己共同过幸福的生活。从此，勃朗宁每周都去看望她一次，鼓励她每天站起来几分钟，在房间里尝试走一走，跟妹妹们一起到户外去呼吸一下新鲜空气。爱情给了伊丽莎白勇气。她的内心有了一种站起来的欲望，这使得她的腿感受到了力量，她战战兢兢但又充满勇气地做到了。

她对勃朗宁给予自己的爱情似乎也经历了这样一个过程：拒绝、接受、疑虑、战战兢兢地尝试接受，以至于最终乐观地充满自信地品尝爱情的甜蜜。勃朗宁以一颗真挚的心，帮她顺利走过了这个历程。这些，从伊丽莎白·巴雷特在婚后写成并发表的《葡萄牙的十四行诗》中有真实的记载：

> 如果你一心要爱我，那就别为了什么，
> 只是为了爱才爱我。别这么讲：
> 我爱她，为了她的一笑，她的模样，
> 她柔语的声气；为了她这感触
> 正好合我的心意，那天里，的确
> 给我带来满怀的喜悦和舒畅。
> 亲爱的，这些好处都不能持常，
> 会因你而变，而这样唱出的爱曲
> 也将这样哑寂。也别爱我因为你
> 又怜又惜地给我揩干了泪腮，
> 一个人会忘了哭泣，当她只爱你
> 温柔的安慰却因此失去了你的爱。
> 爱我，请只是为了那爱的意念，
> 那你就能继续地爱，爱我如深海。
>
> 我是怎样地爱你？让我逐一细算。
> 我爱你尽我的心灵所能及到的
> 深邃、宽广和高度，正像我探求
> 冥冥中上帝的存在和深厚的神恩。
> 我爱你的程度，就像日光和烛焰下
> 那每天不用说出的需要。我不假思索地
> 爱你，就像男子们为正义而斗争；
> 我纯洁地爱你，像他们在赞美中低头。
> 我爱你以我童年的信仰；我爱你
> 以满怀热情，就像往日满腔的辛酸；
> 我爱你，抵得上那似乎随着消失的圣者
> 而消逝的爱慕。我爱你以我终生的

呼吸、微笑和泪珠，假使是上帝的

意旨，那么，我死了我还要更加爱你！

为了给伊丽莎白提供更有效的治疗，医生们建议她到意大利去过冬。伊丽莎白·巴雷特于是征求父亲的意见，使她震惊的是，她父亲告诉她，她现在最应考虑的不是治疗，而是祈祷来世。于是，她决定同勃朗宁一起私奔。1846年9月的一天，巴雷特终于逃出囚牢般的温波尔街50号，在一个教堂，他们秘密地结婚，一起到欧洲旅行。他们先后去了意大利、法国，后来就一直旅居在意大利。

随后的几年当中，他们一直过着田园诗般澄静、温馨、浪漫的生活，打扰他们澄静生活的只有一件事：田园、溪流、草坪、月光、虫鸣。伊丽莎白·巴雷特的父亲从此再不同她说话，不给她写信，甚至他们的儿子出生时，也得不到外公的祝福。

不幸的是，一向体弱多病的伊丽莎白由于劳累和支气管炎发作，于1861年6月，终于病逝。

两人真挚、热烈的爱情像他们的诗一样深深地震撼着广大读者的心灵！

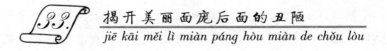

揭开美丽面庞后面的丑陋
jiē kāi měi lì miàn páng hòu miàn de chǒu lòu

拥有一张美丽的面孔是件让人羡慕的事情。但是，一颗美丽的心灵则更值得珍惜，因为无论多么美丽的面孔都遮挡不住心灵的丑陋。关于这一点，读罢英国唯美主义作家王尔德的长篇小说《道林·格雷的画像》后，人们定会有更深的体会。

道林·格雷是一位二十多岁的年轻人，他不但从为爱情而死去的母亲那里继承了产业，更从母亲那里继承了令人叹为观止的美貌。他虽然生性懦弱，但单凭他那出众的外表，就足以使每一个见到他的人为之倾倒。霍

华德和亨利勋爵就是他那美丽面庞的俘虏。

霍华德是个画家，道林·格雷那象牙般和玫瑰花瓣似的美艳以及不留世间一丝斑点的纯洁既使他近乎疯狂地崇拜，也成为他创作的动力，让他找到了崭新的艺术形式和一种崭新的风格。由道林·格雷做模特，霍华德创作出了他生平最惊人的伟大作品——《道林·格雷的画像》。当亨利勋爵在霍华德的画室里见到道林·格雷的画像时，也深深地赞叹他那单纯而又优美的天性。可是，这位信奉享乐主义的勋爵，心中更多暗暗惋惜的是道林·格雷的美貌将随着时光的流逝而虚掷。

亨利勋爵总是忘不了到处宣讲他的享乐主义，而对于被他誉为一件艺术品的道林·格雷，他更是不放弃每一次拉拢他的机会。一天，他劝导道林·格雷说："我们努力扼杀的每一个冲动都笼罩着，也扼杀着我们的灵魂……摆脱诱惑的唯一方式是接受诱惑。你一抵抗，灵魂便受难，因为自己所渴望的东西被禁止了；因为灵魂其实十分渴望被那些可怕的法律所禁止的可怕的东西。""青春，青春！不要浪费了金子般的时光，时时去找新的享乐吧！世界在一段时间以后就会属于你了。"亨利的蛊惑触动了道林·格雷的心弦，也似乎替他揭去了生活的面纱。他睁大了眼睛，惊讶地聆听着亨利的讲述。从亨利的话语中，他第一次体会到了自己美貌的可贵。"现在我知道了，失去美貌就将失去一切。"当他看到霍华德为他画的那张画像时，也不禁深深地被自己绝伦的美貌所打动了。望着画像，他先是高兴得满面红晕，眼里闪出快活的光，好像是第一次见到自己。接着，他又突然感到失落起来，因为亨利的话语闪过他的心头，留下一丝似乎永远也抹不掉的阴影。此时此刻，道林·格雷突然感到害怕和痛苦起来，因为不久他就会衰老。不但脸上会出现皱纹，眼睛也会失去光彩，漂亮的身材会变形，会扭曲。一想到这些，一阵刀刺般的剧痛便传遍了他的全身。于是，他就开始妒忌这永远年轻的画像，痴狂地希望自己可以永远保持青春和姣好的面容。他暗自祷告，让那画像去代替他的衰老和憔悴，代替他挑起情感和罪恶的重担，只要他自己可以永葆青春，哪怕用自己的灵魂作为代价也在所不惜。

从此，亨利便成了道林·格雷的灵魂统治者。他开始肆无忌惮地用淫秽的书籍、无耻的言语和荒谬的享乐主义理论来教唆道林。一天，在一个下等小剧场里，道林·格雷见到了一位扮演朱丽叶的漂亮的女演员茜恩。他疯狂地爱上了茜恩，把她看做平生最可爱的东西，甚至为她的歌声而流泪。纯洁的茜恩也被道林·格雷的美貌和忠贞所打动，全身心地陶醉在这位高贵的白马王子对她的爱情里，而把演戏丢在了一边。在这之后，茜恩的戏演得越来越糟。她对道林·格雷说："我要永远这么糟糕，永远也不好好演了……我的灵魂已经被你从牢笼里释放了出来……让我表演坠入情网是一种亵渎。"但是，此刻的道林·格雷却对茜恩失去了兴趣，无情地抛弃了她。他冷酷地对茜恩说："你杀死了我的爱情！"不久，茜恩便在化妆间里自杀了。道林·格雷回到家，惊异地发现那幅画像有了一些改变，原来美丽清俊的脸上，竟带上了一丝残忍邪恶的微笑。这一变化使道林·格雷感到惊慌和恐怖，他觉得自己没有心肝，便想方设法补救自己的过失。但是，亨利勋爵的来临和他一番轻蔑道德的劝慰，很快就消除了道林·格雷懊恼悔恨的心情。对于亨利带来的茜恩的死讯，他竟连一滴眼泪也流不出来，"好像那已经是几年前的事情了"。

他感到自己确实到了做选择的时候了。或者是，他已经作出了选择。是的，生命已经为他作了决定。生命，还有他对生命的无穷的好奇心，永恒的青春，无穷的激情，隐瞒秘密的快乐，野性的快活，更野性的罪恶——这一切他都获得。既然如此，就让那画像去承担他的一切罪恶的重负吧！就这样，道林·格雷坠入了堕落的深渊。他把那幅神秘的画像锁进了顶楼充满霉味和灰尘的房间里，马上又去追逐别的女人了。

时光流逝，十八年过去了。道林·格雷一直在纵情享乐，为了使自己的怪癖得到满足，任何伤风败俗的事情他都无所顾忌地去做。他的行为遭到了众人的非议，整个伦敦都在说他的坏话，但他却一直保持着使画家和许多人都为之倾倒的美貌，不道德的生活只在他藏着的画像上留下了痕迹——画像上，道林·格雷满脸皱纹，容貌憔悴，惹人讨厌。

在一个弥漫着浓雾的深夜，多年没见到道林·格雷的霍华德路过道林的家。他不能相信谣传中的那个无恶不作的卑鄙小人，就是他曾经热爱过的，拥有着无邪的充满光明的面貌的道林·格雷。因为，罪恶是写在人脸上的东西，是不能隐藏的。他想亲自从道林·格雷的口中得到证实。当画家被领到顶楼上的画像前，看到那铭刻着罪恶的累累痕迹的怪笑着的脸时，他竟不能相信这就是他自己画的《道林·格雷的画像》。道林·格雷陡然对霍华德起了一种压制不住的厌恨的情绪，兽类的狂怒在心头骚动，他突然扑过去，用刀刺进画家耳后的大血管……他又找来化学家肯贝尔，肯贝尔在他的胁迫下，帮助他用硝酸把霍华德的尸体销毁了。

在那之后，道林·格雷一直像被追逐的野兽一样过着提心吊胆的生活。他生怕化学家肯贝尔把秘密泄露出去，更惧怕苇恩的弟弟前来报复。但是，不久以后，危险就一个个侥幸地都过去了：肯贝尔因为不能原谅自己而自杀了；想趁道林·格雷打猎时谋杀他的苇恩的弟弟，被一颗走火的子弹打死了。虽然道林·格雷的生命安全了，但他却再也无法获得平静。满身的脏污、满心的腐败给他带来了深深的懊悔和巨大的恐惧。"灵魂的死"给他造成了一种巨大的负担，在他的心中升起了一瞬间的对于纯洁的青春的惆怅。可罪恶的念头终于又占了上风。他决定杀死那有着奇怪的灵魂的生命，毁掉《道林·格雷的画像》——他灵魂堕落的唯一证据。他拿起那把曾经杀死霍华德的刀子，对着画像刺去……

佣人们被痛苦的呼喊声和坠地声惊醒，他们从窗户爬进顶楼，看着墙壁上挂着一幅绝妙的画像，和他们的主人最近的模样一般华美。而一个人们所不熟悉的死人则躺在地板上，满脸褶皱，容貌憔悴，惹人讨厌。

要是当初他的每一个过失都立即带给他惩罚，那就好了，因为每一次惩罚都有净化的作用。人对于最公正的上帝的祈祷不应是"原谅我们的过失"，而应是"惩罚我们的不义"。因为罪恶的灵魂带给人的丑陋是遮挡不住的。

《城市姑娘》：现实主义的故事

chéng shì gū niáng：xiàn shí zhǔ yì de gù shì

19世纪后期的英国文坛，是一个百花争艳的时代。虽然少了狄更斯、萨克雷、勃朗特姐妹、盖斯凯尔夫人等一代文学巨子的身影，但却涌现出哈代、爱略特、梅瑞狄斯、萧伯纳、高尔斯华绥、王尔德等风格各异的后期新秀。在他们的辛勤努力下，英国文坛依然显得色彩纷呈，人才济济，硕果累累。尽管现实主义显露出衰微的迹象，但唯美主义和自然主义的花朵却竞相开放，侦探小说和科幻作品也异军突起。这一切都预示着一个文学多元化时代的来临。

就在这种五彩缤纷的背景下，一部出自无名作家笔下的无名作品——中篇小说《城市姑娘》于1887年4月在伦敦悄然问世。小说的作者为玛格丽特·哈克奈斯，对于这个名字及其身世，不但普通的读者所知甚少，就是"连研究文学史的专家们都不知道"。后来，人们只是零星地知道她的笔名为约翰·劳，是一个有社会主义倾向的、持现实主义创作态度的女作家，19世纪50年代末生于伦敦，具体的日期已无从查找。哈克奈斯家境平平，作为一名牧师的女儿，她不但没有笃信宗教，反而是无神论的坚信者。她说："教徒们那种欺骗行为我已经看够了，甚至我一看见《圣经》，就从心眼里讨厌。"

在生活的道路上，她曾经做过护士，学习过经济学，对伦敦的工人生活十分关注。为此，她经常深入伦敦东区进行实地考察，不但亲眼目睹了工人的悲惨生活状况，而且还获得了大量第一手的工人生活素材。工人的贫穷和饥饿给她留下了深刻的印象，她写道："我知道，伦敦码头上的木栏杆为什么换上了铁链，就是因为那些饿得无精打采的人常常吃力地靠在栏杆上，这样很容易靠坏，换上铁链就不致有这种危险了。"

正由于此，她才写出了一系列与工人生活有关的文学作品。除了《城市姑娘》外，她还创作了《失业者》（1888）、《洛布队长》（1889）、《曼

彻斯特的衬衣工人》（1890）等反映工人生活的小说。尽管取得了一些成就，但是在当时强手如林的英国文坛上，哈克奈斯仍属无名之辈，乃至她90年代移居澳大利亚后就音讯皆无。

但是，这样一位无名的作家，这样一部无名的作品，却由于一位伟人的信件而名扬四海，借助伟人的评价而在世界文坛传为佳话，成为世界文学史上令人深思的一页。那是在恩格斯逝世后，人们在清理他的遗稿时发现了一份没有标明日期的手稿。从信中的内容看，这是写给一位叫玛格丽特·哈克奈斯的女作家的信。这封信之所以引起人们极大的兴趣，一是恩格斯在信中借哈克奈斯的小说《城市姑娘》精辟地阐述了他的现实主义的文学观点，这是在以往的文稿中所少见的；二是人们对哈克奈斯了解得太少，对她的中篇小说《城市姑娘》更是无从论说。哈克奈斯是谁？《城市姑娘》又是怎样一部作品？正是带着这些疑问，哈克奈斯走进了文学研究者的视野，《城市姑娘》也成了人们所关注和研究的对象。

《城市姑娘》是哈克奈斯所发表的第一部中篇小说。作者以"现实主义的故事"为副标题，用简练的笔法描写了一个资产阶级绅士骗取了一个年轻貌美的女工的爱又将她抛弃的故事。伦敦东区是工人和贫民居住的地方，那里，房屋破旧，走廊昏暗，到处流淌着脏水。每逢星期六，男人们酗酒，女人们忙碌家务，而孩子们则在脏兮兮的空地上玩耍，耐丽就生活在这里。她是一个缝纫女工，长得年轻漂亮，向往伦敦西部的生活，羡慕贵妇人的穿着和举止。乔治是公寓的看门人，也是耐丽的未婚夫，两人相爱已经好长时间了。周日的上午，他们一道出门逛街后，乔治将耐丽领到了一家俱乐部，在那里结识了正在演讲的阿瑟·格兰特先生。

几个星期以后，当乔治和耐丽外出游玩时，碰巧又与格兰特先生相逢。耐丽的美貌深深地吸引了这个已婚的绅士，而格兰特的绅士风度也深深地打动了耐丽的心。耐丽觉得他长得像乔治，但又和乔治不同，他正是自己心目中的理想男人。格兰特先生是伦敦东区一家妇婴医院的出纳员。他热衷于政治，却缺少政治家的才干。在言辞和演讲上也没有什么特别的地方。这个已婚的男人有温柔贤惠的妻子和长得像天使一样的孩子，但夫妻间的感情已随岁月的流逝而逐渐地疏远了。那天夜里，耐丽失眠了，就为了这个绅士，而格兰特却没有想过她。8月初的一天，耐丽在交货回来的路上遇到了格兰特先生，并且应格兰特的邀请去剧院看了一场戏。坐在包厢里，耐丽第一次感觉到自己像一个贵妇人。在演员谢幕的时候，格兰特先生拥抱了她，这使耐丽十分的惬意。星期六，格兰特又邀请耐丽乘船旅游。此时，他的妻子和孩子们正在外地度假。又一个星期六到来了，耐丽又没有同乔治在一起，而是同格兰特先生一道去划船。逐渐地，她同乔治疏远了。

圣诞节后的一天，耐丽乘车去寻找思念的情人。终于，在一个家庭的窗口前，她看到了格兰特先生正同他的家人幸福地呆在一起，心灵上受到了沉重的打击。如果不是一个年轻人热心帮助的话，那天晚上她几乎要露宿街头。春天来了，耐丽变了，变得懒了，不打扮了，工作起来也心烦意乱，她失业了，晚上不敢回家，是乔治找到了她，让救世军收容了她。两个月后，耐丽生下了一个孩子。家里人要她把孩子扔掉，她拒绝了。孩子一天天长大了，耐丽也谋到了一份工作。这段日子她觉得十分幸福。但是，当她给孩子做洗礼时，由于没有父亲的名字而受到了神甫的歧视。第二天，孩子病了。耐丽一边要照顾生病的孩子，一边要拼命地工作，孩子的病情在逐渐加重，不得不住院治疗。当她在饥饿和寒冷中熬了一夜，再次来到病房时，发现孩子的摇篮已经空了，孩子死掉了！她抱着孩子的尸体跑到了大街上，同迎面而来的格兰特先生相遇。她告诉这位绅士这是他的儿子后就昏倒了。最后，耐丽埋葬了不幸的孩子，并同乔治结了婚。

这是一个被无数作家使用得不能再使用的陈旧题材，也是一个被无数读者熟悉得不能再熟悉的"老而又老的故事"。面对这样一位不起眼的作家，和这样一部普通的作品，恩格斯却独具慧眼，从中发现了许多宝贵的教训。于是，在阅读了哈克奈斯的《城市姑娘》后，恩格斯于1888年4月初给这位并不为人所知的女作家写了一封信，结合《城市姑娘》，集中阐述了自己对现实主义创作的一些见解。

在信中，恩格斯对哈克奈斯及其作品给予了充分的肯定，认为"您的小说，除了它的现实主义的真实性以外，最使我注意的是它表现了真正艺术家的勇气。"

哈克奈斯的勇气之一是"敢于冒犯傲慢的体面人物而对救世军所作的处理上。"这种突破传统偏见的大胆处理，使那些"傲慢体面的人物"由此而"第一次知道救世军为什么竟对人民群众发生这样大的影响。"

哈克奈斯在当时的社会背景下敢于触及工人阶级的生活状况，这是十分难得。其次，哈克奈斯运用简单朴实和不加修饰的手法"把无产阶级姑娘被资产阶级男人所勾引这样一个老而又老的故事作为全书的中心。"

面对贫富悬殊的英国社会现实，作家以现实主义的笔法将伦敦东区的贫穷和伦敦西区的奢侈进行了正面的描写。这种敢于直面人生，客观反映现实的创作态度，受到了恩格斯的赞赏。

在信中，恩格斯除了对哈克奈斯的艺术家的勇气给予了赞扬外，还表现出了一位思想家对现实主义创作的敏锐看法。他指出："现实主义的意思是，除细节的真实外，还要真实地再现典型环境中的典型人物。"

短短一语，就触及到了现实主义文学创作的重大原则问题：真实性和典型性。用这一标准去衡量哈克奈斯的《城市姑娘》，就会发现其中的人物"就他们本身而言，是够典型的；但是环绕着这些人物并促使他们行动的环境，也许就不是那样典型了。"

因为，"在文明世界里，任何地方的工人群众都不像伦敦东头的工人群众那样不积极地反抗，那样消极地屈服于命运，那样迟钝。"

实际上，恩格斯的这封信早已远远超出了《城市姑娘》的范畴，而深入到19世纪法国现实主义文学的一系列重大的创作原则问题，涉及到巴尔扎克和左拉等现实主义和自然主义文学大师的作品。恩格斯对现实主义的精辟论述也从此而成为人们理解现实主义的经典篇章。收到恩格斯的信后，哈克奈斯非常感激。1888年4月5日，她在给恩格斯的回信中深情地说："亲爱的恩格斯先生，接到您的信和著作，我非常感谢。您的著作我已经一读再读了，读第二遍的时候我的兴趣甚至比读第一遍时还要浓厚。我对您一向是很尊敬、很钦佩的，我能接到像您这样创造世界历史的人的来信，这是我从来不敢想象的事情。……您关于我的小书所讲的话中有许多是非常公正的，特别是关于其中的现实主义的不足之处。……请您接受我为您的善意而表示的最热诚的谢意。"

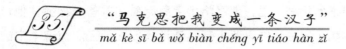

"马克思把我变成一条汉子"
mǎ kè sī bǎ wǒ biàn chéng yī tiáo hàn zǐ

1856 年，萧伯纳出生在爱尔兰一个新教徒的家庭。萧伯纳本人曾生动地描写过拘泥于形式的新教徒信仰，它唯一明确的品质是温文尔雅的排他性。他还讲述过他自己的幼稚的信念：罗马天主教徒也好，商店老板也好，都无望见到绅士派头十足的上帝。

萧伯纳的母亲从小是在一个长相丑陋但却富有的姑姑的严厉管教下长大的，姑姑对她进行严格的教育，并把一些所谓上层贵妇的礼节举止灌输给她，希望她长大以后真的嫁给一位贵族，以改变家族卑贱的血统。萧伯纳的母亲到了出嫁年龄后，为了表示对姑姑专横霸道的教育的反抗，在遇到第一个求婚者就欣然接受下来。这个人就是富有的男爵罗伯特·萧的一位中年的穷亲戚，名叫乔治卡尔·萧。

萧伯纳像

乔治卡尔·萧是一位年薪仅六十英镑的文职人员。在认识萧伯纳的母亲以前就是一个嗜酒如命的放浪者。他们的婚姻生活简直不堪想象。家境败落，丈夫酗酒，常常被亲戚、朋友投以白眼。有时，这对夫妻应邀出席一些礼仪性宴会，因为穿着寒酸或谈吐举止失礼竟会受到别人的当众奚落。萧伯纳回忆说，每次遇到父母接待客人或外出赴宴时，他和两个姐姐都会为父母捏一把汗，真不知道他们会有什么样的遭遇。

萧伯纳小的时候，有一次爸爸带他外出散步，沿着河边两人边走边谈，萧伯纳很高兴，因为难得爸爸有这样的好兴致。走着走着，爸爸开玩笑地吓唬他，要把他扔进河里，他咯咯地笑着跑着，爸爸一把抓住他，抱起来，差点真的扔了出去，结果两人都重重地摔倒在地上。惊魂未定的萧伯纳回到家里向妈妈讲述了这件事，并怯生生地将心里的怀疑告诉了妈妈："爸爸喝醉了。""他什么时候不醉？"妈妈尖刻地回答。这件事使小萧伯纳对人的信赖第一次受到了无情的冲击。从那时起，萧伯纳说："我再不相信任何事，任何人。"

跟着丈夫在社交界出丑并受到冷落后，萧伯纳的母亲自动地退出了亲友的社交圈子，潜心于音乐并从中找到了乐趣。她原本有一副好嗓子，在著名交响乐指挥德勒李的指导下，她用一种别出心裁的方法训练嗓音，练就了优美的歌喉。从此，她经常参加业余演出活动，对子女、丈夫则疏于照料。

为了接受良好的教育，萧伯纳曾先后读过几所绅士学校，但学校所开的课程都使他觉得失望，有些课让人觉得百无一用，而真正有用的科目每所学校都不开设，于是在十五岁时他便放弃了在学校继续接受教育的念头，进了一家土地代理商办事处，当了一名的初级职员。

萧伯纳就这样过早地结束了童年生活，步入了社会。他在回忆自己的童年时，每每想起的总是那种极端缺乏感情、极端冷漠和自私的家庭气氛，以及那位经常酗酒的父亲和对家庭不闻不问的母亲。萧伯纳后来回忆道："在一个既没有恨也没有爱，既没有恐惧也没有尊敬，永远只有个性的家里，我们做孩子的不得不找自己的路走。"

在萧伯纳年满十五岁的时候，母亲便带着姐姐去了伦敦，留下萧伯纳和父亲一起生活。母亲一走竟是五年之久，这五年，她没给萧伯纳写过一封信，也从没有收到过萧伯纳的一封信。

这五年期间，萧伯纳在办事处勤勤恳恳地工作，一有闲暇，他便到都柏林国立画廊去参观。那里收藏着许多古典大师的名画，他在一幅幅杰作前驻足流连，常常废寝忘食。在这里，他凭借观赏绘画培养了自己对文艺的浓厚兴趣和对艺术的纯正的鉴赏品味。

这五年里，他还抽出一些时间刻苦地自学弹奏钢琴，他家里本来有一架钢琴，母亲和姐姐走后，钢琴上落满了灰尘。萧伯纳顽强地自学，很快，就使得因母亲和姐姐走后变得空寂的屋子里跳荡着热情、奔放的琴声。

由于在工作的勤勉，他迅速得到提升，工作也较以前轻松了许多。这样干了大约五年，有一天，他突然莫名其妙地弃职，到伦敦去寻找母亲和姐姐去了。

他很快在伦敦找到了母亲。母亲一直以教授唱歌为生，偶尔也参加演出。萧伯纳则每天出入于画廊、图书馆，参加一些免费音乐会，他通过这种方式顽强地自学，立志成为一名作家。

在接下来的四五年中，萧伯纳写出了五部长篇小说，他尝试着将这些手稿寄给多家出版商。这时的萧伯纳生活十分拮据，有时竟连邮票也买不起。而母亲对他的写作完全不关心，既不过问萧伯纳写作的事，也不关心儿子的小说里究竟写了些什么，她根本不阅读这些小说。甚至儿子的手稿被出版商一一退回的时候，母亲也无动于衷，她认为儿子本来就是这样的废物，那样的父亲也只能有这样的儿子。

在这五部小说当中，最后一部《业余社会主义者》是萧伯纳的第一部付印小说。它是在一家社会主义杂志《今日》上，以无偿连载的形式发表的。这时的萧伯纳，通过参加一些社会主义集会，通过阅读卡尔·马克思的著作，对社会主义有了一些粗浅的了解，正如书名所暗示的那样，他已经成了一名业余社会主义者，经常参加一些社会主义者的活动。最初，他由一个朋友介绍加入了一个名叫问难社的辩论团体。问难社的思想成分是强烈个人主义的、无神论的、马尔萨斯主义的、英格索尔主义的、达尔文主义的和赫伯特·斯宾塞主义的理论。

最初参加辩论，他总是很胆怯，常常因为内心忐忑而词不达意，可是他顽强地坚持着，无论在街头、公园或是在任何公众场合，只要有辩论，他都踊跃参加，像一名胆怯的军人，尽可能多地亲临战火学习本领。

这时期，萧伯纳像很多同时代的年轻知识分子一样，满怀热情地参加各种和社会主义有关的活动，生吞活剥地体验并从事社会主义的各种尝试。

1883年，萧伯纳阅读了亨利·乔治的《进步与贫困》，十分赞同乔治的论点。有一次，他出席新创立的社会民主联盟的会议，这个会议的组织者是海因德曼，会议的一个议题，便是讨论乔治提出的论点。萧伯纳听了一些发言后，便跃跃欲试地想站出来捍卫乔治的论点。这时有朋友在私下里告诫他，除非他读过马克思的《资本论》第一卷，否则无权参加讨论此类问题。萧伯纳当下就在不列颠博物馆匆匆找到一本《资本论》的德文本（当时还没有英文译本）阅读起来，在以后的人生道路上，萧伯纳不止一次地表白："从那一时刻起，我变成了一个在世界上有事可做的人。我是懦夫，直到马克思把我变成一个共产主义者并给了我一个信念：马克思把我变成一条汉子。"

尽管后来萧伯纳在对共产主义的理解中有过理解的偏差和局限，在行为上与社会主义有过背离，但他始终把马克思的理论当做是生命中的一个启示，当成自己生命中的转折点。他说："是马克思使我睁开眼睛面对历史和文明的事实，给了我一个全新的世界观，为我提供了人生的目的和使命。"

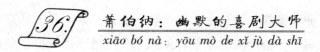

36. 萧伯纳：幽默的喜剧大师
xiāo bó nà: yōu mò de xǐ jù dà shī

萧伯纳是一个十分优秀的喜剧艺术大师，讽刺与幽默不仅贯穿于他的戏剧创作，而且时时充盈在他的生活当中。在戏剧创作中，他大胆地"将真理与玩笑混合起来"，把幽默的讽刺不露痕迹地包容在严肃的社会批判当中，使观众看了他的戏剧，既感到无比的喜悦，又觉得十分的痛快。在生活中，他不但爱开玩笑，而且每每开得巧妙、含蓄，开得恰到好处，从而构成了风格独特的"萧伯纳式"的幽默，了解他的日常幽默，使人更加理解他的戏剧艺术。

善意的玩笑和风趣的话语，是萧伯纳的幽默中一个突出的特点。在日常生活中，往往是一句不经意的话语，就可使尴尬的局面得到及时的缓解，使在场的双方都觉得轻松自然。一天，萧伯纳应邀参加一个慈善团体举办的舞会。舞场上，他主动邀请一位身份平常的女性跳舞。能同萧伯纳这样的名人一起跳舞，这个女子感到受宠若惊，她不解地问道："萧伯纳先生，您怎么能和我这样一个平凡的人跳舞呢？"为了解除对方的敬畏心理，萧伯纳随机应变地答道："这不是一件慈善事业吗？"

一次，萧伯纳正在街上行走时，被一辆自行车撞倒在地，好在没有受什么伤。见此情景，骑车的人一边将他扶起，一边不住地道歉。可出乎那人意料的是，萧伯纳不但没有生气，反而惋惜地说："先生，都怪你的运气不好，如果把我撞死了，你就可以名扬四海了！"

耐人寻味的自嘲和客观的自我评价，也使萧伯纳的幽默显得别出一格，使人们觉得既合乎情理，又十分新奇。那是萧伯纳已在艺术界颇有名气以后，法国著名雕刻艺术大师罗丹为他塑了一尊雕像。一晃几十年过去了。一天，萧伯纳把这尊雕像拿出来，请朋友们看。同时，他一边自我欣赏，一边对雕像加以评价说："这尊雕像有一个非常突出的特点，那就是随着时间的推移，它变得越来越年轻了。"

用简短的话语，巧妙回避一些不便回答的问题，既可避开话题的窘迫，又保持自己人格的完整，也是萧伯纳幽默的特点之一。一次，萧伯纳的好友前来拜访萧伯纳夫妇。其间，他们谈到了名人的爱情纠纷。这时，萧伯纳的好友便问萧伯纳夫人："您是怎样与您丈夫那众多的女性崇拜者和平共处的？"听到这个问题，萧伯纳夫人没有直接回答，而是讲了一个故事。她说："在我们结婚以后不久，有一位女演员拼命追求我丈夫，她威胁说，假如见不到他，她就要自杀，她就会心碎……""那么，她有没有因心碎而死呢？"这时，萧伯纳插进来说："她确实死于心脏病，不过，

那是在五十年以后。"

博大的心胸和开阔的眼界，也使萧伯纳的幽默显出大师的气度。那是1933 年的 2 月，萧伯纳来中国访问。在上海，他与鲁迅、蔡元培等中国当代的作家和学者在宋庆龄家里欢聚一堂。事后，他们一道去花园散步。这时，碰巧明媚的阳光倾洒在萧伯纳的银须上，蔡元培先生很有感触地对萧伯纳说："萧翁，你真有福气，在上海看见了太阳。"萧伯纳却笑了笑说："不，这是太阳有福气，可以在上海看到我。"

在萧伯纳的幽默中，表现最多、最为突出的还是辛辣的讽刺。在这里，集中体现了他"将真理和玩笑混合起来"的风格特征。那是在一个宴会上，萧伯纳同一位身体肥胖的经理太太坐在一起。席间，这位太太娇声娇气地问萧伯纳："你是否知道哪种减肥药最有效？"萧伯纳看了看这位太太肥胖的身躯，一本正经地回答说："我倒是知道有一种药，但是，遗憾的是，我无论如何也翻译不出这个药名，因为劳动和运动这两个词，对您来说是地道的外国字。"

一天，萧伯纳病了。因为脊椎骨有病，需要从脚跟上截下一块骨头来补脊椎的缺损。手术做完以后，贪心的医生想在萧伯纳身上多揩点油，便欺骗他说："萧伯纳先生，这是我们从来没做过的新手术啊！"萧伯纳听后一笑："好极了，请问你打算付我多少试验费呢？"

一位贵妇人已经五十多岁了，可还觉得自己很年轻。她问萧伯纳："您看我有多大年纪？"萧伯纳煞有介事地说："看您晶莹的牙齿，像十八岁；看您蓬松的卷发，有十九岁；看您扭捏的腰肢，顶多十四岁。"听罢，那女人高兴得一再追问："您能否准确地说出我的年龄？"萧伯纳回答说："把我刚才说的三个数字加起来就是了！"

有一次，一位当时赫赫有名的女舞蹈家十分钟情于萧伯纳，便给他写了一封充满激情的信，信中说："如果我们结婚，那将会对优生学做出多大的贡献呀！"信中还写道："将来，生个孩子有你那样的智慧和我这样的外貌，该有多么美好！"而萧伯纳却并不喜欢这个女人。他在回信中说："假如那个孩子只有我这样的外貌和你那样的智慧，那就糟透了！"

经常讽刺别人的萧伯纳也常遇到别人的攻击。一天，一位脑满肠肥的商人看到萧伯纳后不怀好意地说："看见你，人们会以为英国发生了饥荒！"萧伯纳立即给予犀利的反击，他尖刻地说："看见你，人们就会明白饥荒的原因。"

萧伯纳的幽默，也表现了他倔强的性格及贫贱不能移，富贵不能淫，威武不能屈的品质。萧伯纳成功以后，文化艺术界的商人都想在他的身上大捞一把。一次，一个美国电影巨头打算买下萧伯纳戏剧的电影拍摄权。他对萧伯纳说："您的戏剧艺术价值很高，但我想如果能把它们搬上银幕，全世界都会被你的艺术所陶醉。"此时，萧伯纳也有这个心愿。可是，在摄制权的价格上他们最终没有达成一致。为保护自己作品的权益，萧伯纳只好委婉地表示了拒绝。他说："问题很简单，您只对艺术感兴趣，而我只对钱感兴趣。"

一天，萧伯纳意外地收到一个富有的女性送来的请帖，上面傲慢地写道："我将在星期二下午4时至6时在舍下恭候。"对此，萧伯纳不屑一顾。不但立即将请贴退回，而且在上面写了这样一段话："萧伯纳先生同日同时也在家里恭候。"

萧伯纳成名后，苦于应付每日的来访者，十分烦恼。就在这时，英王乔治六世也前往他的家中拜访。虽然萧伯纳不得不接待，但由于二人在思想、情趣、修养等方面的差距太大，因此一阵寒暄之后就再也没什么话可说。看到眼前的僵局，萧伯纳只好从口袋里掏出怀表来看，见此情景，英王不得不起身告辞。国王走了，有人问他为什么这样做。难道国王来拜访他也不高兴吗？对此，萧伯纳饶有风趣地回答说："当然，在他告辞的时候，确实使我高兴了一下。"

有趣的是，一辈子以讽刺和幽默著称的萧伯纳，有时也会成为别人讽刺的对象，这不但成为他生活中的有趣插曲，而且给他的思想深处以很大的触动。有一天，他一边开着汽车，一边开始构思一个新剧本，并且忘记一切地和坐在旁边的司机谈了起来。没想到，司机竟没有同他说一句话，就一把夺走了他的方向盘。正在侃侃而谈的萧伯纳不禁一愣："您怎么

啦?"司机生硬地回答说:"你的剧本妙极了,我真不愿意让你在没写完之前就把命送掉。"

萧伯纳长得又高又瘦,他的一个好朋友却长得又高大又强壮。如果他们俩站在一起的话,一定会产生十分鲜明的对比效果。于是,时刻也忘不了讽刺与幽默的萧伯纳便想在朋友肥胖的身材上打主意。他说:"如果我像你那么胖,我就会去上吊。"没想到朋友的反击令他无言以对:"如果我想去上吊,一定用你做上吊的绳子。"

不过,对萧伯纳触动最大的还是他在前苏联访问期间的遭遇。一天,他正在莫斯科的街头上散步,一个漂亮可爱的小女孩走了过来。萧伯纳十分喜欢这个小女孩,同她玩了很久。告别时,萧伯纳傲慢地说:"回去告诉你的妈妈,你今天和伟大的萧伯纳一起玩了。"令他震惊的是,那个小女孩儿也学着他的口吻回答他说:"回去告诉你的妈妈,你今天和苏联女孩儿安妮娜一起玩了。"此事对萧伯纳震动很大。他为自己的傲慢所悔恨,不但立即向那个小女孩道了歉,而且将这次遭遇牢记终身,并以此来鞭策自己的言行。他说:"一个人无论有多么大的成就,对任何人都应该平等相待,应该永远谦虚。"

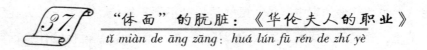

37. "体面"的肮脏:《华伦夫人的职业》

tǐ miàn de āng zāng: huá lún fū rén de zhí yè

无论在什么时候,在什么地方,妓女恐怕都不是一个体面的职业。但是,在 19 世纪的英国,做妓女也许是许多妇女无奈的选择。因为在那个社会里,单纯的肉欲和大把的钞票往往比道德更受欢迎,因为有了金钱往往就意味着有了一切。英国剧作家萧伯纳在其剧本《华伦夫人的职业》中无情地揭开了这肮脏的黑幕。

华伦夫人的女儿薇薇是个二十二岁的年轻女子,像所有美丽而聪明能干的女孩子一样,她也有些自命清高。她从小过惯了无忧无虑的生活,又在只有富小姐才能走进的寄宿学校度过了愉快的中学时代。接着又在著名的剑桥大学接受了令人羡慕的高等教育，还获得过数学竞赛的优秀奖。此刻，她已经以优异的成绩毕业，在伦敦的一家法律事务所里工作，并且已经快要戴着品学兼优的花环进入上流社会了。

但是，薇薇从小既不知道自己的亲生父亲是谁，也不知道经常来往于欧洲各国的母亲干的职业是什么，更不知道自己所花用的如流水般的金钱是从哪里来的。

由于女儿不再上学，华伦夫人回家来准备和女儿一起过生日，由她来安排女儿今后的生活。与她有同样想法要给薇薇安排今后生活的还有两个男人，他们一个是华伦夫人的老相识，五十多岁的克罗夫爵士，他长着一张阔嘴巴，两只大扁耳朵，一根粗脖子，表面上像是个上等人，实质上是个城市商人，是高等游民中最粗鄙的典型，他和华伦夫人有着特殊的关系，现在又在打薇薇的主意，要把这个姑娘弄到手，做他的"爵士太太"。

另一个想给薇薇安排生活的，或者不如说安排他们共同生活的，是富兰克·格阿德纳。他受过高等教育，模样长得很漂亮，但是华而不实，父亲是个十分平庸而外表夸张虚伪、架子十足的牧师。薇薇似乎也喜欢和富兰克交往，但并不爱他那胡搅蛮缠的劲头。

在母亲的"朋友"之中，薇薇唯一中意的是工程师普瑞德，他是她母亲的朋友里唯一的一个和他母亲没有特殊关系的朋友。薇薇从普瑞德吞吞吐吐的几句话里，觉察到了母亲从事的好像是个非常不名誉的职业——开妓院。对此，薇薇非常气愤，也非常伤心难过，想不到自己心中极其高贵的母亲原来是这样一个吸血鬼！一天，她终于忍耐不住了，便逼问母亲堕落的真实情况，于是，一切真相都和盘托出了。

原来，华伦夫人也没有父亲，母亲说自己是寡妇，在造币厂附近开小铺子卖炸鱼，养活着四个女儿。华伦夫人和利慈是亲姐妹，长的都挺好看。另外两个是异父姐妹，长的又矮又丑，是一对可怜虫。其中一个在铅粉厂做女工，一星期只挣九个先令，后来中了铅毒，把命送掉了。另一个规规矩矩地嫁了个工人，生了三个孩子，但生活一直拮据，后来丈夫成了一个整天胡闹的酒鬼，生活中的一切从此化为泡影。

　　华伦夫人和利慈上过学校，后来利慈离家出走了。华伦夫人则在酒吧间里打工，靠端酒、洗杯子挣点钱。有天晚上，酒吧里来了一个穿着阔绰的女人，那就是利慈。她离家后做了妓女，后来又开起了妓院。依靠大把的钞票，成了阔太太的利慈竟然也混进了当地的上流社会。华伦夫人在她的指引下，也靠着"自己的身体"和"自己的脸蛋"干上了这个行业。不久便和老情人克罗夫爵士合伙开设妓院，成为国际暗娼旅馆的大经理，不仅赚得了大把大把的钞票，而且也爬进了"上流社会"，成为"地道的上流女人"。

　　薇薇听了母亲的回忆，虽然有些悲苦，但是对母亲的做法却不以为然，认为她可以另寻一条光明大道来维持生活。对女儿的指责，华伦夫人非常生气，她理直气壮地教训女儿说，在那个时候，与其当侍女被人玩弄，不如出卖自己青春和肉体来收回利润。反正所有的一切都是在做买卖。她问女儿，倘若当初她不走出卖自己这条路，那么，"今天我们是什么光景！一天挣一个半先令，给人家擦地板，除了进贫民残废院，没有第二条路！"

　　接着她又对薇薇说："今天呢？咱有了钱。有钱就能让欧洲头等阔人奉承你；有钱就能住好房子；有钱，你喜欢什么就有什么。"

　　华伦夫人越说越生气，她对薇薇的傲气和清高非常不满，训斥她说："你凭什么自认为比我身份高？你在我面前夸耀自己怎么有出息——可是你怎么也不想想，当初有机会让你有今天的人就是我。"华伦夫人觉得，反正已经撕破了脸皮，索性把心中的苦恼一齐倒出来。她又对薇薇说："你以为社会上的人真像他们外表装出的那个样；你以为学校教给你的那些正经道理就是世事的真面目。实际上不是那回事，那只是一套装点门面的幌子。"她喘了口气，接着说："社会上的聪明人，经营事业的大人物，全都明白这个道理。他们的做法和我一样，想法也和我一样。"

　　听到这里，薇薇不禁承认她母亲是个了不起的女人，谁都比不上她有魄力。她本想责备母亲的所作所为，可此时，她感到不是自己占了上风，而是母亲占了上风。可她母亲却明明是个开妓院的吸血鬼。想到这里，薇薇睡不着觉，陷入了沉思。

第二天，克罗夫带着自以为是的自满态度向薇薇求婚，尽管他的年龄比薇薇整整大了一倍还要多，尽管他明明是华伦夫人的情人之一，他也毫不在乎。他恬不知耻的说虽然他也许有很多"缺点"，但是他有钱，从金钱方面说他是个牢靠的人，如果薇薇肯做他的"爵士夫人"，他一定想法子让她在自己死后过好日子。当克罗夫遭到薇薇的坚决拒绝后，就换了一种手法，向薇薇揭发她母亲干的行业，用这来对她进行威胁。薇薇毫不退缩地斥责到："我母亲当年是极穷苦的女人，她没有办法，不得不干那行当。你是个极其常见的坏蛋，这是我对你的看法。"克罗夫铁青着脸，要对薇薇施行强暴，这时富兰克从屋里冲了出来保护薇薇，他才不得不放开手，临走时狠狠地对他们说，他们是同父异母的兄妹。因为薇薇的父亲就是格阿德纳牧师，他在很多年前曾经是华伦夫人的情人。

听到这些，精神上受到极大刺激的薇薇离开了乡间别墅，回到伦敦的律师事务所，投入了工作。她下决心不要母亲，也不要丈夫，在工作中忘掉一切，重新营造平静的生活。她回绝了追随而来的富兰克·格阿德纳和普瑞德，并对他们说，无论是富兰克·格阿德纳提出的恋爱的青春梦还是普瑞德提出的旅行计划，今后都不要谈了。她从今后只想当一名职业妇女，永远不结婚，永远不浪漫。她又把母亲的真实职业告诉了他们。富兰克·格阿德纳认为既然薇薇不能再用华伦夫人的钱，而自己又没有收入，他不能让薇薇过穷日子。为此，他决定"从战场上退下来，把阵地让给英国的王孙公子"，随后，他告辞而去。这时，华伦夫人也找到了律师事务所，问女儿为什么退回她给的生活费。薇薇坚决地对她说，往后，她要自己养活自己，他们各走各的道路。薇薇有自己对生活的看法，她说："我像你，我一定得有事做，并且挣的一定得比花的钱多。不过，我的事跟你的事不一样，我的办法和您的办法也不一样，咱们一定得分手。"

薇薇送走了母亲，又埋头工作起来，把全部精神都贯注到工作中去了。在母亲的"体面"职业背后，隐藏着的无疑是社会上见不得人的肮脏，薇薇的看法和指责无可非议。但是，在那个以娼妓制度维系着社会

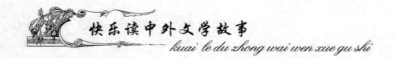

"体面"的世道，薇薇的职业能否如她所愿的那样"体面"地进行下去而不夹杂半点肮脏呢？答案是模糊的。

38. 高尔斯华绥的"三部曲"小说
gāo ěr sī huá suí de sān bù qū xiǎo shuō

在世界文学长河中，创作"三部曲"的作家不乏其人。已知最早的有古希腊悲剧之父埃斯库罗斯的《俄瑞斯忒亚》三部曲（《阿伽门农》、《奠酒人》、《报仇神》）、《普罗米修斯》三部曲（《被缚的普罗米修斯》、《被释放的普罗米修斯》、《带火的普罗米修斯》）。后来有法国喜剧作家博马舍的《费加罗》三部曲、俄国作家列夫·托尔斯泰的自传体三部曲（《童年》、《少年》、《青年》）、德国作家亨利希·曼的《帝国》三部曲、美国作家德莱塞的《欲望三部曲》、波兰作家显克微支的历史小说三部曲（《火与剑》、《洪流》、《伏沃迪约夫斯基先生》）、丹麦作家尼克索的红色三部曲（《征服者贝莱》、《蒂特——人的女儿》、《红色莫尔顿》）等等。

在中国文学中，创作"三部曲"的作家也大有人在。如郭沫若的《女神》三部曲（《女神之再生》、《湘累》、《棠棣之花》）、自传体三部曲（《学生时代》、《革命春秋》、《洪波曲》）、《漂流》三部曲（《歧路》、《炼狱》、《十字架》），另如茅盾的《蚀》三部曲（《幻灭》、《动摇》、《追求》）、农村三部曲（《春蚕》、《秋收》、《残冬》），以及巴金的爱情三部曲（《雾》、《雨》、《电》）、激流三部曲（《家》、《春》、《秋》）等。

中外作家笔下的"三部曲"小说，不仅从一个比较宽阔的艺术视野和艺术角度史诗般地描绘了社会生活的宏伟画卷，而且还以其独特的艺术魅力构成了文学发展历程中的精彩篇章。

纵览19世纪后期的英国文学，我们发现了一个颇具个性色彩的"三部曲"作家。在漫长的文学生涯中，除了戏剧等其他作品外，光是"三部曲"他就创作了三组。与上述中外作家的"三部曲"更为不同的是，他所创作的这三组"三部曲"并非线索不同，情节各异，而是以描写一个家族的兴衰为主线的连续性、系列性的长篇家族史巨著。这三组风格独特、大跨度历史画面的"三部曲"小说是 19 世纪后期和 20 世纪初期英国文学中不可多得的硕果，它的艺术结构本身就是英国乃至世界文学的一则佳话。它的作者就是英国著名作家约翰·高尔斯华绥（1876 — 1933）。

高尔斯华绥是一位多产的作家，他的三组"三部曲"是花费了三十余年的时间才完成的史诗性长篇巨著。其中包括：《福尔赛世家》三部曲：《有产业的人》、《骑虎》、《出租》。《现代喜剧》三部曲：《白猿》、《银匙》、《天鹅之歌》。《尾声》三部曲：《女侍》、《开花的荒野》、《河那边》。这三组三部曲拆开来可以各自成为一体，合起来又能组成一个有机的整体。因为它所讲述的是同一个家族——福尔赛世家几代人的兴衰和变迁的故事，它所展示的也是福尔赛这个豪门家族数十年间由盛及衰的社会生活画面。看似互不搭边、只有松散联系的九部长篇小说由福尔赛家族一条内在的主线连成了一座规模宏大的文学大厦。法国大文豪巴尔扎克的《人间喜剧》的结构艺术和"人物再现"的艺术手法在这里得到了成功的借鉴和创造性的发挥。

《有产业的人》是《福尔赛世家》三部曲的开山之作，也是为高尔斯华绥带来巨大文学声誉的奠基性作品。小说以福尔赛家族的代表人物索米斯的生活为主线展开情节，为我们展现出一幕幕豪门恩怨的角逐场景。福尔赛家族的唯一特征就是疯狂的占有欲。索米斯娶了贫穷但美貌的女人伊琳，就以阔绰的生活和豪华的别墅占有了她的青春和爱情。伊琳厌恶索米斯的粗俗和占有欲，爱上建筑师波辛尼。索米斯气急败坏，一方面粗暴地对伊琳行使占有的权利，一方面迫使贫穷的建筑师惨遭车祸身亡。

在《福尔赛世家》三部曲的第二部《骑虎》中，索米斯和伊琳分居了。伊琳经历了十二年的孤独生活后，爱上了小乔里恩并与他结婚。而索米斯为了使自己的财产有一个继承人，娶了一个年轻貌美、小他二十多岁的法国女人。在长时间的离婚与结婚的历程中，索米斯和小乔里恩为了维护自己的"绅士"的形象，曾多次陷入进退两难、骑虎难下的难堪境地，其主要原因是索米斯对伊琳的占有欲并没有死灭。小说最终以伊琳与小乔里恩结为眷属而结束。

《出租》是这组三部曲的最后一部。在这个故事中，上一代豪门之间的恩怨延续到了年轻人的身上。索米斯的女儿芙蕾长大了，巧合的是，她同伊琳的儿子乔燃起了爱情的火焰。占有欲不灭的索米斯一心想促成这件婚事，以完成福尔赛家族对下一代的占有目的，但是，却遭到了伊琳的坚决反对。双方父母的态度勾起年轻人的好奇心，在他们的探究下，一切终于水落石出了。为了不伤害母亲的心，乔忍痛放弃了心爱的姑娘，跟随母亲前往美国。绝望之中的芙蕾也草草嫁给了一个贵族青年。别墅挂起了出租的牌子，虽然福尔赛的时代将成为历史，但福尔赛的故事并没有结束，在《现代喜剧》三部曲中，这个家族与他人、与社会的恩怨还在继续。

《白猿》是《现代喜剧》三部曲的第一部。小说描写结婚后的芙蕾仍不满足眼前的生活。这时，一个叫威弗烈的颓废派诗人爱上了她，这使得芙蕾有些为难。而身为丈夫的马吉尔并不想对芙蕾行使丈夫的权利，而是让芙蕾自己选择自己的命运。经过一番思索后，芙蕾决定和丈夫一道生活下去，而威弗烈则悻悻地离开英国，远走他乡。作品通过年轻一代的婚姻和爱情上的纠葛，反映了他们灵魂上的空虚，生活上的堕落和追求上的迷惘。小说描写索米斯送给女儿一幅关于白猿的中国画，画上白猿的忧郁和惆怅的眼神正是一代人迷惘的精神状态的象征。

《现代喜剧》三部曲的第二部是《银匙》。小说围绕芙蕾与一位上流社会女性的争执展开故事情节，描写了芙蕾与对方为组织党派而进行的政治斗争。看到对方的丈夫当选为国会议员，心高气盛的芙蕾也不甘示弱，她便鼓励丈夫马吉尔从事政治活动，并且协助丈夫应付各种社交场上的挑战。为此，马吉尔对政治活动产生了极大的兴趣，不但积极参加，而且试图通过自己的努力来解决业已存在的社会矛盾。不幸的是，他的一切措施均为乌托邦式的幻想，他的一切努力都以毫无结果的结局而告终。

到了《现代喜剧》三部曲的最后一部《天鹅之歌》的时候，已经是工人运动高涨的 1926 年。这时，芙蕾与偕同妻子归国的乔不期而遇，埋藏于内心已十分久远的恋情之火又被燃起。芙蕾用福尔赛世家的占有欲引诱了乔，"占有"了乔，但乔却感到十分痛苦，终于果断地与其决裂。陷入巨大痛苦之中的芙蕾试图以自杀来解脱。这时，父亲的家里发生了火灾，在灭火和抢救名画的过程中，索米斯为了保护女儿芙蕾而受伤身亡。这个象征着福尔赛家族精神的人物的去世，在读者当中激起了巨大的反响，因为此时的索米斯与《福尔赛世家》中的那个"有产业的人"相比，已经发生了较大的变化。无疑，是作者美化了他，成全了他。不过，福尔赛家族的故事还没有完结，在第三组"三部曲"——《尾声》三部曲中，这个豪门世家走向衰落的故事仍在继续。

无论从思想还是从艺术上看，第一组《福尔赛世家》三部曲都是一流的，是代表了高尔斯华绥最高艺术水准的。正因为此，他才以"其描述的卓越艺术——这种艺术在《福尔赛世家》中达到高峰"而荣获了1932年度的诺贝尔文学奖。这一评价无疑是中肯的，桂冠戴在他的头上也是当之无愧的。

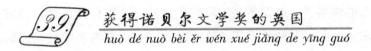

3.9. 获得诺贝尔文学奖的英国
huò dé nuò bèi ěr wén xué jiǎng de yīng guó

1907年8月，虽然距这一年度的诺贝尔文学奖最终结果的揭晓还有几个月的时间，但各种各样的传言却早已出笼了。对于候选作家的关注与好奇，使人们忘记了酷暑的炎热。虽然阿弗列德·诺贝尔（诺贝尔奖创办人）在他的遗言和遗嘱中都交代说诺贝尔奖的颁发不以国籍为考虑，但是那时的整个世界都处于一种战前的紧张状态。因此，诺贝尔文学奖的遴选工作也不像以前那样单纯了。诺贝尔委员会决定要以外交游戏的规则行事，既要考虑获奖者的个人条件，又要考虑获奖人的国籍。

此时，在莎士比亚的故乡，鼎盛的大不列颠帝国的国土上，英国人正继续着他们漫长的等待。从1901年开始，法国、德国、意大利、波兰、挪威、西班牙都相继得到了这份令人瞩目的诺贝尔文学奖。同样是欧洲大国的英国却接连失利，望眼欲穿的英国人毫不气馁，他们急切地希望这一年

的诺贝尔文学奖会成为他们帝国历史的光辉一页。

也许新闻媒体有着异乎寻常的天才预见性，一家巴黎的杂志就刊出了这样的一篇文章："今年哪一个人会获得此项巨奖呢？我们在瑞典的一家同行宣布说他们已经知道了。起先他们以为是马克·吐温，这个因为访问英国而重振声威的美国幽默家。可是，后来，诺贝尔委员会似乎发现了另一位更合适的人物：大英帝国的伟大小说家及诗人，路德雅德·吉卜林。他一直以高度的抒情性和爱国的热情歌颂英国士兵。他的《丛林故事》深受人们的喜爱——在此地也是如此。"

出版于 1894 年的《丛林故事》是英国文学史上著名的动物故事集。故事写的是有关印度原始森林中的野兽故事，其中叙述了一只勇敢的母狼从虎口救出婴儿莫格列并抚养了他，从此，小莫格列就在丛林中与各种各样的动物一起生活，长大后杀死了凶残的老虎莎亨。吉卜林以一种原始的丰富的想像力创造了一个奇异瑰丽的热带丛林中的动物世界，塑造了许多生动而有趣的动物形象。有狡猾而又力大无穷的蟒蛇卡阿、慈祥的狼妈妈、吱吱喳喳的傻猴子，足智多谋的黑豹巴希拉。它们都会说话，但它们的话没有超出动物所能了解的生活经验的范围。它们各有各的性格。既有互相帮助的好朋友，也有相互竞争的敌人。作者表面刻画的是一个动物世界，但其内容主旨却是反映人类生活。通过对动物世界生存斗争的规律的揭示，吉卜林歌颂了友爱、勇敢，反对贪婪、凶残和缺乏行动的空谈。

这部书想象奇特、语言幽默，而且附在每一则故事后面的儿童歌谣，都深深吸引打动了儿童读者的心。许多成年人也分享着儿童所得的乐趣，这些清新可喜的动物寓言，仿佛令他们又重温了童年时光。

是的，这一年瑞典文学院将诺贝尔文学奖颁给了吉卜林。

吉卜林于 1865 年 12 月 30 日诞生在印度的孟买。父亲约翰·吉卜林是孟买英国艺术学校雕塑学教授。小吉卜林整日与印度奶妈呆在一起，奶妈给他讲印度古老的传说，深深地吸引着他。1871 年，吉卜林六岁，到了该回国接受正式教育的年龄了，这是每个在印度工作的英国人的习俗。父亲把他寄养在了别人家中。这五年的寄养生活对于吉卜林来讲是极其漫长的，同为那实在是极其惨痛的经历。可怜的吉卜林在寄人篱下的日子中受尽了凌辱，但天性好强的他，对别人不露一言。1877年3月的某一天，吉卜林的厄运结束了。他的母亲从印度回来了。当母亲突然走进他的房间时，他还以为是凶狠的养母，下意识地举起一只手臂来护卫自己的头部——小小的吉卜林真给吓怕了。

这时候的吉卜林十二岁，进入了一所贵族化的联合学院。这是一所专门为英国培训海外军事人员的学校。他在这里除了学习军事知识外，还喜欢读丁尼生的诗，并开始了诗歌创作，是学校里公认的诗人。并担任校刊的编辑和学校的图书管理员。在这所军事学校所受的教育对吉卜林的思想与创作产生了重要影响。他创作了很多描写士兵生活的作品，坚强的意志、无畏的精神、健壮的体魄是他所颂扬的。奋斗、尽职、忠诚、自我牺牲和自律是他所认定的法则。

十七岁那年的暑假，吉卜林决定回到印度，印度神秘的宗教，古老的传说甚至那灿烂的木棉花都让他念念不忘。虽然如果在英国，有众多的贵族亲友们的提携，吉卜林想出人头地是轻而易举之事。但是，他对他父亲说，他要自己创造自己。即便被那些贵族亲友们骂为没出息，吉卜林还是很快在印度拉哈尔的《民政与军事报》担任了助理编辑，不到两年功夫，吉卜林就成了这家报纸的副总编辑。这期间，他写下了不少关于自己生活经历的诗歌和随笔。1886年，他的诗集《歌曲类纂》问世，畅销一时。父亲很高兴，吉卜林却很惭愧地表示那本诗集中的诗只有三首可读。

1886年到1887年冬季，吉卜林开始写出使他成名的诗和短篇小说。1886年发表的《机关打油诗》是一批不拘形式的打油诗，近乎讽刺，夹杂着对地方官员精妙的影射，虽然吉卜林以匿名方式发表，不过，在印度，没有一个人不知道作者是他。

1887年，吉卜林把平时在报上发表的《山地轶事》编印成单行本，用这本书的盈利搞了一个出版社。他看到越是平凡的人，越是需要知识，而这些平凡的人，要读描写他们自己生活的故事，而且这些书的价钱要符合他们的购买能力。吉卜林渴望一种超越阶级的统一，四海一家是他的梦想。怀着这样的一种激情，吉卜林辞去了报馆的职务，专门写供平民阅读的书，他描述东方民间的现实，描绘东西方之间的细微差别，生趣盎然，笔调一新。娴熟的技巧与新奇的素材令世界瞩目，此时，他还不到二十四岁。

1889 年，吉卜林回到阔别七年的英国。船一到码头，吉卜林就大吃了一惊，码头上人山人海正在等着欢迎他。他一下轮船，就被慕名而至的人们包围了。但这仅仅是开始。1890 年 3 月 25 日《泰晤士报》的头条新闻令吉卜林的声名攀上了一个新的高峰，新闻中说，《山地轶事》的年轻作者，不但创出新风格，而且以真正的独创性力量发挥了这种风格。

天性不安定的吉卜林喜欢浪迹天涯，在异国他乡生活漂泊的经历使他见识极广。早在报馆工作期间，他就遍游了印度各地，对印度人民的传统观念和心理感情有了透彻的了解，吉卜林还深入到英国占领军的兵营里，对那些虽然是侵略军然而又是普通士兵的人们的思想和感情生活也有了较深刻的体会，对于印度社会生活真正内涵的把握，使读者在读他的作品时有如身临其境，散发着一种浓郁的印度气息。有人认为这比开凿苏伊士运河还要使得英国感觉与印度近些。在诺贝尔文学奖的颁奖礼上，所有的瑞典人都对吉卜林感到极端的惊讶，因为，在他们的想像中，吉卜林应该是像他作品中的人物一样，带着野性的气息，像狼一样大摇大摆地走路。一位瑞典的新闻记者报道说："当人们发现吉卜林和其他人一样，穿着黑衣服、打着白领带时立刻就引起了阵阵的窃窃私语。啊，真希望他手里抓着一条蛇。"可见吉卜林作品的魅力之大，而这种打动人心的魅力又在于他那无与伦比的观察力，把实际生活中最琐碎的细节都描写得正确惊人。

吉卜林是一个虔诚的清教徒，他的人生观充满着"旧约"精神，真诚谦卑的宗教情怀使他具有异常高贵的内心。虽然他是一个帝国主义者，在他的不少作品中渗透着殖民主义的扩张精神。但是正如吉卜林自己所说的："以事物都是上帝创造成的角度去描写它。"在他的不少作品中，他是以自己的观察来反映生活的，暴露了英国殖民者在印度欺压人民的丑恶行径和他们想升官发财的丑恶灵魂。也有一些作品反映了在英国殖民主义统治下印度人民所遭受的灾难，以及印度人民对殖民主义者的憎恨。因此说，吉卜林的帝国主义思想并不是极端的，完全不顾他人情感的。在波兰战争时，吉卜林当时是拥护自己的国家的，可他也充分赞颂了波兰人的英勇。

1892年1月，二十七岁的吉卜林与三十岁的美国人卡罗兰结为百年之好，婚后二人定居在美国佛莱特州。1899年吉卜林生了一场大病，这场病牵动了无数人的心，美国报纸天天报道他的病况，德国国王也致电吉卜林夫人表示慰问，直到他脱离了危险期，人们才松了一口气。病好了，他又以记者的身份来到了南非战场，慰问伤兵，观察战事，有一次遭遇枪击，差点送了命。也就在这一年，他完成了他的长篇小说代表作《基姆》。

在吉卜林声名日盛时，他的家中却屡遭不幸。1899年，吉卜林的妹妹患上了精神病，女儿约瑟芬不幸夭折。这对吉卜林的感情打击很大，他的身体在苏格兰静养了几个月才复原。1911年，吉卜林痛失双亲，自此他的心境改变很多。1915年，爱子约翰在一战战场上阵亡。吉卜林大受打击。以后，他的创作转向宗教神秘主义，如短篇小说集《各种各样的人》、《支出与收入》、《极限与复兴》。他在作品中断言世界末日注定不可避免，颂扬了基督教的温顺精神。

吉卜林终生不肯接受英国官方颁赠的荣誉，他甚至拒绝接受担任英国学院院士和英国作家协会主席。但在1899年，他却接受了加拿大麦克基尔大学赠予的荣誉博士学位。此后又陆续接受了牛津、剑桥、爱丁堡和巴黎各大学颁赠的学位，也许是弥补他年少时在联合学院未完成的学业吧。

1935年12月30日是吉卜林的七十寿辰，他收到了许多贺电，英王的亲笔贺信更令他深为感动。1月12日，吉卜林患严重出血，送医院手术，18日终于与世长辞。23日，全英国为他举行了国葬。巧合的是，乔治五世也在同时驾崩，举国哀悼。吉卜林的一生虽然结束了，但他留给后人的影响是无法估量的，至今，英美两国的"吉卜林会"还生机勃勃地存在着。

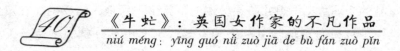

40. 《牛虻》：英国女作家的不凡作品
niú méng: yīng guó nǚ zuò jiā de bù fán zuò pǐn

一位作家的诞生，一部作品的问世，一个人物的成功，一本小说的流传，往往并非随个人的主观意愿所决定。因为生活中的某些事件和某些人物往往可能改变一个人一生的命运和事业上的选择，促使他（她）从一个从来不曾涉足的领域找到自我的归宿。英国的艾捷尔·丽莲·伏尼契（1864—1960）就是这样一位不凡的女作家，长篇小说《牛虻》（1897）就是这样一部不凡的作品。

艾捷尔并非职业作家，当她走向生活的时候，也从未想到过当作家。这个柏林音乐学院钢琴系的毕业生是在一些偶然的环境中在与一些流亡的革命者的偶然接触中才萌发创作的灵感，进而一举完成了她的不朽名著《牛虻》的。

艾捷尔学成归国后，在伦敦结识了许多从外国流亡到这里的革命者，并且与他们建立起了密切的关系。在这些革命者当中，对她影响最大的是俄国革命者克拉甫钦斯基。当时，俄国民粹派所掀起的"到民间去"的运动正搞得轰轰烈烈。克拉甫钦斯基既是民粹派运动的领袖，又是一位很有名气的作家，笔名为斯吉普涅雅克。克拉甫钦斯基有着丰富的斗争经验和传奇般的斗争经历。年轻时的革命活动遭神父的出卖；因参加民粹派活动遭当局的逮捕；越狱成功后潜逃到国外；参加意大利的民族解放斗争被判死刑；被特赦后回到俄国实施暗杀沙皇宪兵司令的行动；现流亡伦敦继续他的斗争事业。他的遭遇和对革命事业的不懈追求深深地激励了艾捷尔，感染了艾捷尔，并促使她积极地学习俄语，阅读俄国文学的作品，以增加对那个遥远而陌生的国家的了解。

1887年，在克拉甫钦斯基的支持下，艾捷尔动身去俄国考察。在那里，她终于找到了与俄国革命人士和革命团体直接接触的机会。在彼得堡，她曾到一位沙俄将军的家里做家庭教师，她充分利用这个职务和自己的外侨身份作掩护，为关押在沙皇监狱中的一些革命者和爱国志士传送信件和衣物。与革命者相接触的过程，是艾捷尔认识社会、了解社会、逐渐脱离旧观念的束缚，并最终走上革命道路的过程。回到伦敦后，她将自己在俄国的所见所闻所感写信讲述给克拉甫钦斯基。读了她的信后，克拉甫钦斯基深深地为艾捷尔优美流畅的文笔所折服。在回信中，他激动地写道："你知道我是多么喜欢你对自然景色的描绘啊！你应当在文学创作方面展示你的才能。一个人能用三言两语甚至几个字就精确地把自然景物的特点表达出来，那他一定也能够栩栩如生地描绘出人物个性和生活现象……"

正是在克拉甫钦斯基的鼓励下，艾捷尔开始了文学创作的准备工作。

就在她积极酝酿小说创作的素材的时候，一个不速之客闯进了她的生活。那是在 1890 年 10 月的一天，她在克拉甫钦斯基的家中遇到了一个从俄国逃亡而来的政治犯——波兰革命者米哈依·伏尼契。这个莫斯科大学的学生因在莫斯科和彼得堡等地从事革命活动而被捕，后来被流放到西伯利亚。共同的追求、共同的信念和共同的理想使两位年轻人一见钟情。1892 年，他们走上了婚礼的殿堂。于是，在克拉甫钦斯基的遭遇中，在丈夫的亲身经历中，在耳闻目睹的俄国、意大利和波兰等国的革命者身上，艾捷尔的脑海中逐渐形成了一个完整的革命英雄的故事，一个不断丰满起来的革命斗士的形象。在此基础上，她又把革命者的活动背景选定为 19 世纪三四十年代的意大利。1895 年的春天，艾捷尔·丽莲·伏尼契亲自前往意大利考察。在比萨斜塔，在神学院，在监狱，在港口，在教堂，在佛罗伦萨，她寻觅着主人公斗争的足迹。在图书馆，在档案馆，她废寝忘食地搜集着当时意大利人民革命斗争的资料。1897 年 6 月，一部浸透了她多年的血汗和辛勤劳动的长篇小说《牛虻》终于问世了！

小说描写的是这样一段生动的故事：

亚瑟是大学哲学系的学生，每逢在学习上遇到难题，他就到神学院来向神父蒙太尼里请教，对于他来说，蒙太尼里就是一部百科全书。蒙太尼里十分喜欢亚瑟，每次看到这个年轻人，他都很高兴。当他跟亚瑟谈话时，语调中老是含着一种抚爱。亚瑟的母亲去世了，跟异母的兄长一道生活，使他感到特别的痛苦。亚瑟是一个进步青年，他告诉神父，要把自己的生命献给祖国意大利，要把意大利从奥地利人的奴役中解放出来。听到亚瑟的自白，蒙太尼里十分震惊。

放假了，亚瑟跟随蒙太尼里去瑞士旅游。看到小伙子兴奋的样子，神父却一直也高兴不起来，因为他不清楚亚瑟究竟在生死攸关的意大利政治漩涡中陷到了什么样的程度。然而他们之间的谈话却无果而终。

秋冬两季平静地过去了，亚瑟还像往常一样不时地来看望蒙太尼里，向他请教一些问题。但神父却暗暗地在为这个年轻人的新思想担忧，所以，亚瑟的来访所带给他的就主要是痛苦而不是欢乐了。一天，蒙太尼里告诉亚瑟，他已经被任命为主教，而且马上就要离开这里去别处上任，他非常渴望能同亚瑟好好谈一谈，但亚瑟为参加同学的集会而匆匆走了。来到大学生集会的场所，亚瑟第一眼就看到自己的女友琼玛也在那儿聚精会神地听演讲。见到亚瑟，她也十分吃惊。

神学院的新院长卡尔狄神父十分熟悉大学的生活，他的很多见解都使亚瑟喜出望外，而蒙太尼里却显得很沮丧。显然，他不想离开这里，但他还是走了。

亚瑟在忏悔时中了卡尔狄神父的诡计，无意中泄露了组织的秘密。一天，他回到家里刚刚入睡，宪兵就包围了他的家，并且将他逮捕。在狱中，他忍受着巨大的痛苦与敌人进行了坚决的斗争，不久他又被释放了，但他因同事的被捕而遭到了琼玛的误解和一记耳光。晚上，哥哥又将一个令人震惊的秘密告诉他：蒙太尼里是他的爸爸！他无法承受这巨大的打击，便从人们的生活中消失了。

十三年以后，一个外号叫牛虻的人物出现在佛罗伦萨的政治生活中，而这时的琼玛仍孤独地生活着。一天，牛虻与她相遇了。牛虻腿上的残疾和脸上的疤痕以及犀利的讽刺风格都给琼玛留下了很深的印象。这时，蒙太尼里已是赫赫有名的红衣主教，琼玛也知道了以前事情的一些真相，她十分懊悔当年对牛虻的误解。

　　牛虻对蒙太尼里发动了猛烈的抨击，周围的人大惑不解，只有主教自己泰然处之。琼玛似乎在牛虻的身上找到了亚瑟的影子，而牛虻也好像对琼玛欲言又止。牛虻身患麻风病，身体状况十分糟糕，发病时不得不用鸦片麻醉自己。朋友们十分担心，琼玛一直在暗中关注着他，对亚瑟的歉疚一直在折磨着她，使她痛苦万分。牛虻来到教堂，躲在暗处看到蒙太尼里在痛苦的呜咽中忏悔，不禁动了恻隐之心，琼玛则为他分担着精神的痛苦。牛虻在秘密地酝酿着一起重大的武装起义，但就在战斗的关键时刻，蒙太尼里站到了牛虻的枪口前，牛虻被捕了。战友们设法帮助他越狱，可就在他即将成功的时候，却由于旧病复发而倒下了。在生命的最后关头，他将真相告诉了蒙太尼里后要他在儿子和宗教之间做出选择，主教不知所措。牛虻壮烈牺牲，在留给琼玛的信中，他讲出了一切，并且在信的结尾写了一首小诗：

　　　　不管我活着

　　　　还是我死去

　　　　我都是一只牛虻

　　　　快乐地飞来飞去

　　读罢牛虻的信，琼玛泪流满面。这时，教堂的钟声敲响了。牛虻的父亲，红衣主教蒙太尼里因心脏动脉瘤破裂而遽然死去。

　　牛虻是一种昆虫，在夏季晴朗的天气时最为活跃，雌性牛虻专以吸食牛、马等家畜的血液为生。在古代的欧洲，希腊哲学家苏格拉底就曾经把自己比作牛虻。这位知识广博、才华横溢的哲学家，就因敢于批评、敢于斗争、敢于向广大青年灌输真理而被宗教法庭判为死罪。面对死神的威胁，他无所畏惧。临刑前，他对在场的人说："只要我活着，我就坚决不放弃哲学研究。真正有意义的行动是不应当考虑生命的危险的。我被神派到这个城市里来，好比是马身上的一只牛虻，职责就是刺激它赶快前进。"

　　苏格拉底宁死不屈的精神感染了伏尼契，激励了伏尼契，并且一直是她学习和敬佩的榜样。在小说中，她把这种大无畏的精神创造性地移植到

笔下的主人公身上，以"牛虻"作为获得了新生的亚瑟的名字，其内在的含义不言自明。

令人费解的是，《牛虻》出版后，不但没有引起相应的反响，反而受到了英国文学界的冷落。因此，长期以来，伏尼契这个名字和她的作品在英国一直默默无闻，无人问津。但是，当《牛虻》跨出国界时，却拥有了世界范围的读者，牛虻也成为世界各国青年所衷心爱戴的形象。前苏联作家奥斯特洛夫斯基就是以牛虻为榜样，在长篇小说《钢铁是怎样炼成的》中塑造了一个共产主义的战士保尔·柯察金的形象。保尔说："我只是抛弃了那种用痛来考验自己意志的方式中毫无必要的悲剧成分。牛虻的主要方面，那我是肯定的，我赞成他的勇敢，他的非凡的毅力，赞成他这种类型的人，能够忍受巨大的痛苦，不在任何人面前流露。我赞成这种革命者的典型，对他来说，个人的一切同集体事业比较，是微不足道的。"更令人欣慰的是，当《牛虻》被译成中文，在中国的土壤上扎根时，又深受中国广大青年的喜爱，迄今的发行量已达百万以上。这对于长眠于九泉之下的女作家伏尼契来讲，不能不说是一个巨大的安慰！

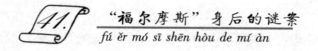

41. "福尔摩斯"身后的谜案

fú ěr mó sī shēn hòu de mí àn

阿瑟·柯南道尔，英国杰出的侦探小说家、剧作家，于1859年出生于苏格兰的爱丁堡，二十二岁获得医师资格，二十六岁时获得了医学博士学位，行医十余年。在此期间，收入微薄，仅能维持最基本的生活开支。后来毅然弃医从文，专门从事侦探小说的创作。他最初创作的《血字的研究》屡遭冷遇，曾几次被退稿，最后才得以发表。《四签名》的出版使他闻名于世。因为发表了福尔摩斯侦探系列，使他名声大噪，遂成为著名侦探小说家，被誉为英国的侦探小说之父。又因为他虚构了大量迷离扑朔的神秘案件，塑造了福尔摩斯这个家喻户晓的神奇人物，他也被人视为现实生活中的福尔摩斯。甚至有人从很远的外地给柯南道尔写信索要名片，目的不单单是为了向作家表达敬意，还因为他坚信：有一张柯南道尔签名的名片摆在屋子里，入室的窃贼见了，一定会吓得赶紧溜掉。

其实，作家不能等同于作品中的某个人物，也不能根据作品中人物的善恶举止来判定作家的品行是否端正，这原本是一般读者所具备的最基本的常识，可竟有一些人真的因为柯南道尔写出了精妙的侦探小说，就对他的种种生活经历产生了浓厚的兴趣，开始了望风捕影的猜测、索解。最语出惊人的要算是盖瑞克·施特勒的最新发现。盖瑞克·施特勒是英国的一位心理学家，他经过十一年时间的研究发现：柯南道尔竟然是个剽窃别人著作，染指别人妻子的谋杀犯。盖瑞克·施特勒根据自己的研究成果宣称，柯南道尔的小说《巴斯克维尔的猎犬》中的大部分章节是当年《每日快报》的编辑弗雷舍·罗宾逊所写。在盖瑞克·施特勒的研究成果公之于世之前，实际已有过一些评论家指出该书与罗宾逊在1900年写作的一本书有很多雷同之处。

盖瑞克·施特勒进一步宣称，弗雷舍·罗宾逊曾被人雇用创作了《巴斯克维尔的猎犬》一书，而该书于1901年出版时罗宾逊的名字却被换成了柯南道尔的名字。在此书首次发行时，令人生疑的是，柯南道尔在书中扉页上写的题词："亲爱的罗宾逊，由于你的《西城传奇》一书中的描写，让我产生了创作此书的冲动，感谢你对我创作此书的帮助。"这几乎让人觉得是一段此地无银三百两的不自觉的告白。

不仅如此，根据盖瑞克·施特勒的说辞，柯南道尔不只剽窃了罗宾逊的创作，而且还偷了罗宾逊的妻子。据说，柯南道尔在伦敦居住时，曾和罗宾逊一家是邻居，从他们过从甚密的来往推测，可能是柯南道尔因为害怕出书一事以及与罗宾逊妻子的私通情形暴露，于是色胆包天地动了谋杀的念头。而谋杀的具体实施还得到了罗宾逊妻子的帮助。

盖瑞克·施特勒的研究成果当即遭到了一些福尔摩斯迷们的置疑。有人认为盖瑞克·施特勒的研究纯属主观臆断，提不出让人信服的理由；有人觉得盖瑞克·施特勒的取证过程缺乏理性的逻辑推理，而结论的得出太近于情绪化的臆测；更有人认为，即使《巴斯克维尔的猎犬》是罗宾逊的创作，但也没有什么证据表明柯南道尔与他的妻子有染，更别提因此谋杀罗宾逊。

盖瑞克·施特勒不甘示弱，他更进一步提出，他将自己出钱为罗宾逊验尸，以证明罗宾逊是死于鸦片酊中毒，而不是如罗宾逊妻子向外界宣布的死于伤寒。罗宾逊死于1907年，安葬在德文郡的圣安德鲁斯大教堂。虽然时隔久远，但现代科学能够对尸体进行精确的检验。

这样富有挑战性的建议一提出，当即使很多人为之震惊，盖瑞克·施特勒解释说："没有人愿意把可怜的罗宾逊挖出来，但也只有这样才能证明这场愚蠢的闹剧，而让罗宾逊的灵魂真正得到安息。"

当然，盖瑞克·施特勒的发现也惊动了苏格兰警方，但因为涉及的案件发生在一百多年前，而且也没有很充分的证据，警方并不准备采取什么行动。但陆续公布的资料已向外界表明，这样的结论不由你不信。

据称，柯南道尔性格粗暴、蛮横。小的时候常常恃强凌幼，欺负其他孩子。在自己结婚生子以后，甚至还粗暴地恫吓自己的孩子。在闹得不可开交的时候，罗宾逊本人就曾出来劝阻过。另外，柯南道尔还是个忤逆不孝的儿子，他和他的母亲一起强行将父亲送进一家精神病院，当时，他是以一名有行医资格的医生名义在医院的相关文件上签了字。从此，他的父亲在精神病院里被关至死。在他父亲死后的遗物中，发现了他父亲在精神病院里坚持几年记下的日记，语言清晰、明了的日记证明他父亲心智正常。父亲死后，也许柯南道尔曾一度心感内疚，因为他的母亲为了使他恢复平静写下的安慰信竟达一千五百封之多。

据此推测，像柯南道尔这样一个对父亲忤逆不孝，对儿子凶狠暴躁的人犯下谋杀的罪，也不是令人大惊小怪的事。再从罗宾逊方面来分析：罗宾逊平时身体状况良好，而且当时正值壮年（死时年仅三十四岁），他的死完全出人意料。据他的妻子称，他是死于伤寒，可据知情人介绍，他没有留下一点得了伤寒病的迹象，病前没有迹象，病中没有请医生，也没有一位亲朋好友知悉内情，病中的二十二天里仅由他妻子一人照料。据当时医生提供的数据，因得伤寒病而导致的死亡率仅占15%。

在丈夫出殡后的两天，他妻子格兰迪曾亲口向一位朋友宣称，说她的丈夫是在法食物中毒，仅八天就死了。前后所言，破绽百出。

这种种疑点，向人证实了罗宾逊的死确实是个不简单的谜团，而那个最擅长破解疑团的福尔摩斯，却随着两位真假作者的去世永远地寿终正寝了。看来，要侦破这福尔摩斯身后的奇案，还真得费些周折了。

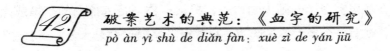

42. 破案艺术的典范：《血字的研究》

pò àn yì shù de diǎn fàn：xuè zì de yán jiū

侦探是种充满危险与挑战的职业，而在众多侦探的案件中能把自己的工作变成一种让人叹为观止的艺术的，恐怕只有夏洛克·福尔摩斯了，英国著名推理小说作家柯南道尔就是因创造了这样一位充满了魅力的人物形象而享誉文坛。

华生是个军医，在英国驻印度的军队里服务。他在阿富汗的一次作战中受了伤，又染上了伤寒，致使他形销骨立，羸弱不堪，不久便被遣送回英国休养。为了挣钱，他与年轻的私家侦探福尔摩斯合租了贝克街的一套房子。在共同的生活中，华生发现福尔摩斯精通解剖学、医药学、化学、痕迹学，鹰钩鼻上那双锐利的双眼有极强的观察力，是位天才的犯罪学家，而且这位消瘦干练的人，还拉得一手好小提琴。

一天清晨，伦敦警察厅的侦探葛莱森来信邀请福尔摩斯帮助他侦察一起凶杀案。案子发生在劳瑞斯顿花园街三号一所无人居住的房屋里。死者衣着整齐，身无伤痕，从其口袋里的名片上得知，他叫锥伯，是美国人。

福尔摩斯邀请华生一起去了出事地点。他仔细观察了路面上的车辙印、草地上的脚印和屋外的环境以及屋内的布置，最后才去看尸体。尸体僵硬的脸上充满了恐怖，福尔摩斯嗅了嗅死者的嘴唇，又看了看他的靴底。他发现，在死者的身上有七英镑钱，还有两封轮船公司发出，通知去美国的船开航时间的信。收信人是锥伯和斯坦节逊。在检查过程中，从死者身上又滚下一枚结婚戒指。此外，警察还发现墙上用血写的 RACHE —

词。福尔摩斯询问昨晚发现尸体的警察。警察说，他是昨天晚上见这个无人居住的房间里有灯光才进来看的，见有尸体，出来喊同伴时见到一个高大的醉汉。

福尔摩斯对葛莱森和他的同伴说，他认为死者是被人毒死的，凶手是个男人，身高六英尺多，面色赤红，是和死者一道乘马车来这里的，而且很可能就是那个醉汉。福尔摩斯认为戒指是此案的一个重要环节，所以，当天他就在晚报上登了一则失物广告，招领一枚马路上拾到的结婚戒指。果然不久，就有一个老太婆来认领，福尔摩斯尾随这个老太婆，但途中她以矫健的步伐逃走了，原来这是一个年轻人假扮的。

第二天一早，葛莱森兴高采烈地对福尔摩斯说，他认为凶手是锥伯原来房东的儿子夏明婕，因为锥伯在死前不久曾经受到过夏明婕的威胁。但是，他的同事又带来了新消息，锥伯的秘书斯坦节逊在一家小旅馆被人刺中心脏而死，身上分文不少，脸上被人用血写上了 RACHE：床边有只小匣子，内有两颗药丸。福尔摩斯说这就是导致锥伯死的毒药，他把其中一颗溶水后给一条狗吃，狗立即倒地而死。经过现场观察、对血字的研究和综合情况分析，福尔摩斯此刻已经更有把握。他对身边束手无策的侦探说，他已经知道了凶手是谁。福尔摩斯说他要出远门，又雇了一帮街头小子，找了一辆马车。他等雇佣的马车来到住所，当即取出一只箱子，马车夫低身下去正要搬起箱子，只听咔嚓一声，福尔摩斯闪电般地给这个马车夫戴上了手铐。那人狂暴地冲向了窗户，经过一番搏斗才被制服。福尔摩斯说，这位马车夫侯波就是凶手。

侯波是个高大的红脸汉子，他没想到自己会中计被捕。此刻已经脱身无望，也就安静下来，对自己的杀人行为毫不隐讳。他笑着说，他杀人是为了报复，接着他就讲起了他的故事。

1847 年 5 月，美国中部广袤无际的荒原中有一个饱经风尘的旅人带着一个父母均已死去的五岁小女孩，在荒无人烟的山路上艰难地走着，既无粮食又没有水，最后又饥又渴地倒在山岩边等待死亡的降临。他们原是一支庞大的移民队伍，在长途跋涉中都因为劳累病饿而一一死去，现在只剩了他们两个人。后来，一队路过的摩门教徒的车队发现了他们，他们答应加入摩门教，就被这伙教徒收留，随着车队来到犹他州的一个山谷中，在那里安居下来。这个旅人叫约翰，他精明能干，十二年后便成了当地的富裕户，而他当年带领的小露茜也长成了一位美貌的少女。在一次偶然的机遇中，她认识了从外地来的牧牛人侯波。虽然他不是摩门教徒，但露茜却和他发生了热烈的爱情，这当然是违反摩门教规的行为，因为摩门教不允许和外教的人结婚，但摩门教内的男子却可以娶好几个妻子。

不久，露茜和侯波的恋情就被摩门教的长老发现。一天，摩门教的首领来通知约翰，命令他的女儿露茜在两个摩门教长老的儿子锥伯和斯坦节逊之中挑选一个做丈夫，并给她一个月的考虑时间。这两个青年都已经有了好几个妻子，约翰不愿意让自己的女儿嫁给他们为妾，便托人带信给侯波回来营救他们。直到这个期限的最后一天晚上，侯波才从远方矿区赶到约翰家。他准备好马匹，偷偷地将父女带出防范严密的摩门教控制区，经过一天多的艰苦跋涉，到了一座陡峭的峡谷。他们决定稍事休息，侯波到附近的树林猎取食物。就在这时发生了惨事，侯波打猎回来时发现摩门教徒已经追上他们，约翰被处死，露茜被抢走。他悲痛欲绝，立志报仇并一直在附近观察，等待机会。后来他打听到露茜被锥伯抢去成了亲，只过了一个月就忧郁而死。埋葬露茜的前夕，侯波偷偷地进入锥伯家里最后看了一眼他深爱着的露茜，取下了她手上的结婚戒指。他怀着报仇的决心，暂时离开了这里，到矿山去谋生。

后来，侯波回到了盐湖城，发现他的仇人锥伯和斯坦节逊因为教派的内部纷争，都已经脱离了摩门教，离开了犹他州，下落不明。侯波决心即使走遍美国也要把他们找到。经过无数的探寻，终于在克利夫兰城发现了他们，可锥伯一见面就认出了侯波，他设下诡计，把侯波关进了监狱。侯波出狱后，锥伯已经和他的秘书斯坦节逊逃到欧洲去了。于是侯波又来到欧洲，一直到伦敦才追上他们。为了谋生，侯波当上了马车夫，这样追踪仇人也有了便利条件。但是锥伯和斯坦节逊防范非常严密，从不单独出门，他无法下手。直到那天晚上锥伯和斯坦节逊想离开伦敦乘火车去利物浦，他们误了当晚八点的火车，要等下一班车。锥伯喝醉了酒，离开秘书斯坦节逊，独自回到住处，调戏房东的女儿，正好被房东的儿子夏明婕碰上，把他痛打了一顿，赶出门外。锥伯狼狈逃走，正好雇了侯波的马车。侯波把喝醉了的锥伯带到花园街的那所空房里，拿出两颗药丸，一颗有毒，一颗无毒。他让锥伯先挑了一颗，他自取剩下的一颗，然后两人双双吞下，让老天决定他们的命运。结果天从人愿，锥伯吞下的是有毒的药丸，很快就在痛苦的痉挛中死去。侯波也在激动中流了大量的鼻血，为了迷惑警察，侯波就用自己的血在墙上写下了德文单词"RACHE"，意思是"复仇"。但是，他丢掉了那枚结婚戒指。当他回来找时遇上了警察，不得已便假装醉汉，骗过了当时的那位警察。第二天凌晨，他又来到了斯坦节逊所住的旅馆，用梯子爬进了斯坦节逊的房间，本想用同样的办法对付他，但是斯坦节逊不但不肯吞服药丸还向侯波猛扑过来，愤怒的侯波在情急之下只好用刀把他杀死了。

侯波此时已经身染重病。但是爱人的仇已经报了，他说："虽死无憾！"不久他就因血管瘤破裂而死在监狱里。

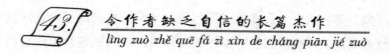

43. 令作者缺乏自信的长篇杰作
lìng zuò zhě quē fá zì xìn de cháng piān jié zuò

《布登勃洛克一家》是托马斯·曼创作的第一部长篇小说，也是给托马斯·曼带来巨大声望和财富的成名之作。

该书于1901年10月面世，三十年后，托马斯·曼在回忆起当年这本书给他的生活带来的迅速而巨大的变化时，仍记忆犹新地说道："我的信件猛增，金钱滚滚而来，我的形象出现在各种画报上，万根笔杆子来阐释我这部产生于羞怯的孤独岁月的作品，世界在一片赞扬和祝贺声中拥抱我。"可最初，作者对这本小说的写作却是没有一点自信心的，甚至写作这样一本书的动机，还是由好朋友出版商菲舍尔提议的。1897年5月，菲舍尔决定出版托马斯·曼的第一本短篇小说集《矮个子先生弗里德曼》，为此他给托马斯·曼写了一封信，在信中写道："如果您让我有机会出版您一本厚一点儿的散文作品，或许是一部长篇小说，假如它不太长的话，我将非常高兴。对于这类出版物，我可以付优厚得多的报酬。"这个建议着实让托马斯·曼自己吃了一惊，他觉得他是刚从莫泊桑、契诃夫、屠格涅夫那里学到些写作短篇的技巧，至于长篇，自己想都没敢想去做这样的尝试。

为了创作这部自己想都不敢想的长篇小说，托马斯·曼到尽可能多的地方去考察、游览，以期获得一些宝贵的印象和感受。这本小说的创作共历时三年。在刚刚动手写作时，托马斯·曼忽然觉得自己要创作这样一个大部头，在生活积累方面还有很多欠缺，于是，他发信向亲友们讨教，因为这是描写一个家族的没落的书，而这个家族的原型就是曼氏家族。他的一个叔伯给他提供了政治、经济以及地方志方面的材料；母亲和妹妹尤莉娅则为他提供家谱、菜谱以及关于离了婚的伊丽莎白姑妈的一些轶闻趣事。他广泛地搜集材料，运用了蒙太奇的手法，将这些材料恰当地组织起来，这便是我们看到的这本给他带来巨大声望和财富的书。

那么，《布登勃洛克一家》究竟是怎样一本书呢？这部小说的副标题是"一个家族的没落"，小说展现的是德国北部城市的一家巨商富贾历经四代的衰落过程：老布登勃洛克是一位性格开朗，身体强壮，把全部精力都投入经营的第一代商人，他靠自己的努力，给家族带来了富贵、荣华；他的儿子，也就是第二代布登勃洛克却是一个热心于大自然，对宗教充满虔诚而对经商漫不经心的人；第三代布登勃洛克中的老大托马斯·接过了正在衰落的家业，而且靠机敏的头脑和坚强的意志，使家业由衰转盛，一度给家族带来了空前的辉煌。他还当选参议，成为地方很体面很有威望的绅士。可在内心，他对经商乃至生活却充满了怀疑和绝望，终于英年早逝，他的弟弟克利斯蒂安接管家业。可他是个地道的败家子，对任何一件严肃的事情都绝无兴趣，要么泡剧场，要么逛妓院，沉湎于声色犬马，还经常神经兮兮地诉说自己所谓的病症，最终进了疯人院。第四代是棵独苗，叫汉诺，身体虚弱，性情腼腆内向，沉湎于瓦格纳音乐以至于不能自拔，十八岁就早早夭亡。

熟悉曼氏家族史的人，只要稍稍进行一下比较，就会发现：托马斯·曼创作的《布登勃洛克一家》带有很强的自传性质，而且在小说中并未表现出那个时代恢弘的社会景观，以及经济的腾飞、科学的繁荣，所以，在托马斯·曼最初给家里人朗读手稿时，大家一致认为这是私家享受，充其量只是扩大的写作练习而已。然而后来的事让托马斯·曼自己也觉得吃惊，他居然因为《布登勃洛克一家》获得了诺贝尔文学奖！

《布登勃洛克一家》之所以能打动人，并走向世界，个中原委，托马斯·曼也是日后才逐渐明白的。然而，敏锐的评论家们却在小说中看到了更深刻的蕴含。

首先，布登勃洛克家族衰落的过程形象地展示了德国社会中的非市民化过程。一方面，在中世纪城市里诞生的德国市民阶层在几百年的历史进程中形成了他们自己的人生观和行为规范，诚实、勤奋、节俭、务实、克制、风度、羞耻心、义务感等等，构成了这种规范的实质内容。非市民化就意味着这些传统价值观的淡化和失落，其结果，必然导致不肖子孙的产生和家族的衰落。另一方面，表现在生理层面和社会层面的退化史，实际又是精神和心理的进步史。老布登勃洛克一生务实，兢兢业业，但对宗教、哲学、艺术之类一无所知，而他的孙子、曾孙们却以怀疑主义和对传统价值的嘲讽态度为特征，从曾祖时代的务实转变为务虚，这个过程，正反映了欧洲19世纪末到20世纪初那种颓废气氛和末日气氛。另外，这部小说也揭示了一个重要的，在西方得到许多人认同并津津乐道的一条规律：一代经商，二代从政，三代出文人艺术家。有大量的家族史表明，在一流大作家之中，出身于商贾之家的正不在少数。这种现象被有的批评家称之为布登勃洛克定理。有的学者也分别用叔本华的唯心主义和马克思的唯物主义解说这一现象。前者认为，当认识由照亮（个人）生活的提灯变为普照世界的太阳时，天才就产生了；后者则告诉我们，是经济基础推动了上层建筑。

《布登勃洛克一家》刚出版时，托马斯·曼仍然缺乏自信，因为随着新书问世，批评责难的声音也迎面而来，有的怪篇幅过长，有的抱怨过于枝繁叶茂，甚至有的声称，作家从刚刚驾轻就熟的短篇一下子过渡到这样规模宏大的长篇是否太操之过急了。但真正独具慧眼的批评家还是有的。萨缪尔·卢布林斯基预言：这本书将日益扩大其影响，世世代代传阅下去。库尔特马尔滕斯则在《文学回音》上撰文，赞扬小说感觉强烈，风格灵巧，具有铁面无私的客观性等等。托马斯·曼还找到格劳托夫，让他按照自己的授意，强调小说的德国味儿，强调小说中的音乐、哲学、幽默、虚无主义等因素，目的是让读者注意从多重角度解读小说，因为作者一贯信奉这样的信条：作品的成功有赖于误读。

作者的炒作究竟能在多大程度上起作用？不得而知，后来发生的一系列事情，却证明作者的努力是多余的。《布登勃洛克一家》在读者中受到了广泛的青睐。第一版出版商抱着投石问路的想法，只印了一千册，结果不到年底就销售一空。于是又加印了两千册简装本，又很快销售告罄。仅仅 1903 年至 1904 年间，小说就再版八次，总销售量达两万七千册。这样的丰硕收获无论对作家托马斯·曼还是对出版商菲舍尔来说都是始料不及的。此书给作者带来的直接利益，就是他每年能从这本书上净赚一万三千马克。这为他后来的创作打下了丰厚的物质基础，更重要的是这次尝试的成功使他确立了一种自信：长篇创作的领域才是自己自由驰骋的广阔空间。

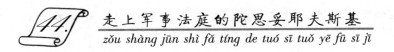

44. 走上军事法庭的陀思妥耶夫斯基
zǒu shàng jūn shì fǎ tíng de tuó sī tuǒ yē fū sī jī

黑暗笼罩着俄罗斯。

1849 年 5 月，在彼得堡罗要塞的阿列克谢三角堡，未经法院审理便成了最高军事法庭被告人的陀思妥耶夫斯基（1821 — 1881）正在受到审讯。从 4 月末开始，一个由高级军事官员和枢密官组成的秘密侦讯委员会便在这座堡垒里开始了对彼得拉舍夫斯基小组成员的审讯。今天，他们向陀思

陀思妥耶夫斯基像

妥耶夫斯基这个重要的国事犯提出的问题是：

彼得拉舍夫斯基的一般性格特点是什么？

彼得拉舍夫斯基作为一位政治领导人的突出特征又是什么？

彼得拉舍夫斯基家的晚会通常是什么样的情况？

彼得拉舍夫斯基小组是否有秘密宗旨？

所有的问题都和彼得拉舍夫斯基有关，所有的一切都与这个特别的小组有关。这并不奇怪，陀思妥耶夫斯基就是作为彼得拉舍夫斯基小组成员而被捕的。

在科洛姆纳区波克罗夫斯基广场附近，有一座门廊歪斜、楼梯摇晃、室内陈设简陋的小木屋，也是彼得拉舍夫斯基的家，这也就是彼得拉舍夫斯基小组最经常的活动地点。

彼得拉舍夫斯基是俄国 14 世纪 40 年代著名的社会活动家，就职于政府的外交部。他在工作中接触了大量宣传激进思想的外文书籍，视野十分开阔，是傅立叶学说的忠实信徒，有着反君主专制的激进的社会主义思想。

他是俄国第一个社会主义小组的组织者、出色的演说家和训练有素的宣传家。他利用各种场合，宣传自己的思想。为了俄国的前途，他甚至申请到军事学校去教书，力图以进步的思想影响未来的军官们。1854 年，他出版了一本《外国语袖珍词典》，而书的实际内容已远远超出了"外国语"这个书名，它是一套传播社会主义知识的百科全书。他学识渊博，思想敏捷，很有影响力和号召力，特别是他在俄国尼古拉时代严酷统治的政治环境中所表现出来的斗争精神和牺牲精神一直被人们所敬仰。

当时，一些不满现实的年轻人聚集在彼得拉舍夫斯基的身边，与他一起讨论各种社会问题。他那个陈设简陋的小木屋，在进步青年的眼中成了不寻常的地方，彼得拉舍夫斯基小组成员阿赫沙鲁莫夫回忆道："这是一个令人眼花缭乱的万花筒：人们就当时的重大事件、政府法令以及各个知识领域内的最新文献各抒己见，展开讨论，传播本市新闻，毫无拘束地大声讨论各种问题。有时还请某位专家来讲课。"这就是人们所说的"彼得拉舍夫斯基小组"，他们具体的活动时间是每周的星期五。其实，它不是一个固定的有着明确纲领的组织，只是一些志同道合的青年人的进步的知识沙龙，也可以说是个松散的进步团体。

陀思妥耶夫斯基是从1847年春天开始参加这个小组活动的。正是在这里，他接触了傅立叶的空想社会主义学说。当那个小木屋里响起彼得拉舍夫斯基那铿锵的话语——"我们已经宣判了当代社会生活方式的死刑，应当将这判决付诸实现"时，年轻的陀思妥耶夫斯基就在询问，傅立叶新的社会生活方式是什么样的呢？当他听着人们对这个学说的阐释："取代这个充满矛盾与痛苦的可怕世界的，将是一个光辉灿烂的理智与幸福的王国——和谐的社会。对社会制度实行彻底改造以后，我们这个星球乃至整个宇宙间的自然条件也将随之改善"，他立即公开表示对这个学说的赞赏与拥护，因为这与存在于他内心的浪漫主义意识是一样的。

但是，他并不是一个革命者，只是一个人道主义者。他用人道主义解释傅立叶的学说：傅立叶主义是一种和平的体系，这种体系以其完备美好而令人入迷，以其对人类的博爱而令人神往；傅立叶是在博爱精神的感召下制定自己的体系的，他的体系以其严谨完备而令人叹服。这种体系不是以愤激的攻讦去吸引人，而是以其对人类的博爱去鼓舞人。这种体系中没有憎恨。傅立叶主义不诉诸于政治改革，它只主张实现经济改革。它既不企图加害于政府，也不蓄意侵害私有财产……。这就是他对傅立叶学说的理解。

他在彼得拉舍夫斯基小组中参与讨论最多的是关于人道主义问题。他说到芬兰近卫团的一位司务长因看不惯连长以野蛮态度对待自己的士兵，企图打抱不平，对连长进行报复，结果受到了鞭答；他还谈到地主们如何残酷地对待自己的农奴等等。

1848 年欧洲的政治风暴，在俄国引起强烈的反响。彼得拉舍夫斯基小组也开始了一个新的时期，渐渐地变为一个政治俱乐部，讨论的问题越来越热烈，越来越触及俄国的社会现实。但人们并不知道，从 1848 年 2 月 17 日开始，由沙皇直接管辖的"第三厅"已经开始注意彼得拉舍夫斯基小组的活动了，沙皇已签署了调查监视令。

1849 年，国内政治气氛达到了白热化程度，永远没有成为革命者的陀思妥耶夫斯基却在这时成了革命的同路人——当然，这是他一生中唯一的一次。在小组活动中，他认识了尼古拉·斯佩什涅夫，在他看来，斯佩什涅夫是那些经常参加小组活动的才华横溢、富有文化教养的杰出人物中最出类拔萃的一个。越来越多的接触，他竟感觉到"我现在完全被他控制住了"。斯佩什涅夫是彼得拉舍夫斯基小组左翼的领导人，他为领导全俄起义已经做了多年的准备，此刻，他要单独成立一个秘密团体，并准备建立一个秘密印刷所，以便举行起义。陀思妥耶夫斯基参与了斯佩什涅夫的密谋活动。

1849 年 12 月 22 日。一个冰冻三尺的冬日。

彼德堡罗要塞的一个单人囚室里，陀思妥耶夫斯基被人从睡梦中吼醒。伴着狱卒的叫声，他意识到，一个可怕的时刻来到了。圣诞节，后天就是圣诞，想到沙皇居然在圣诞的气氛中把他和他的同志们送上断头台，他的嘴角掠过一丝讽刺的微笑。

拖着沉重的铁镣，穿过阿列克塞三角堡又暗又长的过道，他被推上了一辆黑色轿式马车。车窗上结着冰，他看不见外边的世界，更不知道奔腾的马蹄声要把他带到何处，但有一点他十分清楚，马车的终点，等待他的是绞刑架。

"下车！"押解他的士兵把门打开了。

数月未见天日的陀思妥耶夫斯基突然望见了冰天雪地，望见了冰天雪地里那熟悉和陌生的面孔。

他熟悉的彼得拉舍夫斯基小组被捕的全体成员都在这里。他们各个带着铁镣，经受过几个月非人的折磨，他们都已面无血色、骨瘦如柴。但突然的重逢，他们每个人的精神都十分振奋，呐喊、拥抱，仿佛这不是刑场，而是几个月前他们那风雨无阻的星期五的集会。

刑场指挥官的喊声，使陀思妥耶夫斯基意识到，这里还有更多的陌生人。

环顾四周，他看到了近卫军营房的黄墙，原来，这是谢苗诺夫校场。平日里谢苗诺夫近卫团就在这里操练，而此刻，阅兵场的中央是由步兵和骑兵组成的长方阵。无疑，今天早晨，他们不是来操练，而是来执行枪决任务的。方阵中央筑起一个四周都扎着黑色呢绒布的木台，这就是行刑台。

"排成横队！"刽子手的口令。

行刑的士兵们用他们手中的刺刀把热烈拥抱、握手的囚徒们分开。这时，身穿法衣的神甫出现了，他走在囚犯的前面，把他们引向那黑色的刑台。

生命还剩下几分钟？陀思妥耶夫斯基只觉这最后的时刻十分寒冷，脚下的冰雪从没像今天这样发出如此沉重的咔咔的声响。

转过最后一道弯时，他们看见了埋在冰雪之中的三根灰色的刑柱，他们的生命将在这里结束。

他们在刺刀的包围下，一步步登上了行刑台。

"举枪！"

哗啦啦，一阵枪支上举的声音。紧接着，响起一阵急促的击鼓声，行刑的例行仪式开始了。检察长用那刺耳的声音宣告沙皇政府的判决书。

"彼得拉舍夫斯基⋯⋯处以死刑，枪决！"

"⋯⋯处以死刑，枪决！"

陀思妥耶夫斯基听着朋友们的名字一个个在耳边响起，为那共同的命运——"枪决"而震撼。这时，他听到了自己的名字：

"退职工程兵中尉，费奥多尔·陀思妥耶夫斯基，现年二十七岁，因参与罪恶阴谋活动，公开传播一封肆意攻击东正教会和最高当局的私人信件，妄图使用石印方法传播反政府书刊……判处死刑，枪决。"

又一阵催命的击鼓声。彼得拉舍夫斯基小组的全体成员不分"罪过"有何不同，但命运却囊括在两个相同的字中：枪决。

宣判结束了。刽子手们走上了断头台，他们把手中的钢剑在囚徒们的头上咔咔地折断，以施杀人者的淫威。然后，整个校场上又响起神甫那魔鬼一样的声音："恶有恶报，造孽者该死。"

这仪式还没有完。沙皇政府在死刑的仪式上真正下了好大的功夫，他们对囚徒的精神折磨，远远比那最后的时刻残酷。

该是死前更衣的时候了。陀思妥耶夫斯基和难友们自己的衣服被扒了下来，给他们换上的是带有尖顶风帽和几乎垂落到地面的、长袖子的、又宽又大的白布殓衣。

此刻，谢苗诺夫校场上那些执行枪决任务的士兵有许多已经紧张到极点，他们偷偷地在心中敬慕这些"勇士们"，而墙外围观的人们更是望着这几十个被穿上白色殓衣的人，紧张得透不过气来。

突然，一阵洪亮而又大胆的笑声震荡着这个被死神统治着的地方。是彼得拉舍夫斯基。他无畏而幽默地笑着说："我们穿上这又肥又大的长袍……一定会显得十分滑稽。"他用笑声表示对刽子手的蔑视，对沙皇统治者的蔑视，对死亡的蔑视。

陀思妥耶夫斯基望了一下自己的战友，所有的人都被这白色的殓衣裹住了。他抬眼望了望附近那座教堂，目不转睛地盯着圆顶上的阳光。再过几分钟，他就将与阳光融合到一起了，那将是一个什么样的世界？而他心头猛然闪现的一个念头是："要是死不了怎么办？要是生命再回转过来怎么办……"

不容他想，最后一刻来到了。他们被重新整队，三人一排，陀思妥耶夫斯基站在第二排。他听到了刽子手的尖叫，然后看见第一排的三个人被押上断头台，走到三根死刑柱跟前，被绑在了柱子上。白色殓衣的长袖子也发挥了它的作用——把囚徒的双手反绑在背后。此刻，陀思妥耶夫斯基意识到，他的生命只剩下不到一分钟了，他想起了哥哥，想起了亲人，并在这最后时刻赶紧拥抱与他一同站在第二排的普列谢耶夫和杜罗夫。

"装弹药！"

"瞄准！"

十六名士兵的枪口已对准了死刑柱。

这个时刻多么恐怖！多么漫长！这二十一名囚徒宁可用共同倒在血泊中的壮烈换取这机枪上膛后死一般的沉默和死一般的寂静。

枪声没有响起，响起的是一个侍从武官纵马奔驰的声音。他把一件密封的公文交到刑场指挥官的手中，于是，谢苗诺夫校场的上空又响起了近四十五分钟的第二次判决。陀思妥耶夫斯基听清楚了，他被发配西伯利亚要塞服苦役四年，而后贬为普通一兵。

是沙皇开恩了吗？不！这出丑剧的幕后导演就是沙皇尼古拉一世。是他责令由他直接管辖的"第三办公厅"秘密监视彼得拉舍夫斯基小组的活动，而且这监视早在 1848 年 2 月就开始了；是他下令将该小组的成员全部逮捕，并在呈报这个案件的《简要报告》上批示："案情至关重要，即使他们说的全是废话，也是罪大恶极和不能容许……可以开始逮捕，但务必谨慎行事，因为此案涉及人数极广，切勿走漏风声，放过要犯"；是他下令用"死刑"从精神上摧毁这些囚徒：12 月 19 日，最高审法院已经宣判将包括陀思妥耶夫斯基在内的二十一人判处死刑，但因这些犯人都很年轻，最高审法院又呈报皇上，请求将死刑改为其它刑罚。

尼古拉一世接受了这个建议，但是这个恶魔却不放过任何机会去施展淫威。他明确指示，他的"赦免"只有在公开向彼得拉舍夫斯基小组的全部要犯宣读对他们的死刑判决并举行了全部死刑仪式后再宣布，即让他们每一个人都受尽折磨后，在"开枪"这最后一道口令发出之前，再发布他的"皇恩"。这哪里是什么"皇恩"，从头到尾就是对这些青年叛逆者的

迫害。

1854 年，在回首这段往事的时候，陀思妥耶夫斯基写到："我在法庭上的行为是光明正大的，我没有把自己的过错推诿到别人身上，只要有机会能以自己的招供去庇护别人，我总是宁肯牺牲自己。"

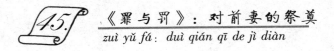

45. 《罪与罚》：对前妻的祭奠
zuì yǔ fá：duì qián qī de jì diàn

在陀思妥耶夫斯基的长篇小说《罪与罚》中，有一个令人难忘的女性形象：卡捷琳娜·伊万诺夫娜·马美拉多娃。她是退职公务员马尔美拉托夫的妻子。而她生活中的原型，则是作家自己的前妻玛丽亚·德米特里耶夫娜。陀思妥耶夫斯基通过这个形象为自己的前妻举行了一次创作上的祭奠。

陀思妥耶夫斯基与玛丽亚·德米特里耶夫娜相识，是在西伯利亚的土地上。1854 年 1 月 23 日，他苦役期满，当脚上的铁镣哗啦一声被扔在地上的时候，他在心底喊了一声："自由，新生活，一个美好的时刻。"从此他永远地离开了鄂木斯克监狱，作为一名流放犯，被编入驻守在遥远的草原地带的西伯利亚第七边防营当列兵，于是来到了离中国边境很近的偏僻小镇——塞米巴拉金斯克。到这儿的第一个年头他便陷入了一场痛苦的热恋中。

作为社会底层的一个列兵，他所接触的也都是挣扎于底层的普通人。就在这时，他认识了税务员亚历山大·伊万诺维奇·伊萨耶夫，随即，也就认识了税务员的妻子玛丽亚·德米特里耶夫娜。他的生命中第一次真正的恋爱由此发生了。

陀思妥耶夫斯基被捕前，完全致力于文学创作活动，一心想在文坛上显露头角，根本没有时间谈情说爱，虽然他也曾迷恋过一个名叫帕纳耶娃的女孩儿，但那是十分短暂的。当他还没有来得及真正走进爱情这片天地的时候，就被投进了西伯利亚的冰天雪地之中。而他重新获得生命的自由的时候，他心中压抑多年的情感火焰也迸发出来了。

陀思妥耶夫斯基认识玛丽亚·德米特里耶夫娜的时候，她二十六岁，而且已经患了肺结核病，苍白的面孔上泛着一片片病兆的红晕。她的境遇很糟。丈夫是个酒鬼，不务正业，最后被解职。于是，全家人唯一维持生活的经济收入便中断了，他们面对的是极度的贫困。玛丽亚·德米特里耶夫娜每天看着负债累累、浑浑噩噩、酗酒偷生的丈夫，心中有着无限的苦恼，更让她难以忍耐的是，她那酗酒无度的丈夫十分粗野，喝得酩酊大醉之后便毒打自己的妻儿，以发泄他内心的苦闷。每一次为了保护自己的孩子，她都被丈夫折腾得筋疲力尽，苦不堪言。

但苦难没有磨去她身上的光彩，陀思妥耶夫斯基在与她交往时发现：她思维敏捷、机智聪明、心地善良；她受过良好的教育，博览群书，求知欲很强。

毫无疑问，陀思妥耶夫斯基的爱情陷入了一种三角关系中。因为他爱的是一个有夫之妇，所以从一开始他们的爱情就带有一种不正常的、使双方都感到极度痛苦的特点。

陀思妥耶夫斯基的爱是真诚的、全身心的、热烈的，可以说是怀着青年人特有的热情去爱的。但玛丽亚·德米特里耶夫娜的感情却比较复杂。她在家庭生活极端的痛苦中极需要朋友，尤其是陀思妥耶夫斯基这样真诚的朋友，但她并没有钟情于他，用陀思妥耶夫斯基一位朋友的话来说，"她知道他有神经病，手头非常拮据，而且是一个'毫无前途'的人"。她对陀思妥耶夫斯基的感情，既有对这个才华横溢的青年人的怜悯与同情，也有自己孤独无助时的精神上的一份寄托与依恋。

这样过了大约两年的时间。而后，玛丽亚·德米特里耶夫娜就迁走了，她丈夫终于在一个人烟稀少的偏僻地方谋到一个新差事，那地方是西伯利亚地区一个名叫库兹涅茨克的荒凉小镇。陀思妥耶夫斯基陷入了极度痛苦之中，他不能想象离开了玛丽亚·德米特里耶夫娜的生活，更令他痛苦的是"要知道她是心甘情愿去的，并未表示反对，真是岂有此理"，——从这也可以看出玛丽亚·德米特里耶夫娜当时并未十分看重陀思妥耶

夫斯基的感情。

5 月末的一个夜晚，当玛丽亚·德米特里耶夫娜和丈夫启程的时候，陀思妥耶夫斯基前去送行。酗酒的丈夫一上马车就睡着了，陀思妥耶夫斯基坐在玛丽亚·德米特里耶夫娜身边，诉说着自己的爱情。分手的时候终于到了，当玛丽亚·德米特里耶夫娜坐的马车的铃声消失的时候，陀思妥耶夫斯基竟在树林中号啕大哭起来。等他回到家时，天已大亮。

在《罪与罚》中，卡捷琳娜·伊万诺夫娜经历了丈夫死亡的打击，在他即将咽气的时候，人们听到了她那无助的呐喊："他这个酒鬼把一切东西都喝掉了！他偷了我们的钱去喝酒，他为了喝酒把他的生活和我们的生活都糟蹋了。"她连安葬死者的钱都没有，是拉斯科尼柯夫给了她二十个卢布。

这一情节，正是陀思妥耶夫斯基前妻的悲惨经历。1855 年 8 月，玛丽亚·德米特里耶夫娜的丈夫死于就职的那个偏僻的小镇。她在写给陀思妥耶夫斯基的信中说："贫困逼得我不得不伸手接受……别人的施舍。"为她丈夫料理后事的时候，她身无分文，是个好心人给了她三卢布，她才得以将死者埋葬。

陀思妥耶夫斯基的爱情陷入了新的危机中。玛丽亚·德米特里耶夫娜虽然有了重新选择丈夫的机会，但陀思妥耶夫斯基却不是她的第一人选，她已经爱上了另外一个人——韦尔古诺夫，他是玛丽亚·德米特里耶夫娜所居住的那个小镇的中学教师。

陀思妥耶夫斯基曾记载过当时的情景："她的信一封接着一封，我又看出，她在伤心抹泪，她爱他依旧胜过我！我弄不清楚她究竟是怎么一回事！我不知道一旦失掉她，我会怎么样。"在他看来，玛丽亚·德米特里耶夫娜选择韦尔古诺夫是极不理智的，如果此事成真，她也决不会有幸福。他说："她二十九岁，受过教育，头脑聪明，见过世面，通晓事理，饱经风霜，虽然近几年来的西伯利亚生活使她身染沉疴，但她仍渴望得到幸福。像她这样任性而又坚强的女人，如今却要嫁给一个二十四岁的年轻人，一个土著的西伯利亚人，他什么世面也没见过，什么也不懂，仅仅受过一点初级教育，刚刚开始理解人生的意义，这样到了一定时候，她也许会对他产生一种最坏的想法，认为他只不过是一个孤陋寡闻、无足轻重的小人，一个小县城的中学教师，他念念不忘的就是如何尽快得到九百卢布的年俸。……我断定他们将来决不会和睦相处，天晓得他们会争吵到什么地步……他将来也许会厚颜无耻地指责她，说她当初只是因为他年轻才看上了他，勾引他，害得他一辈子受苦受难。到那时，她，她将怎么办？这位纯洁可爱的天使，也许不得不含着眼泪倾听他那永无休止的指责吧！"

为了能得到玛丽亚·德米特里耶夫娜的爱情并且使她幸福，陀思妥耶夫斯基决定用战斗来争取自己的幸福，他开始千方百计地改变自己只是一名列兵的现状。为此他写信给亲朋好友，通过他们请求皇帝陛下改变他目前的处境。经过多方努力，他终于被升为陆军准尉。于是，1856年11月末，陀思妥耶夫斯基身穿军官服装千里迢迢来到了库兹涅茨克，向他心爱的女子正式求婚。

然而，玛丽亚·德米特里耶夫娜心里十分矛盾，在并不走运的作家陀思妥耶夫斯基和年青漂亮的中学教师韦尔古诺夫之间的选择是十分困难的。当她倾向于嫁给陀思妥耶夫斯基的时候，却又放心不下韦尔古诺夫；而想嫁给韦尔古诺夫时，又不能不理睬陀思妥耶夫斯基的执著。最后，陀思妥耶夫斯基的爱情胜利了，玛丽亚·德米特里耶夫娜选择了他，韦尔古诺夫也作出了让步。陀思妥耶夫斯基为了使玛丽亚·德米特里耶夫娜毫无牵挂地与他结合，竟然"双膝跪地"恳求他的一个朋友为自己的情敌韦尔古诺夫谋一个职位。这一举动令他的朋友十分震惊，而且多少年之后还为此感叹。

1857年2月15日，在库兹涅茨克的奥季吉特里耶夫教堂里，陀思妥耶夫斯基与他最钟爱的女人玛丽亚·德米特里耶夫娜步入了婚礼的圣坛。几天后，陀思妥耶夫斯基夫妇便离开了这个小镇，返回了塞米巴拉金斯克。

爱情往往是甜蜜与苦涩的结合。从1855年12月在陀思妥耶夫斯基心中燃起的爱情，到了1857年已经失去了往日的烈焰。"我的生活艰难而痛

苦"——他说。他们的婚后生活一直像一杯苦酒。

1859 年，陀思妥耶夫斯基夫妇从塞米巴拉金斯克迁居彼得堡。这对玛丽亚·德米特里耶夫娜的身体健康极为不利。在西伯利亚干燥气候的条件下，她的病发展得很慢，而彼得堡的气候是潮湿的，她的肺病急剧地恶化。虽然陀思妥耶夫斯基有几次领她去气候适宜的地方医病，但也没能挽救玛丽亚·德米特里耶夫娜的生命。1864 年 4 月 15 日，陀思妥耶夫斯基的妻子玛丽亚·德米特里耶夫娜逝世了。

想起他们共同度过的日子，陀思妥耶夫斯基在日记中痛苦地写到："玛莎躺在灵床上。我还能再看到玛莎吗？"

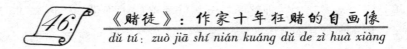

46. 《赌徒》：作家十年狂赌的自画像
dǔ tú：zuò jiā shí nián kuáng dǔ de zì huà xiàng

陀思妥耶夫斯基迷上轮盘赌博整整十年。如果说癫痫病是他肉体上的疾病，那么，赌博就是他精神上的顽疾。好在陀思妥耶夫斯基这个作为作家的赌徒，还没有陷得完全丧失理智，而且在嗜赌的狂热中竟留下了一部杰作《赌徒》。

早在 19 世纪 40 年代，当他还身处西伯利亚的时候，就显露了对赌博的嗜好。刚刚服完苦役的他，迷上的是台球赌。他赌得很凶，很入迷，自己没有钱的时候，观看也会令他十分激动："嘿，赌得真带劲！可惜我没有钱。这种非同小可的赌博，简直是一个漩涡，我看到并意识到了这种可怕嗜好的卑鄙与下流……然而它是那么吸引人，真想让他卷进去。"

这就是他被卷进去的起点。

1859 年，他还没有离开西伯利亚的时候，读到了一篇描写外国轮盘赌场风习的引人入胜的文章，题为《一个赌徒的手记》，作者是彼得堡著名的出版家费奥多尔·杰尔绍。这篇文章揭示了通过赌博或大发横财或葬送生命的轮盘赌博这个特殊的世界，尖锐地暴露西方私有者所谓的"文明"。在赌场上，有人输掉了全部财产后，因极度绝望，竟当场开枪自杀；而即使他的脑浆迸溅到赌台上，赌博的行动丝毫不受影响，正常运行，场上的人们像什么都没有发生过似的，继续注视着转动的赌盘。多么冷酷的世界！当然也不乏精于此道的人们，他们专靠轮盘赌发财致富。

陀思妥耶夫斯基很想把握这个发财致富的捷径。他竟翻阅研究了上百篇轮盘赌的文章，探索着赢钱的秘诀，只是，俄国没有轮盘赌，更不用说西伯利亚了。

机遇来了。1862年夏天，他第一次出国，便迫不及待地到法国一个著名的轮盘赌场体验一番，据说战绩不错。于是，他开始与轮盘赌结缘了。

说到《赌徒》就不能不提到他1863年的旅行，就不能不提到他那"永恒的情人"苏斯洛娃。这些是《赌徒》得以产生的机缘。

陀思妥耶夫斯基在1849年12月22日经历了"死刑"后，于1850年1月至1854年2月被流放到西伯利亚服苦役，期满后按当初的判决转为列兵，于1854年至1859年服兵役，退伍后，于1859年12月获准迁居彼得堡。转年《死屋手记》开始发表，到了1861年，《被欺凌与被侮辱的》也开始在报上连载。走过了绞刑架后又走过这漫长苦旅的陀思妥耶夫斯基，对当时的青年人尤其是大学生来说，是一个具有神秘色彩的传奇人物，头上顶戴着英雄的光环。因此，他经常被邀请参加青年人的聚会，并以苦役犯的热情，以与死神接吻的勇士的神采，朗读《死屋手记》。在掌声如暴风骤雨的青年人中，有一个天真烂漫、情绪激动的姑娘按捺不住自己对这个手脚被沉重的铁镣磨得十分粗糙的神奇勇士的敬仰，她将自己真挚的情感和盎然的青春诗意凝聚成一封封情书，寄给她顶礼膜拜的天才作家。毫无疑问，陀思妥耶夫斯基被这激情弄得神魂颠倒了。多少年压抑的生活和守着病妻的那种孤寂，使他以自己喷涌而出的情感接受了这个年轻姑娘的热恋。她就是阿波利纳里娅·普罗科菲耶芙娜·苏斯洛娃。

最初，苏斯洛娃是带着放大镜来看她心中勇士的神奇色彩的，所以，她委身于他没有提出任何条件。然而，一旦丢下放大镜，卷入了陀思妥耶夫斯基的生活，她便有爱情被亵渎的感觉，肉体被出卖的滋味。因为陀思妥耶夫斯基的妻子尚在病中，他们的会面只能是隐秘的，小心翼翼的。本是轰轰烈烈的爱情，却变成了偷偷摸摸的不光彩行为，这使苏斯洛娃十分难堪，她这才意识到自尊受到了伤害。加之有一天陀思妥耶夫斯基戏说了巴尔扎克的一句名言："就连思想家也需要每月狂饮一次"，她更感到自己处境的尴尬。她被激怒了，开始剥去陀思妥耶夫斯基那神秘的光环："我们的关系一点也无损你的体面，你的一举一动都像一个认真严肃、忙于公务的人。这样的人按自己的方式来理解本分的职责，但也没忘了寻欢作乐，相反，也许甚至认为寻欢作乐是必不可少的，其理由是，任何一个名医或大哲学家都奉劝世人说，每个月大醉一场是非常必要的。"

他们两人之间的矛盾越来越大，但陀思妥耶夫斯基却仍然深爱着这个年轻的、刻薄地谴责他的女性，为了呵护这份情感，陀思妥耶夫斯基提议两人出国旅行，可他又恰巧被事务拴住。1863 年 5 月，苏斯洛娃独自去了巴黎。

分离使陀思妥耶夫斯基陷入极度的痛苦，尤其是进入 8 月，以往苏斯洛娃那连续不断的信件也终止了。他疯狂地丢下所有的事情，不顾一切地奔向巴黎。然而，一种更大的力量吸引着他，他竟顺路拐到了威斯巴登，一连几天扎进赌场，幻想赢它十万法郎。本来第一天他已经赢了一万零四百法郎，但第二天，把赢来的钱又输了一半。他把其中的一部分寄给身患重病的妻子玛丽亚，然后，奔向巴黎那正在等待他的苏斯洛娃。

然而，当敲开房门的时候，等待他的却是意想不到的痛苦。苏斯洛娃平静地对他说："你好像说过这样的话，我是不会很快地把爱情献给别人的，可是我已经献出一个星期了。"原来，苏斯洛娃委身了一个外国大学生后，又被抛弃了。

陀思妥耶夫斯基提议他们一起去意大利旅行，他保证像兄长一样待她。这样，他们启程了。可他们一到威斯巴登，他便又钻进赌场，一连呆了四天，结果输了三千法郎。他立刻写信给国内的亲属，让他们把前几天寄给妻子的钱马上再寄回来。他的哥哥十分愤怒并不解地问："当一个人和他钟爱的女性一同旅行时，怎么会去赌博？"

这是一次难忘的旅行，一边是亟待挽回的爱情，一边是疯狂的赌欲，它们交织在一起。待到这次旅行结束的时候，陀思妥耶夫斯基关于《赌徒》的第一份写作提纲列了出来。1866 年夏天，他又为《赌徒》拟订了一个新的写作计划。他和苏斯洛娃都被他引进了作品中。

在《赌徒》中，作者着力刻画的女性形象波林娜，就是以苏斯洛娃为原型的；而她家中那个地位卑下的家庭教师阿列克谢·伊万诺维奇，则仿佛是作者的自画像。

陀思妥耶夫斯基把苏斯洛娃的特点都注入到波林娜的身上：头脑聪慧又热情洋溢，勇敢执着并独立不羁，专横霸气又会折磨别人。她爱上了穷苦的家庭教师，但是，在他外出期间，为了解救家庭的困境，她成了一个放高利贷的年轻法国人的未婚妻。阿列克谢·伊万诺维奇为了拯救波林娜，陷进了轮盘赌。为了他心爱的姑娘，他的整个生命都成了赌注。他赢了。但他的精神却崩溃了。轮盘赌的狂热淹没了他对波林娜的爱情。

这正是陀思妥耶夫斯基在威斯巴登扔下苏斯洛娃奔向轮盘赌时的真实的心理刻画。

《赌徒》的正式写作，是在 1866 年的 10 月。因为一份苛刻的合同，陀思妥耶夫斯基不得不请来年轻的速记员安娜——他未来的第二妻子协助他工作，他们用二十六天完成了《赌徒》。当这部作品收笔时，当安娜用"我爱你"来答复陀思妥耶夫斯基的求婚时，她还根本不知道，眼前的这位作家和他小说中的"赌徒"相差无几。而当她和丈夫婚后出国旅行的时候，她才领教了他对轮盘赌的那种狂热。她把她的无奈都写进了她的日记中：

> 星期五　1867．6．23……费佳又回到轮盘赌桌旁；但是过了一会他回家来，说他把那五个金路易都输了，叫我从口袋拿些钱出来。他叫我准备茶，说不久就回来。我就知道会发生什么事情；可不，真的，还不到半个小时，他回来了，说输光了。……

> 星期六　1867．6．24……他赢了很多，多达四百法郎，并且想再赢一些。但是尽管他惦着我，焦虑不安，却不能从赌场走

开，……

星期天　1867．6．25……他走后我很悲戚；我知道他肯定又会把钱输掉，又要折磨他自己。我哭了几回，觉得像要发疯一样。但是费佳回来了，我若无其事地问他："输了吗？""是的，输啦！"

可见，陀思妥耶夫斯基天天进赌场，时时想赌场，完全不在乎别人的感觉，不理会妻子的情绪，轮盘赌的狂热，耗费了这个天才作家的许多精力。

出人意料的是，1871年春，他居然戒掉了赌博。这当然归功于他的妻子安娜。

当时，陀思妥耶夫斯基又来了赌瘾，无心写作。安娜给了他一百二十个塔勒，约法三章：放心去赌，输光为止，到时由安娜寄去返程路费，以后再不进赌城。这样带着平常心去输，结果，激情没有了，狂热消失了，回来后他与赌场诀别了。

陀思妥耶夫斯基嗜赌的历史结束了，留下来的是不朽的《赌徒》。

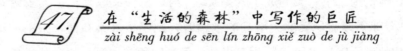

47. 在"生活的森林"中写作的巨匠
zài shēng huó de sēn lín zhōng xiě zuò de jù jiàng

什么是生活的森林？生活的森林是浩瀚无垠的。静坐下来，你能听得到人类情感的喧嚣，时代车轮的驰骋，喜怒哀乐的碰撞，历史前进的脚步。生活的森林里总是演奏着磅礴而激越的旋律。

有人说，托尔斯泰（1828 — 1910）的《战争与和平》是一座生活的森林。

类似的说法还有，《战争与和平》是"生活的海洋"；《战争与和平》写出了"一个世界"。显然，无论是森林、海洋，还是世界，都说明了这部长篇小说的宏大和广博。

无疑，人们都被《战争与和平》这座"生活的森林"震撼了。它是俄国文学史上第一部卷帙浩繁的长篇巨著，长达一百三十万字的长篇巨著。它那森林式的结构、森林般的气息，成为世界文学史上长篇小说创作的一座丰碑。

这部作品的诞生并不是一朝一夕的事情，它的问世经历了一个漫长的创作过程。

最初，托尔斯泰只是想写一部关于十二月党人的书。据作者在小说序言的草稿里说，那是 1856 年的事。沙皇亚历山大二世在改革呼声日益强烈的社会形势下，被迫废除了农奴制，并赦免了被判流放的十二月党人。因为托尔斯泰对 1825 年起义遭到残酷镇压的十二月党人始终怀有深深的敬意，因此，听到大赦令后，便想写一部"主人公将是一位带家属同回俄国的十二月党人"的书。但是他并没有马上动笔。

1860 年，托尔斯泰来到意大利，正巧自己的一位远亲——从西伯利亚流放地赦免回来的著名十二月党人谢·格·沃尔康斯基也在佛罗伦萨。两人长谈时托尔斯泰发现，当年的革命者已变成了一个"聪明而平和的老头子"了，他心生感慨，决心以沃尔康斯基为基本原型，写一部题为《十二月党人》的中篇小说，直接切入赦免的 1856 年，重点写他们从流放地回到俄国以后对俄国现实的思考。他按照自己当时对十二月党人的理解，把主人公写成"一个狂热者、神秘主义者、基督徒"，并把他们最主要的精神定位在基督精神上。于是，他写了这个中篇的头三章。当读给屠格涅夫听时，得到了称赞；写信给著名革命者赫尔岑征求意见时，赫尔岑提出了"善意的忠告"。后来，他阅读了大量的有关十二月党人的材料，开始意识到自己对十二月党人的理解是不准确的。他们身上最可贵的不是基督徒精神，而是如赫尔岑所说的他们是"好汉"，是"战士"，他们灵魂中最伟大崇高的是为了革命的需要以死来激励"年轻的一代去争取新的生活"的献身精神，是为民族解放斗争而赴汤蹈火的热情。于是，他终止了已开始三章的写作，决定回头从 1825 年十二月党人起义的年代写起。

当小说的背景从 1856 年变为 1825 年后，托尔斯泰又意识到，十二月

俄法 1812 年战争场景图

党人的起义斗争是与 1812 年卫国战争胜利所引起的民族意识的高涨与社会的觉醒紧密联系着的，于是，他又决定"从 1812 年的时代"写起。

然而，当他真从 1812 年的历史切入的时候，又陷入了困惑之中。只写 1812 年的胜利，而回避 1805 年至 1807 年间的失败与耻辱是不合适的。他在 1852 年的日记中曾写到："编写一部本世纪欧洲真正的、真实的历史，是我今生的目标。"那么，真实的历史就不应该排斥挫折与失败的时代，于是，他又将小说的背景年代上溯到 1805 年。这样，小说就从 19 世纪初写起，一直写到主人公流放归来。后来，他又感到表现范围过于庞大，于是决定加以缩小，将其局限在十二月党人的青年时代和斗争、起义上，着重表现 1805 年至 1825 年这二十年的俄国历史面貌，并决定把他小说的第一卷命名为《一八○五年》。

就这样，1863 年这一年他全身心地投入创作。1864 年夏天，第一卷脱稿，10 月交付《俄罗斯导报》发表。

为写作《战争与和平》托尔斯泰读过的历史书籍、历史档案、文件回忆录、信件杂志等可以构成"整整一个图书馆"。掀去这资料上的尘埃，他兴奋了，一个新的主题诞生了——人民才是推动历史前进的伟大力量。这是苦苦寻觅而收获的一份果实，他欣喜地热爱着这个思想结晶，并兴奋

托尔斯泰生活了近 60 年的波良纳庄园

地对妻子说："要写好一部作品，必须喜爱其中的主要的、基本的思想。因此，在《战争与和平》里，我喜爱的是由于 1812 年的战争而激发起来的人民的思想。"于是，人民的思想成了这座"生活的森林"的主旋律。那么贵族呢？他们的地位如何？贯穿全书的贵族地主阶级的人物以人民为轴心分为两类：热爱人民、走近人民的成为被讴歌的对象；远离人民、背叛人民的成为作者指责的对象。人民的思想使小说有了历史的深度和广度，并有了宏大的气势，于是，一个新的书名诞生了：《战争与和平》。

　　"生活的森林"所以有那么多感人的故事，有着无限的生命力，是因为作者用生活的汁液培植了它。为了创作这部《战争与和平》，作者不仅充分利用了他自己建立起来的那个"整整一个图书馆"，而且更利用了生活本身这个无限的图书馆，这里面有着更丰富的资料。要描写鲍罗金诺战役，托尔斯泰穿上风衣，背起包裹，几天后，他已经出现在当年鲍罗金诺战役的土地上。仿佛这次战役要重新打响，仿佛他是俄方的指挥官，他考察战争遗迹，巡视地形，绘制地图，标出坐落在附近的村庄和河流，并且代替双方指挥官选择了指挥地点。

　　他想起来了，当年的会战是凌晨六点打响的。

　　破晓，大地一片寂静，鲍罗金诺战场的遗址上，一个目光炯炯的人迎风挺立，他并不是在迎接第一缕阳光的出现，而是在聆听历史上曾在这片土地上响起的战斗的轰鸣。他提笔写下："能见度为二十五度，太阳是从

俄国军队的左后方升起的，法军面对着太阳……"

托尔斯泰就是这样创作《战争与和平》这座"生活的森林"的。

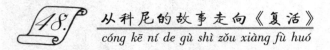

48. 从科尼的故事走向《复活》

cóng kē ní de gù shì zǒu xiàng fù huó

科尼的故事是《复活》的胚胎。

那是 1887 年的夏天，著名的司法活动家阿纳托利·费奥多罗维奇·科尼来到生机盎然的雅斯纳雅·波良纳，对作家进行友好的访问。6 月里一个温馨的夜晚，当劳作一天的人们都已进入梦乡的时候，托尔斯泰来到为客人科尼准备的房间进行探望。科尼此行想就犯人心理活动的观察情况同作家交换意见，而对世事有着深刻洞察力的托尔斯泰对这个话题也非常感兴趣，谈话中，科尼就讲到了他在担任彼得堡地区法院检察官时发生的一件真实的事情。

一天，一个脸色苍白、目光流露出苦闷和忧虑的年轻人来到他的办公室，责备这里的人们拒绝把他的一封信转交给一个名叫罗扎莉娅的女犯人。接待他的人告诉他，那是因为这封信没有经过检察官的审查，他们无权转交。就这样，办公室里发生了争执。科尼闻讯立刻出来了解事情的原委：原来，这个要求转交信件的人名叫奥尼。他作为陪审团的一员在审理某个案子时，发现受审的当事人罗扎莉娅是他自己当年性欲的牺牲品。这个姑娘的父亲是他姑母家的佃农，这个女孩一直做女主人的佣人。十六岁那年，奥尼来到姑母家，被姑娘的美貌所吸引，诱奸了她。当她怀孕之后，奥尼抛弃了她。没想到，她被主人赶出了家门，在社会上艰难地求生，最后沦为妓女；因为偷了一个喝醉酒的嫖客一百卢布，而被送上法庭受审。面对这个灾难深重的妓女，奥尼的良心受到了强烈的谴责。他请求与她结婚，来赎回自己的罪过。然而，这以后不长时间，那个女犯人就因斑疹伤寒死在了狱中。科尼说，从那以后，他不知奥尼的去向。很多年之后，他才在俄罗斯内地某省份的一个副省长的任命书上看到了他的名字。

托尔斯泰全神贯注地倾听着科尼讲述的故事，仿佛被其中的什么东西紧紧地抓住。第二天早晨，他建议科尼给《媒介》出版社写出这篇故事来。并且提示他要写得像生活中发生的实事一样，"在叙述的序列中掌握好曲折"。科尼当即答应了。

然而，科尼毕竟不是一个文学家，更不是托尔斯泰这样一个敏锐的、天才的文学家。他没有写作的迫切要求，也没有从这个故事中透视出太多有价值的东西，所以，他没有动笔。"能把这个故事的题材送给我吗？多么好，多么需要的题材呀！"几个月之后，托尔斯泰按捺不住了，直率地向科尼提出了转让的要求，而科尼也丝毫没有怜惜之意。于是，托尔斯泰的创作启动了，他将这个胚胎命名为《科尼的故事》。

托尔斯泰为什么对科尼的故事有如此浓厚的兴趣呢？

显然，科尼故事中奥尼忏悔的情节与托尔斯泰这时期的"道德自我完善"的理论是属同一倾向的，印证了他这种理论在生活中实现的可能性，所以作者才如此热衷。然而，《科尼的故事》又被"科尼的故事"窒息了。

从 1889 年年初，《复活》进入了写作的第二个时期。

正因为总是想着写别人讲述的故事，所以，托尔斯泰的创作走入了误区。他在一则日记中写道："科尼的故事不是产生在我的心里，因此就显得棘手。"这就是说，他是在用科尼的材料来写作，还没有变成自己的艺术构思，还没有结合自己的生活经验和思考，还没有融进自己的感情，也就是说，受着原始材料的局限，没有形成自己有机的创作思想。这就说明创作素材与创作成果之间有着一段很大的距离。素材谁都可以拿到，但素材并不等于成果。素材是客观存在的，而作品才是真正的创造。这也是人们钦佩科尼在谈论托尔斯泰《复活》的创作过程时那客观、谦虚的态度的原因。因为他阐述了他讲述的故事只能是素材而不是《复活》这个艺术品的道理。

托尔斯泰的创作搁置了。总的看有这样几个原因：从小说的表现范围看，它受到了科尼故事狭隘境界的限制；从主题上看，他还过于偏爱主人公道德的自我完善这个思想。这样，他作品的天地就只局限于男女主人公之间，越写越走进死胡同。正如他在连续三天的日记中所记："试着写科尼的故事，但是写不好"，"仍然写不好"，"根本写不出来"。以至于他最后中止了创作。从2月到6月，他根本没有动笔。

1890年6月，《复活》的创作进入了一个崭新的阶段。然而托尔斯泰再次辍笔了。而且一搁就是五年。这是《复活》创作史上的危机时期。因为如何写出一部史诗般的作品，这是托尔斯泰给自己出的大难题。他一时间找不到可以解决这个难题的方案。

托尔斯泰在耕耘

经过五年的酝酿，1895年5月，托尔斯泰回到了《复活》的创作上来。他用两个月时间就写完了草稿，然而，当他修改时，又无情地否定了它。他还要寻找一个新的方向，正如1895年8月他在回科尼的信时说："不错，我在写你送给我的那个情节，但我始终不知道该如何从我写的东西中理出头绪来，也不知道这东西将把我引向何处。"他仍在苦苦地探索。终于，他找到了方向："我清楚地懂得了《复活》为什么写不下去，我懂得了应该从农民的生活写，他们是主体，他们是积极的人物，应该从他们的生活写起。我将马上就动手写。"由此，《复活》的创作全面铺开了。他把原来以表现主人公道德沦丧与道德复活为基本情节的小说升华到把男女主人公的道德冲突放置在阶级矛盾之中，创作出以全面控诉现存制度，批判其经济的、政治的、宗教的欺骗为主题的宏伟巨著。

1898 年 8 月 28 日，托尔斯泰兴奋地向世人宣布："我今天全部完成了。"他说的就是《复活》。这一天，是他七十岁的生日。

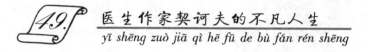

19. 医生作家契诃夫的不凡人生
yī shēng zuò jiā qì hē fū de bù fán rén shēng

1879 年，在安东·契诃夫（1860 — 1904）的一生中是个不寻常的年头。

夏天，是炎热的。对契诃夫来说，更热的是他那颗急切渴望去莫斯科和家人团聚的心。三年前，全家人都去了莫斯科，只有他一个人留在故乡塔甘罗格完成中学的学业。如今，终于毕业了，他带着十九岁青年的梦幻，带着对未来的美好憧憬，兴冲冲地踏上了莫斯科的土地。虽然此前他曾前来探望过父母，不过莫斯科今天还是第一次认真地端详了他：高高的个子，栗色的头发，略宽的脸庞，一双沉思而充满机智的眼睛。他有少年的稚气，更有青年挑战的欲火。听着他脚下那铿锵的步履，莫斯科把默默的祝福送给了他。

经过对现实与理想的深刻思考，他开始选择自己的人生方向。秋天，丰收时节，他跨入了莫斯科大学医学系，他已经把自己未来的职业定位为医生。然而，日历还没翻过几页，到了年底，他的处女作《给有学问的邻居的信》也一挥而就。两个方向都是诱人的。医生关注人类的健康，作家走进读者的心灵。"贪婪"的契诃夫带着初生牛犊不怕虎的勇气，在来到莫斯科的第一年就在医学与文学两个领域里为自己分别铺下了一块坚实的基石。

1884 年，又是契诃夫生命历程中十分醒目的一年。他一手接过了莫斯科大学医学专业的毕业证书，一手捧回了他的第一部小说集《梅尔帕米娜的故事》。这是两项巨大的丰收，是对这几年契诃夫付出的一种回报。

医学院的学业是非常繁重的，尤其是当民粹派于 1881 年刺杀了沙皇亚

Антон Павлович
ЧЕХОВ
(1860—1904)

契诃夫像

历山大二世之后，校方更是用繁重的课程紧紧箍住学生，企图把这些年轻人的注意力从政治上全部引到学业上去。这样，医学院每天的课程都安排得满满的。考试名目繁多：小测验、平时考试、期中考试、期末考试等等，接二连三，加之宿舍、教室、自习室、实验室和实习医院的地点又很分散，从东跑到西，从南跑到北，使学生紧张得喘不过气来。就在许多学生叫苦不迭时，背负着同样辛苦的契诃夫，还在另一个领域里默默耕耘着。

自从《给有学问的邻居的信》发表之后，有些幽默刊物开始接受了他。他也十分需要这份接受。因为他上学要交学费，还要养家糊口，二十岁的他，已经担起了沉重的家庭生活的重担。父亲年事已高，给人打工挣来的钱微薄寒酸；母亲终日劳累，精打细算，还是堵不住债务的窟窿；两个哥哥既不自爱也没有责任感；弟弟妹妹因缺少学费，总有辍学的危机。契诃夫要想担起这副与他年龄极不相称的担子，别无选择，只有投入文学的怀抱。他刚赶完繁重的功课，就拿起笔进行紧张的创作，一部小说刚刚收笔，他又马上捧起上课的教材。每天，下课铃声一响，他便夺步而出，飞往各个刊物编辑部，送稿、改稿、要稿费，而迈出编辑部的门槛儿，他又飞奔向实验室。

他就是在这样的条件下练就了一副"飞笔"。1883、1885 这两年，他的创作数量竟达到历史最高水平。仅 1883 年，他就发表了一百二十篇作品，1885 年，又高达一百二十九篇。他几乎把课下的每一分钟都给了写

契诃夫故居

作，正如他自己所说："《猎人》是我在浴棚里写的。"

　　写稿是难事，而讨稿费更难。这又挤去了契诃夫的时间。有时，他为了讨回区区几个小钱的稿费，几乎跑断了腿，踏烂了编辑部的门槛儿。编辑部的回答有时是令人啼笑皆非的——拿戏票之类的东西来顶替稿费；还有的编辑部竟直接敲诈他："如果您不索稿费，我们会乐于发表的。"1883年的《他明白了》那篇小说，契诃夫就是分文未取而奉送的。

　　可以说，这五年中，契诃夫用文学救活了自己的学业，当拿到医学毕业证书的时候，小说集问世就已经是历史的必然。

　　《梅尼帕米娜的故事》收集了六篇发表在幽默刊物上的短篇小说，署名"安·契洪杰"，因为这时他还有一个想法，要把"安东·契诃夫"这个名字留给发表严肃的医学论文使用。在大学毕业的这段日子里，契诃夫更是在医学与文学这两条轨道上奔驰，他认为这很和谐。此时，他是这样为自己定位的：医生是他的职业，写作是他的业余爱好。他经常风趣地说，医学是他的合法"妻子"，而文学只是他的"情妇"。

既然是这样定位，他当然要爱护自己的合法妻子。于是，大学毕业后，他便到契金斯克地方医院去做医生。因为他曾在这里实习过，给院方留下了良好的印象。院长是这样评价他的：他最可贵之处是具有一个优秀医生应该有的品质——热爱自己的病人，而且他提出一个很新颖的观点：在药物治疗的同时，从精神上给病人影响也是非常重要的。他工作有条不紊，与一般医生相比，他给患者做出的诊断要全面、深入，他经常从病人的脸上、声音和动作上看到和听出别的医生看不到听不出的东西。

然而，"多情"的契诃夫从来也没有忘记他的"情妇"，即使在繁忙的医疗工作中，他也十分注意观察生活，选择素材，提炼升华为出色的文学作品。

有一天，契诃夫等青年医生聚集在院长阿尔汉格尔斯基的房间里。该院长学识渊博，厚爱青年，也喜欢文学。他们谈笑风生，气氛欢快。正在这时，来了一个牙病患者，医生诊断后决定给他拔牙，一个实习生被指定完成这个任务。这个实习生过于紧张，竟把病人的一颗好牙拔了下来，坏牙原封不动地保留了。病人疼得嗷嗷直叫，而指导医生却在一边鼓励实习生说："不要紧，能拔掉好牙就能拔掉那颗病牙。"契诃夫观察着这生动的一幕，以此为素材创作了短篇小说《外科手术》。后来他又到兹威尼哥洛德镇地方医院行医，忙于看病、验尸、出席法庭审判、充当医务鉴定人。这些工作使他广泛地接触了生活，根据丰富的生活体验，他创作了《文官考试》、《外科手术》、《死尸》、《哀伤》、《在法庭上》、《赛琳》和《逃亡者》等短篇小说。

然而，一个突发的事件，改变了契诃夫以医生为职业，以写作为业余爱好的定位。1886年早春，一封来自彼得堡的热情洋溢的信令契诃夫激动不已。俄国著名作家格里果罗维奇展开双臂，拥抱这个才华横溢的年轻人，而且直率地提醒他"必须尊重难得的天赋与才能"。来自老一代作家的鼓励，来自文坛的拥抱，促使谦逊的契诃夫意识到，自己的作品是有价值的，创作是一项伟大的事业。他第一次郑重地想到："生活啊，生活！用一切色彩、气味、旋律，甚至白嘴鸭那不停的鸣叫，来描绘这丰富多彩的生活该有多好！要深思熟虑，要有目的地写作，要用它影响生活本身，诅咒那一切没有人性的、丑恶的东西。"

于是，他在给格里果罗维奇的回信中说："我还会有所成就的。"此刻，他才真正意识到，他的天职是作家而不是医生。从此，文学成了他的"妻子"，而医学则成了他的"情妇"。然而，这两者他都爱，即使最终选择文学，他仍然对医学依依不舍。后来，当他成为一个伟大的文学家的时候，人们每每请他发表演说，他还总是说："我是医生。"

尽管他有难舍之情，他最终还是选择了文学，但是他认为医学对他的创作有很大帮助："我相信，学医对我的文学事业有着重大影响。它大大扩展了我的观察范围，充实了我的知识。这些知识对于我的真正价值，只有自己是医生的人才能了解。学医还有一种指导作用。大概由于接近医学，所以我才能避免犯许多错误。因为熟悉自然科学和科学方法的缘故，我总是加倍小心，如果可能，我就竭力考虑科学的根据，如果不可能，我宁可一字不写。"

事实也正如契诃夫说的那样。俄国作家库普林曾将自己的小说《在杂技团里》读给契诃夫听，他以医生的身份提醒库普林，要特别注意小说中那个杂技演员的病——心脏肥肿症，要将这些病写得真实准确。他还兴奋地把各种心脏病的症状详细地讲解给库普林听。事后库普林对别人赞叹道："契诃夫要是不成为这样杰出的作家，那么他一定会是一位出色的医生。"

如果契诃夫因为自己放弃了医学而心中总有一丝遗憾的话，那么，他辉煌的文学成就已经为这份遗憾作了最好的补偿。

50. 万卡和瓦尔卡：童年记忆的采集
wàn kǎ hé wǎ ěr kǎ: tóng nián jì yì de cǎi jí

万卡，一个九岁的小学徒；瓦尔卡，一个十三岁的小保姆，他们都是契诃夫小说中鲜活的儿童形象。万卡是同名小说《万卡》中的主人公，瓦尔卡是《渴睡》中那个被折腾得没有一刻空闲的小奴仆。这两部作品分别发表于1886、1888年，这时，契诃夫已经二十几岁。但是，丝毫不用怀疑，作者是走进自己童年的生活中，采集了一丛有价值的记忆之花，移植到文学的园地里。

《万卡》早就被许多国家收进小学课本里，全世界的孩子们几乎没有人不知道那个可怜的小主人公。他只有九岁，被送到鞋匠家当学徒，受尽了老板和老板娘的折磨。圣诞节前夜，趁着主人和几位师傅去做晚祷的空儿，他找到一张揉皱的白纸，偷偷地给他唯一的亲人——乡下的爷爷写信，在写下第一个字以前，他好几次战战兢兢地回头看看门口和窗户，然后吸了一口气，开始把自己的痛苦告诉爷爷：

"昨天我挨了一顿打。老板揪着我的头发，把我拖到院子里，拿皮带抽了我一顿，因为我摇他们那个睡在摇篮里的小娃娃，一不小心睡着了。上个星期有一天，老板娘叫我把一条鲱鱼收拾干净，我就从尾巴上弄起，她就捞起那条鲱鱼，拿鱼头直戳到我的脸上来。师傅们取笑我，打发我上酒店去打酒，怂恿我偷老板的黄瓜，可是老板随手捞到什么就用什么打我。……亲爱的爷爷，我再也受不了啦，只有死路一条了。我原想跑回我们的村子去，可是我没有靴子，我怕冷。"

"来吧，亲爱的爷爷，"万卡接着写下去，"求你看在基督的面上带我离开这儿。求你可怜我这个苦命的孤儿吧，因为在这儿人人都打我，我饿得要命，而且闷得没法说，老是哭。前几天老板拿鞋楦头打我的脑袋，打得我昏倒了，好容易才活过来。我的日子过得苦极了，比狗都不如……"

万卡把写满字的信纸放进一个昨天晚上买来的信封里面，他想一想，拿钢笔蘸了蘸墨水，写上地址：

寄乡下祖父收

然后他抓抓脑袋，再想一想，添了几个字：

康司坦丁·玛卡雷奇

过一个钟头，因为有了美好的希望而定下心来，他睡熟了……在梦中看见爷爷正在读他的信。

这个可怜的孩子根本不知道，他的爷爷永远也收不到这封信的，明天早上迎接他的还是挨打、受饿，以及随时降临的各种灾难，包括死亡的威胁。

契诃夫曾这样谈过自己的童年："挨打、受辱、守店铺、送货、夜里被吵得睡不好觉……这就是小杂货店老板儿子的生活。"由于这段生活留下太多苦涩的滋味，所以他不止一次悲痛地说："我小时候没有童年生活。"然而，他又无法从记忆中抹掉这段时光。

万卡的形象能够塑造得如此生动，与契诃夫童年时代的经历有着直接的关系，是亚速海沿岸塔甘罗格城的那个小杂货店给了他灵感与启迪。

1870 年一个漫长冬夜的晚上，位于修道院街和集市街拐角的杂货铺里冷冷清清。一个十岁左右、脸上长着些许雀斑的男孩儿，伏在柜台上做功课。他就是这个杂货店老板的儿子契诃夫。虽然功课还没有做完，但他必须替父亲在店里值班。父亲有事的时候，总是安排孩子们来顶替他。此时的契诃夫哪有心思学习？店铺里冷如冰窖，他穿着一件又瘦又小的棉制服和一双露出脚趾的皮套鞋，冻得浑身发抖。父亲总说他不相信在铺子里不能做功课，可是现在，他的手指快冻僵了，当他拿起钢笔往墨水瓶里蘸的时候，笔尖触到的却是冰块。墨水结冰了，他整个人也快冻僵了。可是一想到要挨父亲的鞭子，他更觉得浑身发抖。他将两只手揣在袖子里，全身缩成一团，完成父亲交给他的另一个重要任务——看着两个小学徒。

这时在屋角的肥皂箱上，两个小学徒哆嗦着蜷成一团。他们是兄弟俩，哥哥十二岁，叫安德留什卡；弟弟十岁，名叫加甫留什卡。他们的母亲，一个淳朴唯独善良的乌克兰农妇，把他俩送到城里是想"学生意"，哪知道她的儿子们在这里受的是什么罪呀。看现在，他们冻得鼻子通红，两手乌青。他们只能缩着脖子，揣着手，不时用一条腿磕打另一条腿，仿佛这样可以暖和一些。这会，他们像两只小猫似地打起盹来，不一会儿就听见他们的酣声。他们真是很需要睡觉。这个杂货店一年四季都于清早五点开门，直到深夜十一二点才关门，老板为了节省开支，没雇用别的伙计，无论轻活重活都落在这两个未成年的孩子身上。他们一干就是近二十个小时，晚上只有很少的睡觉时间，实在熬不住的时候，他们白天有时站着就打起瞌睡来。在这个店里，他们简直就是奴隶。严冬里他们穿的是又破又薄的棉衣裤，冻得浑身直打哆嗦；吃饭时主人又不让他们吃饱，他们整天看着店里那些能吃的东西，饥肠辘辘，垂涎三尺。然而只要偷吃一点东西，被东家发现就会被打得死去活来。这时候往往契诃夫也要受到牵连，父亲会冲着他大吼："店里的东西都被偷光了你也看不见？简直是头蠢猪。"

作为少东家，契诃夫的处境比这两个学徒自然要好些，但也好不了多少。父亲巴维尔有一种病态的心理。他小时候就在一家商店里当学徒，挨过无数个耳光，而他当上店老板后，他也觉得对学徒打耳光、抽鞭子是正常的："我也是这样管教出来的，你看我现在不是当上店老板啦！一个挨过打的抵得上两个没挨过打的。今天挨了打，日后他会感谢你的。"他对自己的儿子也是如此。契诃夫兄弟们每天醒来，首先想到的是今天会不会挨打。他曾经问过一个同学："你在家挨打吗？""我从来没挨过打。"契诃夫听到这个回答简直不敢相信自己的耳朵。

心灵的创伤是很难抚平的。所以，当他开始自己的创作的时候，便怀着深切的同情与怜悯，写出了《万卡》这类描绘儿童悲惨命运的作品，万卡的身上，无疑有着他家杂货铺里两个学徒的影子，甚至也有着他本人的某些经历。他从自己的童年生活中找到了创作的素材与灵感。

《渴睡》中的瓦尔卡有着比万卡更悲惨的经历。十三岁的她，在皮匠家当小保姆。夜间，她不停地摇着摇篮，哄着皮匠家的小娃娃。要是能让她睡一会儿多好啊！可是娃娃在哭，不停地哭。瓦尔卡困哪，她的眼皮睁不开，脑袋搭拉下来，脖子酸痛，麻木地摇，她的手不听使唤了。可突然，凶狠的皮匠重重地打她的后脑勺："你在干什么，贼丫头！孩子哭，你倒睡觉!"她的耳朵被揪得很痛，但她不敢想自己的疼痛，只顾摇着摇篮。

朦胧中，她梦见了父亲去世的情形，仿佛又看见了妈妈。可立刻听到一个凶狠声音："把娃娃拉过来!""你睡着了，下贱的东西?"瓦尔卡吓得跳了起来。老板娘来给孩子喂奶了。瓦尔卡看看天，她还没睡，天就要亮了。

天亮了。响起老板娘的吼声：

"瓦尔卡，把炉子生上火，"

"瓦尔卡，烧茶炊!"

"瓦尔卡，把老板的雨鞋刷干净。"

"瓦尔卡把外面台阶洗一洗。"

"瓦尔卡，瓦尔卡，快跑去买三瓶啤酒来。"

......

一天又过去了。

夜深了，老板娘下了最后一道命令："瓦尔卡，摇娃娃。"瓦尔卡困啊，困啊，娃娃还是啼哭。在半睡半醒中她就是弄不明白到底是什么力量捆住她的手脚，压住她，不容她活下去?她寻找那个力量，她找到了，这个力量就是那个娃娃。她笑了——如果掐死这个娃娃，她就可以睡了，睡一个痛痛快快的觉。她快步地走到摇篮前，用尽力气掐死了这个永远也不让她睡觉的婴儿，消灭了这个不容她活下去的力量，然后往地上一躺，转眼间就睡得像个死人一样。

小说里对困的感觉的描写，如此逼真。只有深刻体会过这种滋味的人，才能写得如此惟妙惟肖。契诃夫的童年，就曾有过如此渴睡的日子。

那是在他少年时代。作为一个虔诚的宗教徒，父亲巴维尔喜欢庄严肃穆的宗教歌曲。后来居然当上大教堂唱诗班的领唱人。为健全他组建的唱诗班，他让自己的三个儿子去唱高音和中音。孩子们对唱诗没有丝毫兴趣，但也被迫参加了唱诗班。每到规定练唱的日子，从晚上 10 点，一直唱到深夜 12 点。这时契诃夫刚上中学，体格赢弱，课程很重，每天放学回家总有做不完的作业，不时还要到店里值班。晚上练习合唱时，他的上下眼皮早已粘在一起了。深夜唱诗班练习结束，回到家里，连脱衣服的力气都没有了，他们哥儿仨经常不脱衣服就滚到床上，立刻睡得跟死人一样。

契诃夫的童年留下许多痛苦的回忆。这是一段不堪回首的经历。然而，契诃夫的伟大，在于他将痛苦的经历视为一个宝贵的资源库，不断从中挖掘，将其中闪光的东西提炼出来。于是，才有万卡和瓦尔卡这样生动的儿童形象走出他的笔端。

51. 库页岛之行与《第六病室》
kù yè dǎo zhī háng yǔ dì liù bìng shì

库页岛，远东一座荒凉的岛屿，是沙皇政府流放犯人的地方。这里杂草丛生，瘟疫横行，连起码的人类生存条件也不具备，但每年都有大批的犯人被赶到这里，一批又一批的人将他们的尸骨抛在这片被文明遗忘的角落里。在俄罗斯人的心里，这是"恐怖岛"、"死亡岛"，是人间地狱。

1889 年 9 月，契诃夫突然向众人宣布了他的一个特殊决定：他要去库页岛旅行。周围的人们一时间被这个令人震撼的决定惊呆了，大凡成名的作家都选择名胜古迹去观光，都选择文化圣地去旅游，契诃夫为什么要把自己发配到流放犯人的白骨之地呢？

契诃夫当然有他的理由。

19 世纪 80 年代末期，契诃夫已经是俄罗斯文坛上颇有名气的作家，他的创作历史已不短暂，文学成果可谓辉煌。然而，越是当他走向成熟的时候，思想也就越有深度。他开始审度自己：成为时髦作家之后，被荣誉包围着，现在的人生目标是什么呢？"我为谁写作？为何写作？为大众？可是大众需不需要我？我却不得而知。"同时，他也开始回首自己的创作生活："错误和败笔不可胜数，尽管写了成百斤的纸，得过科学院的奖金，但在我眼中没有一行有真正的文学价值……我渴望在一个地方躲上五年，做点扎扎实实的正经事。我应当学习，一切从头学起。"

"做点扎扎实实的事"是他现在最大的愿望，因为在他看来："文学家不是糖果制造者，不是美容师，也不是消愁解闷的人，而是被自己的责任感和良心所束缚的人。"他的责任感与良心把他引向了库页岛。

当时，库页岛的残酷现状已经引起了俄国进步人士的强烈愤慨，沙皇政府的犯人们被戴上手铐脚镣，在严寒中跋涉万里的艰难路程，赶到这片痛苦的土地上。岛上住房极少，粮食奇缺，很多人风餐露宿，衣不遮体，食不果腹。岛上医疗条件极差，传染病大面积蔓延，每天都有人在艰难地挣扎后走向死亡。然而，尽管国内外指责沙俄政府这种野蛮监禁制度的声势很大，但是始终不见任何人采取任何解决的措施。人们的关心都是遥远的，人们的呼声都是口头上的。

契诃夫却开始行动了，他要去揭那个可怕角落的疮疤，他要用文学家的良知和勇气揭示生活。

1890 年 4 月，一个乍暖还寒的春日，契诃夫开始了这次艰难而危险的旅程，因为当时西伯利亚的铁路还没有修建，从西伯利亚中部的图门起要乘马车长途跋涉四千俄里，每经过一个土墩和坑洼，马车都剧烈地颠簸，哮喘病十分严重的契诃夫五脏六腑几乎都要被颠了出来。然而，契诃夫望着烟雾弥漫的西伯利亚，听着叶尼塞河的奔腾，他心中有一个坚定的信念在支持着他："将来会有多么充实、智慧而豪放的生活来照耀这条河的两岸啊！"终于，在 7 月中旬那个多雨的季节，他踏上了库页岛这个流放犯人的栖息地。

令他震惊的是，这里集中了人间的一切苦难和屈辱。他看到苦役犯们被迫在齐腰深的烂泥塘里干活，随时有窒息的危险；他看到那些随着父母流放到这里的孩子们，身心惨遭摧残，牲畜般地大批死亡；他看到十二岁的女孩儿在卖淫，十三岁的女孩儿做侍妾，十五岁的女孩已做了孕妇；他看到医疗站里的梅毒病人和精神病患者生不如死地受着病魔的摧残。

他看到的太多太多，他了解的也太多太多。因为受航海期的限制，他在这里只有三个月的时间，然而，他走访了岛上所有的居民，几乎跟每个囚犯和移民都谈过话。他的笔记上，写下了库页岛上难以历数的野蛮、残酷、黑暗，他的心灵里，正孕育着烧毁这人间地狱的火焰。

难忘的库页岛之行结束了，除了作者为此行撰写的长篇报告文学——《库页岛旅行记》外，作为此行的直接产物并凝聚着心灵重创的《第六病室》诞生了。"第六病室"——库页岛的缩影；"第六病室"——沙皇俄国的象征。

这是一所坐落在偏僻小城的医院，称其为医院，还不如称之为垃圾站，其鲜明的特征是肮脏、混乱。在这样一所糟糕的医院里，还有一个更糟糕的房间——第六病室，这里是专门用来关押精神病患者的。病房的看门人尼基塔是一个年老的退伍兵，脸上一副草原上牧羊犬的神情，他挥舞着拳头，不时地打在患者的脸上、胸上、背上，碰到哪儿就打哪儿，简直就是个凶狠残暴的刽子手。

第六病室里，弥漫着腐臭的气息。这里，在冷酷的格窗下生活着五个不幸的"疯人"，其中有一个名叫格罗莫夫的中年男子，他的"疯话"是很难写到纸上的。他讲到蹂躏真理的暴力，讲到将来终有一天会在地球上出现的灿烂的生活，讲到强暴者的冷酷残忍。其实，这是个有着清醒的头脑，充满着智慧和理性的下层职员，他厌恶浑浑噩噩的愚昧，渴望一种崭新的生活，因此就被永远囚禁在这座可怕的牢中。然而，牢笼关住了他的身体，却捆不住他的精神追求，即使在这昏暗的牢房里，他也在呐喊："我爱生活，热烈地爱生活。"尽管冷酷的尼基塔的拳头容不得他有丝毫的越轨行为，他还是透过铁窗呐喊："好日子总要来的！""新生活的黎明会发光！"

主持院务的医生拉京在这里工作了二十年。在他年轻的时候，他也曾有过改变医院现状的美好愿望，然而，他发现自己的努力是徒劳的。在黑暗的现实面前，他苦闷、空虚，于是躲进哲学和历史书中，力图追求内心的平静。他信奉托尔斯泰主义的"勿以暴力抗恶"学说，对社会罪恶完全抱着消极、容忍的态度。他寻找种种理由为自己的消极态度辩护。他想："就算把肉体和精神的污垢从一个地方赶出去，它们也会搬到另外一个地方去的，著名诗人普希金临死前受到极大的痛苦，可怜的海涅躺在床上瘫了好几年，那么其余的人，生点小病有什么关系？反正他们的生活根本没有什么内容。"他就用这种自欺欺人的说教麻痹自己，忍受着现实的黑暗和生活的折磨。

一天，他偶然走进第六病室，被格罗莫夫的思想所吸引。这个被关押的囚犯居然激动地期待着："新生活的曙光开始闪耀，真理将会胜利，那时候节日会来到我们的街上，我是等不到那一天了，我会死掉，不过总有别人的曾孙会等到的。我用我整个的灵魂向他们欢呼。"拉京只能在精神病房里遇到有这种思想的人。尽管他的观点与这个患者并不十分相同，但他却摆脱不了对他的思想的思考。于是，他喜欢和他聊天，不由自主地受到他思想的吸引，常常与他彻夜长谈，即便是争论得面红耳赤，他也感到十分愉快。但是，专制的精神牢笼却不能允许人的清醒与觉悟。周围的人们都开始怀疑拉京也得了精神病。人们常常在他的背后说三道四，他的朋友竟让他服用治疗神经病的镇静剂。而上级又忽然决定让他去休养。总之，怀疑与迫害接踵而来，使他被迫递了辞呈，到莫斯科、华沙旅行。他的助手霍伯托夫早就在窥视着拉京的位置了，他利用拉京旅行的机会篡夺了他主治医师的职位，并在拉京回来后把他骗进了第六病室，把他当成疯子关押起来。尼基塔立即用残酷的暴力把他变成了阶下囚。开始，他还用消极的思想来安慰自己："这世界上的一切东西都空虚无聊，人间万物早晚会腐烂，化成黏土。"然而，当他的人身自由全部丧失，尼基塔的摧残越来越残酷的时候，当他的生命危在旦夕的时候，他才明白"勿以暴力抗恶"的主张是多么的荒谬！他同格罗莫夫一起走上反抗的道路，但是，已经太晚了。尼基塔用铁拳维护了这里不可违背的秩序，把他俩打得遍体鳞伤。他倒在床上痛苦地折腾，终于灵魂与身体同时崩溃，清醒而悲哀地死去，而他生命的最后一刻，还听到格罗莫夫的呐喊："我透不过气来了！""开门！要不然我就把门砸碎！"这是格罗莫夫的呐喊，这是库页岛上苦役犯们的呐喊，这是生活在黑暗的俄罗斯土地上的人民的呐喊。可以说，这个铿锵的声音，唤起了一批坚强的勇士。

1892 年的冬天，萨马拉的一个民房里，曾有一个年轻人，捧起了《第六病室》，那残酷与黑暗令他窒息，他在房间里再也待不住了，好像自己也被关进了第六病室，于是立刻站起来冲出房间，望着辽远的天际大口呼。《第六病室》令他永生难忘，第二年秋天，他就开始了摧毁"第六病室"的伟大事业。他就是列宁。

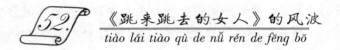

52. 《跳来跳去的女人》的风波
tiào lái tiào qù de nǚ rén de fēng bō

库页岛之行后的 1892 年，契诃夫创作了《第六病室》等几篇非常生动的小说，其中包括《跳来跳去的女人》。然而这部作品的发表却在契诃夫的生活里掀起了一阵风波。

他在一封写给朋友的信中说："我的一个相识，一个四十二岁的夫人，从我的《跳来跳去的女人》里那个二十二岁的女主人公身上认出了自己，于是整个莫斯科都责备我犯了诽谤罪，主要罪证就是表面的相似：丈夫是个医生，夫人会画画，她和一个画家同居。"而为了这个小说，契诃夫差点和他的朋友——著名画家列维坦决斗。

《跳来跳去的女人》是探讨知识分子在民族发展过程中的重要作用的小说。作者曾经说过："一个民族的力量和救星在他的知识分子身上，在那些正直、有感情、勤于思考、善于工作的知识分子身上。"在《跳来跳去的女人》中，作者就塑造了一个有理想的知识分子形象——狄莫夫，这是一个造福于人类而没有得到掌声的人的形象。

小说的主人公狄莫夫是个医生。他性格温和善良，工作勤勤恳恳，全心全意地献身于自己的事业，而且有着谦逊朴素的美德。因此朋友们称他是"水晶"。然而，他的婚姻却是不幸的。妻子奥尔迦是个漂亮但却轻浮的女人。这个女人爱慕虚荣，崇尚头上带有各种光环的名流绅士，而看不上丈夫这样默默无闻、潜心工作的人，在她眼里，狄莫夫只不过是一个非常普通而平凡的小人物，身上没有值得她崇拜的任何东西。于是，她开始寻找并巴结名流。她结识了画家阿勃甫斯基，并在外出作画时与他同居，后来，她被画家抛弃了。

在狄莫夫紧张地工作的时候，奥尔迦却在十分无聊的活动中打发时光。有一次，她和另一个人为一个电报员安排婚礼，在她看来这样的事和这样的安排是最有意义的："做完礼拜就举行婚礼，然后大家从教堂出来，一直步行到新娘家里去……你想，树木苍翠，鸟儿歌唱，一缕缕阳光投射到草地上，而我们这些人呢，就像五颜六色的斑点，被绿油油的背景衬托着——多么别致啊，具有法国印象派的风味。"恰巧，狄莫夫好不容易在百忙中抽空到避暑地看望妻子，路途又饿又累。可是妻子一见到他就打发他马上回家，给她取一件粉红色的衣服来，因为在这幅法国印象派风味的画面上，她必须穿这身衣服。于是狄莫夫温和地微笑着，匆匆忙忙喝了一杯茶，拿了一个面包就到车站去了，而他带来的鱼子酱、奶酪、白鲑鱼都留给奥尔迦那些游手好闲的朋友们吃掉了。后来，狄莫夫因抢救一个患有白喉病的孩子用吸管吸薄膜染上白喉而去世。而在这时奥尔迦才意识到，从前在她眼中那个渺小的丈夫才是生活中真正的伟人。她一生跳来跳去，想攀附一个伟大的人物，而伟大与崇高就在她身旁出现并消逝了。

这篇小说是对那些信心坚定、目标明确、献身于人民事业的知识分子的礼赞，作者赞美他们把自己最好的岁月留给人民，"用自己的坟墓使荒野充满生命"。在赞美崇高的同时，作者对那些精神世界颓废庸俗的人给予了莫大的讽刺与批判。

小说刚一发表，一个名叫库甫申尼柯娃的女人便觉得作品中的女主人公写的就是她，因此十分气愤，并且在熟人中闹得沸沸扬扬。紧接着，作者那位多年的挚友列维坦也开始抗议，并因此与契诃夫决裂了。

列维坦是俄国著名的风景画家，在画界享有极高的声誉。契诃夫与列维坦的友谊有着久远的历史，早在 80 年代初就开始了。那时，契诃夫刚满二十岁，列维坦也还是个漂亮的小伙子。列维坦与契诃夫的哥哥是同学，所以他常到契诃夫家来玩，与他们兄弟几人都很熟悉。列维坦是个漂亮的犹太人，两只黑黑的大眼睛炯炯有神，乌黑的头发又浓又密。他自幼父母双亡，童年和少年时代是在饥寒交迫中度过的。又因为他是犹太人，曾经被逐出过莫斯科，因而心灵上留下了深深的创伤，年纪轻轻便患了精神忧郁症。他曾两次开枪自杀，幸好没有致命。

契诃夫与列维坦的交往是频繁的，他们彼此都记下了发生在他们之间的有趣的故事。

在契诃夫大学毕业开始行医的时候，全家在离沃斯克列辛斯克五公里的巴勃基诺村租下一幢别墅。连续几天的滂沱大雨，使得兄弟们烦闷不堪。一天晚上，邻村一个陶瓷匠的妻子找契诃夫去看病，说他家的房客——画家列维坦犯病了。一听到这个名字，兄弟几人兴奋地跳了起来。他们穿上雨衣，顶着瓢泼大雨，经过小桥，走过泥泞的草地，穿过百年的杉树和灌木林，终于来到了陶瓷匠的家门前。他们商量一下，不做通报，不打招呼，来一个突然袭击。于是他们径直地走向列维坦的房间，突然推开了门。列维坦"呼"地一下从床上跳起来，操起手枪对准这群不速之客。当他定睛一看是契诃夫三兄弟时，连喜带怒地痛骂道："真见鬼，你们这些调皮蛋，真是世上少有！"他们把列斯坦带回自己的家里，他们之间每天都有层出不穷的笑料和趣事。这不但没有影响契诃夫的创作和列维坦的作画，倒使他们更加生机勃勃地工作。列维坦非常喜欢契诃夫的作品，每次出去作画都随身带着契诃夫的小说；契诃夫也喜欢列维坦的画，他的作品总是唤起契诃夫心灵深处的共鸣。契诃夫的每一个房间里，都挂着列维坦的画。直到今天，俄罗斯各处的契诃夫纪念馆里还保存着列维坦的许多风景画，同时还陈列着列维坦用过的画笔、颜料、调色板和画架等用具。

但是《跳来跳去的女人》这部作品使这份多年的友谊发生了危机。列维坦是个具有浪漫气质的人，多情善感，每每受到女性的青睐。他的一生不知有过多少浪漫的故事。他还曾向契诃夫的妹妹玛莎求过婚，被契诃夫的妹妹婉言拒绝了。多少年之后，当玛莎已经成为九十多岁老人的时候，她才说，其实她是爱列维坦的，只是当时契诃夫因有病决定一生独身，她为了照顾哥哥的生活才拒绝了所有向她求婚的人。

列维坦不会束缚自己的情感，经常有些风流韵事。在契诃夫写《跳来跳去的女人》那段日子里，他和契诃夫共同熟悉的人当中有一个警医，他的妻子库甫申尼柯娃喜欢社交活动，她比列维坦年长十几岁，但两人相识后便有了暧昧的关系。那位警医默默地忍受着痛苦，契诃夫对此事很反感，尤其警医又是他们共同熟悉的人，相逢时便有许多尴尬难言之处。

契诃夫毫不掩饰这小说的创作是受了生活中某些东西的启示，其中有些情节确实来自列维坦和库甫申尼柯娃的私生活。但他为此做了解释："我的小蜻蜓长得很漂亮，而库甫申尼柯娃既没有那么美，也不那么年轻。"况且列维坦那么优秀，在契诃夫的眼里，"这个犹太人顶五个俄国人"。他真诚地希望他的朋友能够明白，作家的创作就是从生活中选取素材加以提炼，素材是素材，作品是作品，作品中的人物绝不是生活中某个人的翻版。他想，作为艺术家的列维坦是明白这一切的，然而，列维坦就是不能原谅他，还有传言他要与契诃夫决斗。这样，两位朋友的友谊整整中断了三年。

1895年1月，俄罗斯青年女作家谢普金娜从莫斯科去看好友玛莎及她的哥哥契诃夫之前，顺便到列维坦的画室看望画家。听说谢普金娜此行的目的，列维坦长叹了一口气，因为痛失挚友的悔恨，一直在折磨着他。热心肠的谢普金娜鼓励他与自己同行，而且现在就走。列维坦犹疑着："贸然去不合适吧，如果他不谅解怎么办？"但是，他还是激动地把画笔一撂，踏上了去阔别三年的契诃夫家的旅程。

黄昏时分，列维坦已站到了自己曾经十分熟悉的那幢低矮木屋的大门前，他紧张得心怦怦地跳动着，契诃夫见到他时会是怎样一种神情呢？他甚至不敢想下去。

狗吠起来，契诃夫随即出现在门口。二人彼此望着，短暂的沉默，突然，两人夺步而上，两双手紧紧地握在一起。他们又坐在了曾无数次共同坐过的地方，仿佛他们之间什么也没发生过。

他们的友谊恢复了，同时，彼此间善意的笑谑也一如既往。契诃夫将新出版的《库页岛旅行记》一书送给列维坦时，题词竟是："此书赠给亲爱的列维坦，以备情杀而充军到此岛时一用。"他们的笑声继续谱写着俄

罗斯文学艺术界两位巨匠之间的友谊的历史。

《跳来跳去的女人》的风波结束了。契诃夫接下来的作品中还是不时地出现列维坦的影子，他们彼此谁都不再去介意，因为生活是生活，文学是文学。

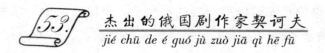

53. 杰出的俄国剧作家契诃夫
jié chū de é guó jù zuò jiā qì hē fū

也许因为契诃夫的中短篇小说名气太大，人们把"短篇小说巨匠"这一桂冠戴在契诃夫的头上之后，往往便忽略了他的戏剧创作成就。其实，契诃夫还是个杰出的剧作家。

契诃夫是 1880 年以《给有学问的邻居的信》开始其短篇小说创作的，而在 1885 年他就以习作《在大路上》这部独幕剧开始了戏剧创作，从此以后，他的戏剧创作就几乎没有停止过。

契诃夫的戏剧创作活动整整伴随他的一生，其中《伊凡诺夫》、《海鸥》、《万尼亚舅舅》、《三姊妹》、《樱桃园》等都是蜚声俄国剧坛的优秀剧作。由此可见，契诃夫戏剧作品与中短篇小说一样成为他留给后人的一笔宝贵财富。

契诃夫的戏剧创作是从观剧开始的。1887 年的一天，契诃夫到莫斯科的一家私人剧院——柯尔希剧院看独幕剧《胜利者不受审判》。当时，俄国的戏剧界正处于停滞状态，剧场里演出的都是迎合小市民低级趣味的戏剧，这出通俗喜剧也不例外。剧本粗糙平庸，但契诃夫很喜欢担任主角的索洛甫佐夫，认为像他这样出色的演员演这样的戏十分可惜，所以，他要为索洛甫佐夫写一个很适合他演的剧本。既然《胜利者不受审判》是从法国剧本改写的一个蠢笨水手的故事，那么，他要用俄国的"蠢货"来代替法国的"蠢货"，于是，剧作家契诃夫的处女作《蠢货》就诞生了。它一搬上舞台，就为通俗喜剧这片土壤注入了新的气息。

为演员写的剧本刚一问世，为剧院老板柯尔希写的剧本也接踵问世了。这是由一次打赌引发的。有一天，契诃夫说他能在两周内完成一部大型剧本，柯尔希说那是不可能的。当时的契诃夫年少气盛，当晚就着手准备，仅用十天就完成了一个优秀的剧作《伊凡诺夫》。柯尔希虽然打赌输了，但他仍是个获利者。他将《伊凡诺夫》在自己的剧院上演时，平时那种混乱的局面不见了，场内静悄悄的，观众的心紧紧地被剧情牵动着，柯尔希剧场出现了前所未有的局面。然而，此剧的影响还不仅止于此。1889年2月，该剧被彼得堡皇家剧院亚历山德拉剧院选为一次大型纪念活动的演出剧本，并且演出得十分精彩，观众以热烈的掌声向作者、导演和演职员们祝贺。这是契诃夫生平第一次受到首都文艺界的青睐，值得提醒的是，这青睐是因为戏剧，而不是小说。可见，作为小说家契诃夫的被人拥戴还是在剧作家契诃夫之后的事。

契诃夫在剧坛上可谓是首战告捷，但却绝不是一帆风顺。

就在《伊凡诺夫》上演的时候，著名戏剧家丹钦柯从这个剧本里发现了作者不寻常的戏剧才能，他于1887年冬天与契诃夫在莫斯科相识，并结为好友。面对俄国剧坛的落后状态，丹钦柯鼓励契诃夫继续写作剧本，并于1889年将契诃夫吸收到由著名剧作家奥斯特罗夫斯基创办的剧作家协会里。不久，契诃夫就写了剧本《林神》，没想到，该剧演出失败了。契诃夫被挫败之时就将剧本锁起来，发誓从此再也不写剧本了。然而，丹钦柯决不会让契诃夫从剧坛上"溜走"，他一再鼓励契诃夫继续剧本的写作。就这样，1895年12月，契诃夫将自己的新作《海鸥》寄给了丹钦柯。经过磋商，七年前演出过《伊凡诺夫》的亚历山德拉剧院欣然接受了《海鸥》，契诃夫亲自到彼得堡参加《海鸥》的排练，然而他对演员非常失望，在马上就要公演的日子里，他的心头被烦恼和恐惧笼罩着。

1896年10月17日是《海鸥》公演的日子。傍晚时分，剧作家契诃夫坐在剧场里喧嚷的人群中，心里七上八下，有着一种十分不好的预感。开幕了，观众席上发出一阵又一阵的起哄声，一阵又一阵的吵闹，越来越大的喧哗声淹没了演出。可怜的契诃夫脸色苍白，开始还能忍受恶毒的哄笑与叫喊，不久，他便溜到了后台，然而，耳边还是阵阵的喧嚣声。在艰难的三个小时过后，他只身走出剧院，身影消失在茫茫的夜色中，人们不知他的去向。第二天清早，人们看到他的一个条子："我永远不会再写剧本，也不让这些戏上演了。"而这一天，彼得堡各家报纸发表的评论更是不堪入目：

"我们从未见过如此令人晕眩的失败的剧本。"

"这不是一只海鸥，只是一只野鸭。"

"我们很久没有遇到如此失败的戏剧了。"

契诃夫在痛苦中开始向朋友发泄怨气，以度过这段难熬的日子。他在给丹钦柯的信中说："我的《海鸥》在彼得堡第一场就遭到惨败。剧场里空气充满敌意，而我呢，遵循物理定律，像炸弹似地飞离了彼得堡。是你和尤仁劝我写剧本的，都是你们造的孽。"在给丹钦柯的另一封信中，他又说："即使我活到七百岁，也绝不再写剧本了。"

虽然他发了誓，但要他与戏剧诀别是不可能的。戏剧仿佛是他血脉的一部分，这一切在他儿时就已经注定了。

十二岁，可谓是个天真烂漫的年代。在故乡塔甘罗格的土地上，他第一次去剧院看了俄罗斯歌剧《美丽的叶连娜》，这使他非常兴奋和激动。在接下来的日子里，他看了格里鲍耶陀夫的《聪明误》、果戈理的《钦差大臣》、莎士比亚的《哈姆莱特》以及奥斯特罗夫斯基的《森林》等剧的演出。这些优秀剧目激起他对戏剧的强烈兴趣，陶冶了他的心灵。他和兄弟万尼亚最爱看戏，可是他们没有钱，只能买价格最便宜的楼座。而楼座是不对号的，必须要在开戏前两个小时赶到剧院，以便抢到好一点的座位。经常，当剧院的走廊和楼道还空无一人，一片昏暗的时候，安托沙和万尼亚便沿着狭窄的楼梯，悄悄地爬到楼上最高一层，在台阶上坐着，耐心地等待着开门放人。门终于打开，安托沙像冲锋似地往里跑，占上最前面的座位。

有一回，安托沙听说著名演员连斯基主演的历史剧《理查三世》上演了，他同万尼亚马上跑到剧院，可楼座票已经售光，只剩下包厢和池座。

哥俩毫不犹豫地翻遍了衣服口袋，把身上带的所有钱都掏了出来，总算凑够了钱买了两张票。可是回家后却挨了父亲一顿痛骂。

安托沙看戏还遭到学校的干涉。校方认为戏剧对年轻人有害，不准学生进剧院，并派学监每天到剧院门口查看。为了逃脱学监的眼睛，安托沙和同学们想出了一个非常聪明的办法：他们在看戏之前都化了装，或安上假胡子，或贴上大鬓角，再架上一副眼镜，戴上鸭嘴帽，穿着兄长的衣服，大模大样地从学监身边走过去。后来，逐渐地，他们不满足于看戏，而是自己排戏了。他们排演了果戈理的《钦差大臣》作为家庭演出的剧目，安托沙演主角——市长，他穿上带有铮亮铜扣的节日制服，腰上挎着一把马刀，胸前挂满自制的勋章。为了增加风度和派头，他在衣服里面揣了一个大枕头，于是，果戈理笔下的那个大腹便便的市长形象就活灵活现地展现在观众面前了。

与戏剧有如此深厚的缘分，契诃夫怎么会轻易放弃呢？这也根本不符合契诃夫的性格。

1898 年夏天，丹钦柯和斯坦尼斯拉夫组建了莫斯科艺术剧院。在为新剧院选择剧本的时候，丹钦柯想起了契诃夫的《海鸥》。他认为以前那次《海鸥》的演出失败，并不是剧本的失败。尽管他知道契诃夫很恼怒谈论戏剧，还是给他写了一封信"你的戏必须交给一个有鉴赏力的文学家，他能懂得剧本的舞台魅力，同时又是一个独具匠心的导演，剧才能演好。我觉得我自己正是一个这样的人。我已立下目标，一定要把《伊凡诺夫》和《海鸥》里罕见的画面再现出来。"但是契诃夫回信拒绝了丹钦柯。他说，他既不希望也没力量再去体验一遍曾经品尝过的痛苦。他一再强调，他不是剧作家。丹钦柯继续来信要求《海鸥》的上演权："如果你拒绝把这个剧本交给我，你就伤了我的心。因为《海鸥》是唯一能迷住我的当代剧本，而你呢，是一位对一个具有示范性剧目的剧院能引起极大兴趣的唯一的当代作家。"

同年 12 月 17 日，莫斯科艺术剧院首场演出《海鸥》。剧场里爆出一阵阵热烈的掌声。观众们发现契诃夫根本没在莫斯科，一阵江堤决口般地

呐喊："给他发电报！"海鸥展开了双翅，契诃夫又开始了新的剧本创作。

曾决定做个独身主义者的契诃夫于1901年与在《海鸥》中扮演女主人公的克尼碧尔结婚。而作家临终前的最后一部作品也是剧作，名字是《樱桃园》。

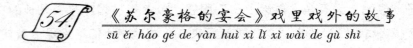

54. 《苏尔豪格的宴会》戏里戏外的故事
sū ěr háo gé de yàn huì xì lǐ xì wài de gù shì

《苏尔豪格的宴会》是易卜生早期创作的一部戏剧。

剧中写一个穷诗人葛德摩德·阿夫孙与一位有钱人家的小姐玛琪的恋爱故事。玛琪是位年轻美貌的姑娘，且受过良好教育。两人在交往中建立了很深的感情。玛琪不嫌葛德摩德·阿夫孙贫穷，地位低贱，愿意与他共结同心。不久，葛德摩德·阿夫孙出国去了。当他回国的时候，已是一位名扬海外的成功诗人和词作者了。一次，他在苏尔豪格的一次宴会上，意外地遇到了玛琪。此时的玛琪已是位雍容华贵、气度不凡的贵妇人了。经了解，才知她已嫁给了苏尔豪格的地主般格特了。般格特的年龄要大玛琪许多，从年龄上来看，是一桩不般配的婚姻。葛德摩德·阿夫孙深感失望，一气之下，娶了玛琪的妹妹西格涅，以示报复。而玛琪在宴会上遇见旧时的葛德摩德·阿夫孙时，心里非常高兴，内心旧情复燃，也希望阿夫孙仍然爱她，因为她早已对老朽的般格特产生了厌倦。于是，她处心积虑地想用毒酒害死般格特。她几次实施，都没能成功。后来，传来葛德摩德·阿夫孙与自己妹妹结婚的消息，使她内心备受打击，在极端失望和懊悔中，她决心皈依宗教，借此来了却一生。在妹妹与自己的旧情人步入婚姻殿堂时，她抑制内心的痛苦，勉强地为他们祝福。

这出戏的创作，据说是根据易卜生本人的一段亲身经历而创作的。

1850年，二十二岁的亨利·易卜生来到繁华而陌生的首都奥斯陆，准备进行考大学之前的最后复习。他利用考前的半年时间进了一所补习学校学习古典文学。这所学校名声极佳，被誉为大学生制造所。易卜生经过刻苦补习，夏末秋初便去投考大学。考试发榜后，大家才知他的挪威语和德语成绩很好，得了优良成绩，而希腊文和数学却得分很低，结果是名落孙山。

大学没有考取，他便决定靠写作维持自己的生活。因为在这之前，易卜生已经有过一些写作尝试，发表了一些作品，尽管没有在文坛引起更多的注意，但也算小有名气。奥斯陆大学一些热心的大学生把他拉进了学生协会，并且还选他进学生报刊当编辑。这一时期，易卜生广泛接触了挪威文化和大学校园的学术气息，为他日后的创作奠定了更坚实的基础。第二年开始，他来到卑尔根剧院工作，专事戏剧创作。从 1851 年到 1857 年的六年间，易卜生在卑尔根剧院任主任之职。按照约定，他除了每年必须为剧院写作一部戏剧之外，还要干许许多多杂务工作，如分配角色，教演员排练台词，熟悉剧情以至台上布景、灯光效果等等琐事。易卜生说这一时期是自己舞台学艺时期。在这一时期，他在创作上的收获颇丰。1853 年创作了《圣约翰之夜》，1854 年创作并上演了《勇士坟》，1855 年创作并上演了《英格夫人》，1856 年创作了《苏尔豪格的宴会》，1857 年创作了《渥拉夫利·列克朗》。

在 1853 年易卜生结识了卑尔根的一个富家姑娘，名叫蕾姬·霍斯特。易卜生为她的美貌和娴雅气质所倾倒，深深地爱上了她，并向她求婚，而她，也深深地爱上了这位才华横溢、潇洒有为的年轻剧作家。可他们之间的爱情受到了蕾姬父亲的百般阻挠，因为他不喜欢这个思想过激又十分贫困的穷诗人。他禁止女儿与易卜生交往，还软硬兼施地向女儿施加压力，试图让女儿与易卜生断绝一切关系。但是，蕾姬还是在暗中与易卜生偷偷地约会。有一次，他们的幽会被蕾姬的父亲发现了，他威胁易卜生，让他永远离开自己的女儿。在蕾姬父亲的蛮横和高压面前，易卜生不得不退却了。

两个人的爱情经历持续的时间虽然很短，却给易卜生的内心留下了很深的伤痛，他因此写了《苏尔豪格的宴会》。他写这个剧本的目的，是想借用阿夫孙与玛琪的恋爱故事来告诫蕾姬，并向她表达自己内心深深的爱恋之情。这出戏 1856 年在卑尔根剧院演出。

这出戏在易卜生的创作生涯中并不为人们所瞩目，但对他个人的爱情生活却具有里程碑意义。因为这出戏既是他对一段情感的总结，又是他另一段爱情生活的开始。

1856 年，《苏尔豪格的宴会》在卑尔根剧院演出，获得了极大的成功。易卜生被请到舞台上去接受观众经久不息的掌声。这出戏在后来的几个月中，连续上演了五场。奥斯陆和挪威其他城市也竞相上演，易卜生赢得了全国声誉，从他这个时期写下的诗句当中，我们能体会到他溢于言表的内心喜悦：

> 我的书像小小的花朵，
>
> 这多么紧贴着我的心。

在热情的观众中，有一对对易卜生充满崇敬之情的夫妇，在一次演出散场之后，他们在回家的路上热切地商量着邀请易卜生到家中做客的事。男的叫陶雷孙，是当地德高望重的牧师，女的叫玛格达林·陶雷孙夫人，则是一位有文学天赋的女作家。他们向易卜生发出了邀请，易卜生爽快地答应了。在陶雷孙家里，易卜生结识了陶雷孙前妻之女苏珊娜。苏珊娜年仅十九岁，虽不十分漂亮，但眉目清秀，顾盼之间楚楚动人。她酷爱文学，充满幻想，而且聪颖博学，很富有同情心。她喜欢易卜生的戏剧，常常被剧中人物的悲欢离合感动得伤心落泪。同时，她也被易卜生倜傥潇洒的风度所吸引。易卜生对她更是一见钟情，深深地爱上了苏珊娜。

几周以后，他们俩订了婚。从此，苏珊娜成了易卜生创作的第一位读者，每有创作，她都能切中肯綮地提出自己的意见。苏珊娜也常常拿出自己编写整理的民间故事请易卜生阅读，易卜生认真地读着，思索着，中肯地讲出自己的看法。

1858 年，易卜生与苏珊娜结婚，婚后，他们在奥斯陆安下了家。

苏珊娜是个精明、能干的妻子，不仅把家管理得有条不紊，温暖惬意，而且，为易卜生营造了一处精神上遮风挡雨的避风港。每当易卜生感觉烦躁、苦恼的时候，这个家就成了易卜生精神上的慰藉。苏珊娜又喜欢文艺，具有很高的鉴赏力，常常对易卜生的创作产生有益的影响。

55. 《玩偶之家》娜拉的原型
wán ǒu zhī jiā nà lā de yuán xíng

1879 年易卜生在罗马和阿玛尔菲两地写成的《玩偶之家》，是他的剧作中最有代表性、产生社会影响最大的一部作品。娜拉告别丈夫海尔茂时的砰然关门声在全世界范围内回响着，对社会、对人类发出了振聋发聩的宣示，自觉的妇女解放运动开始了。正由于这个原因，易卜生也被公认为今日妇女解放的先驱。

《玩偶之家》是易卜生根据自己的一次亲身经历写成的，女主人公娜拉的原型是一个名叫劳拉·皮德生的女子。她出身于挪威的一个中产阶级家庭，从小喜欢文艺，富于浪漫幻想。她在读了易卜生的《布朗德》一剧后，被剧中人物布朗德那种绝对的理想主义和极端的精神完整理论迷住了，她深深地迷恋那种布朗德精神，并且情不自禁地续写了《布朗德的女儿们》一剧，以此表达对布朗德精神的赞同和对易卜生的推崇，她还把稿子寄给了当时正侨居德国的易卜生。易卜生读后，一方面被劳拉诚挚的热情所打动，另一方面，他从劳拉的续作中也看到了劳拉对《布朗德》一剧的准确理解。很快，易卜生给劳拉回了一封信，信中赞扬了她的写作才能，并热情鼓励她从事写作，认为她的才智是可以在写作上有一番作为的。同时，易卜生也对劳拉的续作做了大量的修改和加工。作为易卜生戏剧的崇拜者，劳拉接到这封信后欣喜若狂，从此，她更加努力地从事学习和写作。

后来，劳拉从挪威来到丹麦，经常出入上流社会的舞会、沙龙。在此期间，与一个名叫基勒的丹麦青年相识。基勒是个英俊潇洒、举止儒雅得体而又有着渊博知识的人。一见面，劳拉就被基勒深深地吸引住了。基勒也喜欢劳拉的热情奔放的性格和聪明的才智，两人很快坠入爱河，并且缔结了婚姻。基勒原来是个严肃、认真、自律的清教徒式的人。除此以外，他的大男子主义的唯我独尊、自命不凡的做派，在婚后也渐渐地表露出来。他对待妇女、甚至包括妻子的态度处处体现了他这种专断的家长式作风，他行为处事又多是以个人的前途和事业为出发点，表现出了极端的自私。

在婚姻之初，各种危机和矛盾还都潜伏着，没有酿成激烈的矛盾和冲突。不久基勒患病，经医生诊断是肺结核。医生私下劝说劳拉带丈夫到瑞士或意大利去疗养，因为那里的温暖气候对病人是有益的，否则，病情就有加重的危险。劳拉听后如雷轰顶，因为根据当时的医疗水平，肺结核几乎被视为绝症，没有什么奏效的医疗措施，唯一的方法就是去疗养。一方面，她不能把病情如实地告诉丈夫，一方面她又要多方筹款，因为他们婚后的生活本来就很拮据，根本拿不出足够的旅行和治病的钱款。基勒又是个极端虚荣的人，他根本不会同意向亲友借钱。劳拉只好瞒着基勒，谎称这是自己写作挣来的稿酬。在亲友的帮助下，劳拉很快借够了钱，于是他们南下来到了意大利，开始了这次医疗旅行。

意大利温暖的气候条件和良好的医疗条件使基勒奇迹般地恢复了健康。笼罩在劳拉心里的愁云似乎一下子消散净尽，夫妻之间似乎又恢复了以往的幸福、快乐。在他们从意大利返回丹麦的途中，经过慕尼黑，两人怀着一种轻松的心情去探望了当时正客居此地的剧作家易卜生。

劳拉见到仰慕已久的易卜生，自然是欣喜不已。两人无话不谈，谈了目前的生活、身体状况，谈了在创作问题上一些相同相异的观点，当然，劳拉也带着一种成熟和自豪感谈及了这次筹钱为丈夫治愈疾病，如何瞒着丈夫筹钱，以及成功地治愈丈夫后的喜悦的事情等等。

听着听着，易卜生脸上那种兴奋和欣喜悄然消失，随之而来的是眉头的微锁和冷静的凝视，因为易卜生这时已敏感地觉察到，他们夫妻之间的关系绝不像表面那么和谐，已经潜伏了一种不信任、内心相互隔阂的危机。他以一位朋友的身份和立场提醒劳拉，这件事不像她想象得那么单纯，这件事极其重要，它从一开始就应该在夫妻间坦诚相见，不应该隐瞒事实，因为这也许会酿成不良的后果。但劳拉却觉得即使是夫妻也应允许保留一些隐私，而且这样做会觉得更刺激、更浪漫。她没有采纳易卜生的意见。

后来发生的事都被易卜生不幸言中。劳拉尽量设法偿还借债，到底力不从心。眼看借期已到，再也没办法拖欠下去了。她被逼无奈，情急之中只好在借券上伪造了一名担保人的签名，目的是拖延还债期限。这件事很快败露，基勒知道了借债的事。这时他全然不去问劳拉借债的内情，反而大发雷霆，责怪劳拉的胆大妄为，因为伪造签名是一种犯罪行为，而这种犯罪将他良好的名誉彻底败坏了。劳拉看到丈夫如此无情，完全惊呆了。她终于承受不了这么重的打击，精神彻底崩溃，被送进了精神病院，基勒也为此而提出离婚。

易卜生深深地同情劳拉的不幸遭遇，思索着劳拉的生活命运，于是写下了《玩偶之家》这一不朽名作。这里既寄托了易卜生对劳拉不幸经历的真诚同情，也留下了易卜生对妇女自立及地位的深刻思考，并在剧终给劳拉指出了摆脱这种作为男人玩偶的不公正命运的出路。应该说，作为艺术形象的娜拉已经不完全等同于劳拉，因为无论从思想的深刻性，还是从人物行为的自觉方面，以及戏剧情节的集中方面，《玩偶之家》都远远地超出了原型及本身。

下面我们来看看《玩偶之家》整个剧情的发展，从而更进一步看出易卜生是怎样把劳拉一个真实的不幸妇女塑造成一个典型的艺术形象的。

剧幕揭开时，舞台上呈现的小家庭笼罩在一种祥和、幸福、融洽的气氛中，在第一场我们就听到海尔茂用爱抚的口吻称呼着娜拉，什么小鸟、小松鼠、乱花钱的、不懂事的、小撒谎的之类的称谓，仿佛一位慈父溺爱地娇宠自己的孩子。这时，他们已经有了三个活泼可爱的孩子，雇了一名保姆来照料、约束他们。海尔茂原来是个律师，四处奔波，收入也不稳定，现在，他当上了合资股份的银行经理，很快就要走马上任，可以得到丰厚的薪水。不但海尔茂本人感到志得意满，生活也为他和他的家庭提供了一切幸福所必需的条件：一个温柔可爱的妻子，三个活泼可爱的孩子，

温馨和睦的家庭气氛，似乎幸福所需的一切条件都具备了，除此，还需要
什么呢？

然而，这种幸福像是人手中捏造出的糖人一样脆弱。

随着剧情的发展，剧作家通过女友林丹太太的来访款款地交代出这幸
福的表面潜藏着的危机。娜拉与林丹太太是同学，已经多年没有见面了。
旧友重逢，两人尽兴地各自谈论着自己的生活经历。林丹太太这时已是个
无儿无女的单身女人，生活拮据，孤身一人在社会中奋斗。她此次来，是
想请海尔茂帮忙在机关办公室谋求一份工作。而娜拉呢，在林丹太太的眼
里，依旧那么年轻、那么漂亮，与做学生时代几乎没有多大变化。相比之
下，林丹太太的脸上则留下了很多沧桑的印痕。娜拉佩服林丹太太在艰难
的生活境遇中表现出来的坚强的意志和勇气。兴奋之余，她也把自己做过
的一件颇令自己得意的事告诉了林丹太太。

原来，在娜拉与海尔茂结婚后不久，海尔茂的社会地位还很低，工资
微薄，为了生活，他经常废寝忘食地工作，终于体力难支，害了一场大
病。医生建议他去南方疗养。当时，娜拉刚刚生下第一个孩子，又赶上娜
拉的父亲也身患重病，花销很大，如果要拿出一大笔钱到南方的意大利治
病旅行，实在力不从心。娜拉在百般无奈的情况下，跟银行职员柯洛克斯
泰借了一笔钱。柯洛克斯泰提出要娜拉的父亲作保，可当时娜拉的父亲正
病危，她不敢把事情的真相告诉他，情急之下，娜拉伪造了父亲的签名。
这样，娜拉一方面省吃俭用，一方面找些零活，起早贪黑地工作，希望能
多赚点钱还上借债。娜拉采用拆东墙补西墙的方式，延缓到期的债务。尽
管很苦很累，娜拉心里却很高兴，因为她用自己的努力，救了海尔茂
的命。

海尔茂升任银行经理，由于他不喜欢柯洛克斯泰，便执意要解雇他，
由此引起了柯洛克斯泰的怀恨。平时柯洛克斯泰是个喜欢收集别人毛病、
伺机挟制恫吓的小人。他来向娜拉求情，希望娜拉能帮自己向海尔茂说
情，留他在银行里继续工作。娜拉觉得不应该干预丈夫在银行里的公事，
委婉地拒绝了柯洛克斯泰的请求。柯洛克斯泰于是写信给海尔茂，向海尔

茂揭发了娜拉瞒着丈夫向自己借钱，并背着父亲伪造签名的事。海尔茂看了信，大发雷霆，责骂她触犯法律，毁了他的前途。他指责娜拉的行为是受了娜拉父亲的影响，是从父亲那里学来的坏德行，并说娜拉不配管教孩子，只能教坏了孩子。海尔茂还气急败坏地咒骂她是撒谎者、罪人、下贱女人等等。曾几何时，海尔茂还对娜拉说，自从有了她，就如同生活有了光辉的太阳，还说他常常盼望着有桩危险的事情威胁着娜拉，好让他去拼命，承担丈夫男子汉的责任，给他显示他对妻子充满挚爱的机会。转瞬之间，海尔茂原形毕现。

娜拉曾经相信过海尔茂信誓旦旦的甜蜜谎言，在她被债务所逼迫，被柯洛克斯泰的告密所要挟的情况下，她相信会有奇迹发生，相信即使天塌下来，也会有丈夫坚强地撑住，可如今，显示的不是她所期待的奇迹，败露的却是海尔茂的虚伪和狰狞；娜拉知道是柯洛克斯泰告的密，觉得前途渺茫，想自杀了事。当她冲出房门时，海尔茂不但不同情，反而责骂她是在重复她父亲那套骗人的伎俩，就是死，也洗不清她犯下的罪孽。

这时的海尔茂，完全忘记了是她劝说他到意大利旅行去治疗他的病，忘记了是她用借来的钱使得他能够痊愈，救了他的命。他也不知道她节省下大部分做衣服的钱，她忙着帮别人做针线活、打毛线一直到深夜，完全是为了赚取足够的钱去偿还海尔茂出国造成的债务。

此时的娜拉才真正看清了自己在家庭中的地位，看清了海尔茂的虚伪、自私，也看清了目前作为玩偶，自己笼罩在那些甜蜜的爱的谎言中的处境。娜拉此时才觉察到八年来她只是在跟一个陌生人共同生活，现在再也不能继续下去了，她选择了离家出走。

戏剧的结尾是娜拉告别丈夫出走时的情景，随着娜拉绝决的关门声，整个世界都受到了震撼。可实际上，在演出时，舞台上我们并没有听到房门开关的声音，但这是一种高超的舞台艺术，这种静默如雷鸣的效果，振聋发聩，它动摇了男权社会根深蒂固的基石，让人反省，令人深思。

56. "文明"家庭的魑魅鬼影：《群鬼》

wén míng jiā tíng de chī mèi guǐ yǐng：qún guǐ

人们都说，鬼是世界上最可怕的。但是，又没有一个人见过真正的鬼。然而，在这个世上却有一些人，虽然他们就活生生地生活在这个世界里，但却比鬼还要可怕。若是谁被他们缠上了而又不知反抗，那么等待他的就一定将是一场悲剧的结局。挪威剧作家易卜生在他的名剧《群鬼》中就为我们了描绘这样一幅可怕的画面。

阿尔文太太在新婚还不到一年的时候，就曾经因为丈夫阿尔文浪荡无忌、寻花问柳的荒唐生活而打算离家出走。当时，她的良师益友曼德牧师劝过她，说虽然丈夫的荒唐有罪，但是做妻子的不应该是丈夫的裁判人，妻子应该忍辱负重，永远忠于丈夫，并有责任扶助失足的男人。在他的劝导下，阿尔文太太回心转意，返回了刚刚建立不久的家庭。后来，曼德牧师听说阿尔文先生已经向太太承认了错误，并表示要改邪归正。他们不仅和和睦睦、规规矩矩地过日子，阿尔文先生甚至还十分尊重太太，指导她帮助自己处理工作上的各种事务。不过，当他得知阿尔文太太要抛弃作为一个母亲所必须承担的义务，而将要把自己年幼的独生子送往国外时，他认为这说明阿尔文太太还没有吸取生活的教训。

阿尔文太太为了祭奠丈夫逝世十周年，在本地修建了一座孤儿院。曼德牧师应邀前来主持落成典礼，他见到了在巴黎长大的欧士华，并且不住地称赞他不远千里回来祭奠父亲的一片孝心。但是，在交谈之中，曼德牧师也发现欧士华对生活、婚姻、道德的看法是违反教规和教义的，奇怪的是阿尔文太太竟认为儿子所说的话句句在理。因此，他决定以牧师的身份与她认真地谈一谈。一天，他直言不讳地向阿尔文太太指出："您把年幼无知的儿子送往外国，使他接受了满脑子的异端邪说，这已经是无法挽回的历史错误了。至今，作为母亲，不尽量挽救儿子身上那一点点还可以挽救的东西，那您可真是罪孽深重了！"

曼德牧师的批评使阿尔文太太百感交集，也勾起她无数痛苦的回忆。为了向牧师解释明白，她决心把关于丈夫的事情和盘托出。她说，曼德牧师的批评只是凭借一些传闻，没有任何根据，因为她丈夫一直到死还荒淫无度。这个情况是当初给阿尔文看过病的医生透露给她的。曼德牧师听完之后只觉得胸口一阵恶心。阿尔文太太竭力控制着自己的感情，一五一十地讲述了她返回家后如何设法改变丈夫恶习的情况。她用尽了心思，想尽了办法，然而，一切最终都是徒劳无功。她的痛苦、绝望无人知晓，因为她得千方百计地为丈夫的荒淫掩饰。阿尔文太太说，欧士华出生后，为了不让人知道孩子的父亲是怎样一种人，"我拼命地挣扎，为他隐瞒……可他最后竟在家里也干出丑事来了，与女佣人乔安娜厮混。这时我才心一横把权柄一把抓过来，手里有了对付他的武器，他就不敢不听话……那时，孩子已经快七岁了，我怕他在家受其父的不良影响，不得已送子远行，而且坚决不让他转回家来……直至阿尔文死去。但是我可怕的生活并未结束，因为还要继续为平息外界的谣言而奔忙，这次创办孤儿院就是为了消除别人的疑心。"这时隔壁饭厅里传来了男女调情的嬉闹声，阿尔文太太惊恐万分地喊道："鬼！鬼！家里的两个鬼又出现了！"曼德牧师听了不禁觉得毛骨悚然，匆匆告辞离去了。

阿尔文太太听见欧士华与女佣人吕嘉娜在调情，既害怕又气恼。吕嘉娜是乔安娜的女儿。阿尔文太太决定将吕嘉娜转到孤儿院去做事，让她离开这个家。但是欧士华苦苦地哀求，希望母亲将吕嘉娜留下。为了说服母亲，他告诉阿尔文太太一个异常可怕的消息：他有一种病，是在巴黎时医生告诉他的，说这种病可能是父亲造的孽在子女身上的报应，也可能是自己的荒唐所致，既然母亲说父亲是个正派的人，那只能怪自己了。欧士华痛苦不已，悔恨自己断送了幸福，还连累了母亲。阿尔文太太看到自己唯一的淳朴亲人如此痛苦，表示什么都可以答应他，但是只有留下吕嘉娜这件事不行。欧士华不理解母亲的做法，一定要母亲说个究竟。这时外面突然人声沸腾，喊叫孤儿院着火了！

熊熊的烈火将孤儿院化为一堆灰烬。欧士华说："凡是能纪念父亲的东西都保不住了，就拿我来说吧，我也在燃烧。"阿尔文太太忧心忡忡地瞧着儿子。欧士华要求吕嘉娜陪他，救他。阿尔文太太万般无奈，只好叫来了吕嘉娜，命她坐下，让她仔细地听她讲阿尔文的事情。她说："按道理，吕嘉娜应该像我的女儿一样呆在家里……"吕嘉娜惊得一下子跳了起来。欧士华说了声"吕嘉娜"立即就闭口不语了。不一会，吕嘉娜站起来，要求离开，可是欧士华请求她能够留下。吕嘉娜坚决拒绝了。她说："一个穷人家的女孩子应该趁年轻美丽时早打主意，不然，一转眼就没人理了；再说，各人有各人的乐趣。"阿尔文太太劝她不要白白地糟蹋了自己。吕嘉娜当即回答道："喔，事情该怎么就一定得怎么。要是欧士华像他爸爸，那我也许就像我妈妈……"说完，就飘然而去。

绝望的欧士华见母亲将吕嘉娜赶走了，便追着阿尔文太太，说现在是该她救救儿子的时候了。阿尔文太太大惊失色，浑身战栗地冲儿子喊道："我是给你生命的母亲呀！"欧士华却说："你给我一条什么样的命呀？我不稀罕这条命。你把它拿回去！"阿尔文太太高呼救命，欧士华紧紧跟着她。最后阿尔文太太咬咬牙，答应了他。欧士华这才坐下对母亲说："让咱们一块活下去，能活多久就活多久。"母亲见他开始平静下来，便轻轻地安慰他。

这时太阳出来了，冰河雪山在晨光中晶莹闪烁。欧士华突然说："妈妈，把太阳给我。"阿尔文太太吓了一跳，可是不管她问什么，欧士华只是呆呆地说："太阳，太阳……"阿尔文太太惊恐万分地盯着眼神痴迷的儿子，头晕目眩，仿佛在坠向无底的深渊。

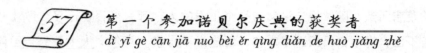

57. 第一个参加诺贝尔庆典的获奖者
dì yī gè cān jiā nuò bèi ěr qìng diǎn de huò jiǎng zhě

提起挪威著名的戏剧家，很多人都会想起易卜生，想起他的代表作《玩偶之家》。但在挪威还有一位和易卜生同时代的戏剧家，"他以诗人鲜活的灵感和难得的赤子之心，把作品写得雍容、华丽又缤纷。"以此他获得了 1903 年的诺贝尔文学奖。他就是马丁纽斯·比昂逊。据说当年瑞典文学院在众多的候选人中确定了两位，即易卜生和比昂逊，虽然易卜生比比昂逊知名度高，但比昂逊却比易卜生小四岁，他的创造力和生命力都要强于易卜生，因此，诺贝尔文学奖颁给了比昂逊，那时比昂逊也已经有七十二岁了。

比昂逊于 1832 年 12 月 8 日出生在克维尼的一个乡村牧师家庭。他的父亲忧郁而严谨，母亲乐观而善良。克维尼地区风光优美，民风淳朴。小比昂逊常常被绚丽多彩的景色所吸引，他喜欢到山巅欣赏落日，喜欢到水边看粼粼碧波，喜欢到峡谷边听淙淙的溪水声，陶醉在绮丽的风光中的小比昂逊常常在不知不觉中流下热泪。比昂逊在美好的田园生活中，在朴实淳厚的民间风情的熏陶下逐渐成长，他对家乡、祖国、贫苦的劳动人民有了深厚的感情。

十五岁时，比昂逊就发表了他的第一部作品，引起了人们的注意，但比昂逊并没有从这时开始走上文学之路。此时的他被强烈的民族感情所激荡，投身到了如火如荼的民族独立运动中。19 世纪的挪威是丹麦的附属国，没有任何独立与自由，在拿破仑欧洲大战结束的混乱局面中，挪威又被迫和瑞典结成了联盟，实际是并入了瑞典。挪威不仅在政治上处于丹麦和瑞典的欺压下，在文化上也要受到它们的影响，本土优秀的文化传统得不到发展。年轻的比昂逊勇敢地投入到追求民族独立的历史大潮中，成为一名激进的民主主义者，不久之后他又加入了资产阶级左翼政党——自由党。此后，在自由党的讲坛上，经常可以看到比昂逊那慷慨激昂的身影。比昂逊未入文坛先入政坛，逐渐成为挪威著名的社会活动家和政治演说家。

1850 年，比昂逊到奥斯陆去读基督教大学，他父亲希望他大学毕业以后能继承他的衣钵。在这里，比昂逊结识了挪威历史上最伟大的文学家亨利克·易卜生，两人结下了终生的友谊并成为儿女亲家。在易卜生的影响下，比昂逊对文学产生了浓厚的兴趣。大学三年级时，家境贫寒的比昂逊不得不靠写戏剧评论和小说来维持生活，他的创作才华开始显现出来。他

用诗样的词句，描绘着挪威乡村秀丽的自然风光，挪威人民英勇无畏的冒险精神，成为挪威文坛上的一颗新星。只是在这时，他才决定要把自己的一生献给文学事业，而且要成为一个为民族独立而写作的文学斗士。

1853 年，比昂逊大学毕业。他作为一个政治家、作家、社会活动家的生涯由此开始全面展开。1857 年底，比昂孙跑到卑尔根海港大剧院去当经理，这是一个濒临倒闭的旧戏院，在比昂逊的领导下，两年之后，这座戏院重新焕发了光彩，并成为在全国都有影响的大戏院。也在这一年，比昂逊发表了他的第一部历史剧本《两场战争之间》。这一时期他的作品或者从挪威历史传说和故事中汲取养料，描写挪威古代的英雄人物；或者从挪威丰富多彩的乡间生活中提取素材，创作了一系列的"乡村故事"，如《孙诸威·苏巴尔根》、《快乐的男孩》、《渔家故事》、《阿尔内》等。

尽管这时的比昂逊还很年轻，但他的名声却已响彻国内外了。欧洲各国的戏院、文艺界都纷纷邀请他前往。比昂逊在三年内先后游历了德国、奥地利、意大利等国家。在国外生活的日子里，比昂逊更加深切地感受到祖国的可爱，对于挪威的附属地位深恶痛绝，为此他的创作倾向发生了转变。1864 年，比昂逊应奥斯陆剧院的邀请，回国担任了该剧院的经理。此时的比昂逊已经意识到戏剧人生、舞台生活应该被用来激励社会生活，此后他创作的文学作品的现实主义特色更加鲜明，比昂逊希望能通过他的作品向人民灌输民主意识，提倡民主自由。他如一面民主的旗帜，吸引了众多人的注意，社会开始受他的影响，青年人更是把他视作偶像。

比昂逊的激进行为引来了政敌们的攻击，同时也引起了皇家的注意。他的讽刺性剧本《国王》、《曼沙船长》讽刺了挪威君主的昏庸无能，终于触怒了皇室，皇家开始下旨立即逮捕比昂逊。御林军行动了，他们打听到他正在奥斯陆戏院的后台，就决定等戏散之后把戏院包围起来再捉拿他。戏散场了，看戏的人也渐渐走光了，奥斯陆戏院的各个出口都被封死了，而这时比昂逊正呆在扮演皇后的女演员的化装间里写剧本。等到他发觉戏院已被御林军包围时，简直是插翅也难逃了，比昂逊的眼睛在化装间内紧张地搜索着，他的目光最后落到了女演员宽大的裙子上。御林军搜寻了一夜，也没能把比昂逊搜出来。御林军走了，比昂逊从女演员的撑裙底下钻了出来，立刻化装成水兵模样，逃亡到德国去了。但这时的挪威呼唤民主的声音已越来越强烈，改革在社会各个领域展开了，丹麦兼挪威国王克里辛九世终于赦免了比昂逊。

1882 年，比昂逊五十岁，他从国外回到挪威，受到了广大挪威民众的欢迎。他放弃了剧院的工作，专心致志地从事文学创作。著名的剧本《挑战的手套》就诞生在这个时期。《挑战的手套》以同情的笔调描写了资本主义社会中妇女的命运，即使是上流社会的贵族小姐也逃脱不了被侮辱与被损害的地位。剧中的女主人公思代法是一个漂亮、纯洁、有理想的上流社会的年轻小姐，她与大金融资本家卖利司登生的儿子阿尔弗订了婚，她一直沉浸在幸福喜悦之中。然而钢铁公司推销员何夫的到来，却使思代法了解到阿尔弗与何夫的太太曾经有过不正当的男女关系。思代法提出要解除婚约，引起了轩然大波。男人们认为女人不论在婚前还是婚后，都要忠实守节，而男人们只要在婚后忠实就行了。女人们认为订婚等于结婚，只要许了一个男人，那个男人就成为了他的主人，她必须要服从他。思代法忍无可忍，向阿尔弗摔出了"挑战的手套"，但在阿尔弗表示了悔改的决心之后，思代法又心软了，她对阿尔弗的改过寄予了希望。充满批判意识的剧作却在结尾留下了一个光明的尾巴，这和比昂逊的哲学观点是分不开的。他与丹麦的哲学家、存在主义的先驱克尔凯克尔是忘年交。受其影响，比昂逊的作品中经常是在真诚相待中流露出自我，在理想的和谐中结束全篇。比昂逊说："强调黑暗面对我们是一点益处也没有的。"在他的名剧《破产》中也体现了这样的倾向。《破产》描述了这样一个故事：悌尔德是一家啤酒厂厂主，他的工厂面临着破产。他为挽救自己苦苦挣扎，但都无济于事，工厂倒闭了。悌尔德的大女儿华宝格开始学习会计，帮助父亲重振家业。小女儿西妮也由一个娇小姐变为一个能干的主妇。三年后，悌尔德重新振兴起来，华宝格也接受了一直爱她的秘书桑尼斯。在这部剧中展现了许多尖锐的戏剧冲突，但冲突之后就是妥协和和解。

比昂逊不但创作了大量优秀的戏剧作品，同时他也写小说和诗歌，值

得注意的是当时的挪威国王赫空七世在全国人民的要求下请比昂逊作了一首国歌。如今那里的人们还在高唱着比昂逊作的赞美祖国的颂歌："我们永远热爱这块土地……"

1903 年，比昂逊出席了诺贝尔文学奖颁奖典礼，成为第一个出席诺贝尔庆典的获奖者，在如雷的掌声中，比昂逊激动得脸孔泛白，他静静地站着，听着颁奖辞："您在写作方面广大的、令人振奋的成就，落实于群众生活和个人生命的体认，再加上道德意识与健康，新鲜的特质，使作品显得非常崇高……"，也许此刻在老比昂逊的脑海中浮现了往昔峥嵘岁月的一幕一幕。

1910 年 4 月 26 日，七十八岁的比昂逊在巴黎病逝，而这时挪威已经获得独立五年了，比昂逊在有生之年看到了他所追求的民族独立的实现。

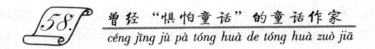

58. 曾经"惧怕童话"的童话作家
céng jīng jù pà tóng huà de tóng huà zuò jiā

尽管安徒生具有无比的才能，但他并不是一个深谙世故的人，更不擅长社交。往往在社交场合表现出出人意料的举止，让人感觉啼笑皆非。比如，当客人刚刚落座，他也许并没有事先征得主人的同意就掏出一叠诗稿来，全身心地朗诵起来，也许客人当中已经有两三个人早已不止一次地听过这些朗诵。听的人是什么表情，他也可以全然不顾。

这样的事，如果发生在别人身上，可能要被视为失礼，或对客人的不尊重，可是，熟悉安徒生的人，对他的这种癖好，会报以会心的善意一笑。

除此，安徒生的怪癖还有很多：他是个喜欢旅行的人，他的足迹遍及世界的许多地方，每次旅行除了带上装满衣物器具的皮箱之外，还要带上一条很粗很结实的绳子。据说，当旅馆万一发生火灾时可以用来逃生；有时为了赶一班火车，他宁可早早来到车站，在月台上等上几个小时，即使上了火车，他还会为了确信自己没有搭错车一遍又一遍地询问乘务员和乘

安徒生像

客；每次在陌生的旅馆住宿，他总是在自己睡觉的床头写下一张条幅：我睡着时看上去像死了似的！为的是怕被别人当死人活埋掉。丰富的幻想和对周遭环境的过度敏感，似乎是他这些怪癖形成的根源。1855 年，安徒生在他的一封信中写到：我就像一湖清水，任何人用任何东西都可以搅动着我，任何人或任何东西都可以在我的身上形成倒影。这可以看做是安徒生自己对他这种精神特征的一种解释吧。

在旅途中，他到访过宫廷，结识过名流，他也经常在森林、峡谷中凝视早晨的第一缕霞光染上溪流和草丛，聆听月光下秋虫唧唧地响彻原野。这些，都为他的创作注入了丰富奇幻的想象和灵感，而每次旅行本身又给他提供了无数生动以至难以忘怀的记忆，他经常凝视着、品味着，有时，这些经历却又在他的心灵上留下了隐隐的伤痛。

那次是从威尼斯到维罗纳的旅行。夜行的驿车上，和安徒生同行的是一个阴沉的神父和一位在黑暗中显得朦胧而神秘的太太。他们已经沉默了好长一段时间，彼此好像都找不到合适的话题，或者谁也没有勇气打破这夜车中笼罩已久的浓重的沉默氛围。神父毫无表情的脸上依旧毫无表情，而黑暗中那位太太的脸，偶然在月色中生动地一闪，轮廓虽说不是很清晰，但安徒生却能判断出：这驿车里最耐不住这沉默的也许就数这位太太了。好在中途驿车上又上来三位年轻的姑娘，这是三位天真、活泼的年轻姑娘，她们立即把沉默驱赶得远远的，给车厢里填满了热情、爽朗的说笑声。安徒生被她们的活跃气氛所感染，睡意全消，也经常跟她们一起谈着、笑着，打发长长旅途中的寂寞和无聊。

他怎么也没有想到，他的谈吐、他的笑声却早已打动了车里那位披着深色斗篷的年轻太太的心。第二天，驿车到了维罗纳之后，安徒生意外地受到了这位不知名的太太的邀请。

他如约来到那位神秘太太的家，她叫叶琳娜·瑰乔莉。当她步履姗姗地走出来迎接他的时候，安徒生不禁吃了一惊，阳光下，原来她是如此美丽，一对顾盼生情的大眼睛，美得无法形容，纤小、瘦削的肩膀，挺拔的腰身，高高隆起的前胸使安徒生惊异地想：简直同昨夜的那位太太判若两人！她伸出纤巧的手紧紧拉住安徒生，倒退着把安徒生引进小客厅。她的眼定定地望着安徒生，坦率而热烈地向安徒生表白自己的感情："我是这样地想您，以至于没有您就感觉到很空虚。"安徒生被这热烈的话语激动得一时手足无措，不知道该如何回答。他知道自己内心一样有着一颗跳动着的渴望爱情的心，胸肋间一样是汹涌奔腾着的热情，只不过被寂寞囚锁的时间久了，他一时还找不到释放的闸门。再加上他在生活中经历了几次恋爱的挫折，他一次次犹豫地问自己：我能把握这种晨光朝露般的情感吗？尽管这意外的恋情像晨光一样令人目眩，像朝露一样纯净。他还是迟疑着、审视着、判断着：

"我是来告别的，我马上就要离开维罗纳了。"安徒生怯生生地说着，眼睛似乎罩上了一层水雾，而内心却在痛苦地呻吟。

叶琳娜·瑰乔莉一双大眼睛困惑了，她脸上凝固的表情似乎在追问，追问这位写了很多浪漫童话的作家，而他的内心却深如古潭。她最终恢复了平静，叹了口气，说：

"您是汉斯·安徒生，著名的童话作者和诗人。不过看来，您在自己的生活中，却惧怕童话。连一段过眼烟云的爱情您都没有力量和勇气来承受。"

"这是我沉重的十字架。"安徒生痛苦地承认。

善解人意的叶琳娜·瑰乔莉沉默着点点头，对他内心的矛盾表示理解，她望着这位自己深心敬重与爱戴的著名童话作家和诗人，情不自禁地用纤小的手指轻轻地摩触着安徒生瘦削、棱角分明的脸颊。"走吧，解脱自己吧！让您的眼睛永远微笑着。不要想我，不过日后如果您由于衰老、贫困和疾病而感到痛苦的时候，您只要说一句话，我便会徒步越过积雪的山岭，走过干燥的沙漠，到万里之外去安慰您。"

说完，她无力地扑倒在沙发上，纤弱的双肩微微地颤动着，晶莹的泪珠在纤细的指间渗出，晶莹而闪亮。安徒生跌坐在地上，内心痛苦地受着煎熬。猛然，他跪下双膝，把脸紧贴在她的脚上，泪滴沾湿了她的脚踝。她托起他的脸颊，贪婪地热吻着他的嘴唇，两人的泪水流到了一起。

安徒生默默地走出客厅，走出房门，他甚至不敢回头望一眼送他出门的叶琳娜，匆匆地走出了很远，才停下脚步，靠在路边的一棵树上，失声地哭了起来。

这时，维罗纳晚祷的钟声悠扬地响起，在夜空中荡来荡去，余音袅袅地为人们祈求幸福、平安。

安徒生一生写过大量美妙的童话和精美的诗歌，一有机会，他也总是以难以抑制的激情朗诵他的作品。这些诗和童话，像一股股涓涓细流滋润着人们的心灵，给人以美好的憧憬和慰藉。然而在他的内心深处还有令他肝肠寸断，又无法向人言说的一份感情，他曾对伊爱达·吴尔芙说："心灵的日记中有一些章节，只有念给上帝听。"这些寸断柔肠的情愫缠绕着他的一生。

当年在哥本哈根曾有许多妙龄女子向年轻的安徒生敞开友爱的大门，其中有退伍的海军少将比得弗雷德的女儿。后来，安徒生同这位海军少将的儿子克里斯琴、长女亨丽特非常友好。亨丽特是位聪明的女子，也是安徒生作品的最早的读者和知音，一连数年他们相互保持了生气勃勃的通信联系。1858年9月，当她乘船航行在大西洋上时，不幸惨死在一场大火之中。她给安徒生留下了终生难忘的印象。

1830年的夏天，当年轻的安徒生对法堡及其周围迷人的美景产生甜蜜的梦幻时，一切又都因为他对一位朋友的妹妹，里波尔·弗伊柯特的迷恋而变得更加绚丽多彩。她是安徒生的第一位恋人，他对她毕生不忘。尽管里波尔见到安徒生时正在同另一个男人恋爱，后来她也同这个人结了婚。

但是在安徒生的作品里，有许多对她的生活的回忆和怀念。在安徒生晚年临终时，人们从他挂在脖子上的一个钱包里发现了里波尔写给他的一封告别信。为了尊重安徒生和里波尔这份隐秘的感情，后来这封信未阅读就被销毁了。在安徒生的遗物中，还包括他永爱的人献给他的一束芳香的鲜花，虽经过无数个岁月的吮吸已变得枯萎，从中我们仍然能看到安徒生内心那份永不凋谢的情怀。

　　尤其令安徒生痛彻肺腑的是他对一位被誉为瑞典的夜莺的女歌唱家燕妮·林德的恋情。

　　事情发生在 1843 年的秋天。那时他刚刚从巴黎返回哥本哈根。在巴黎，他先后会见了亨利希·海涅、大仲马以及著名悲剧女演员拉舍尔，他们之间进行过十分友好、深入的交谈，而且在巴黎的一个文学沙龙里，安徒生和巴尔扎克在一种十分亲切的环境中邂逅相遇。当时，安徒生在巴黎已经是个知名人士了。在这次文学沙龙的聚会中，一位崇拜诗歌的夫人将巴尔扎克和安徒生拉到她旁边的沙发前，喋喋不休地向他们讲个不停。巴尔扎克只好从她的背后向安徒生递递眼色，做做滑稽的鬼脸。几天以后，安徒生在巴黎大街上散步，突然看见一个衣冠不整、戴着一顶皱巴巴的破帽子的男人，凭那双炯炯有神、棕色的眼睛，安徒生一眼就认出那就是巴尔扎克！他是为了观察巴黎市街上喧闹的生活，而又不引起别人的注意，化了妆来这里观察生活的。

　　所有这些与大师们的奇遇与交谈，都使安徒生的内心充满了激情，充满了冲动。就在这时，燕妮·林德来到了哥本哈根。几次推心置腹的交谈之后，她那严肃的眼神、文静的笑容以及美妙的声音完全占据了安徒生的心，相比之下，其他的一切都黯然失色了。他在日记中一次次地记下她的名字。在当年 9 月 20 日那天日记的结尾，他写道：我堕入情网了！每次见面的时候，他们都能推心置腹地谈论一些她感兴趣的话题，比如童年的轶事啦，艺术和上帝啦。在临别的饯行宴会上，燕妮·林德款款地走到安徒生身边，笑容可掬地对安徒生说："我希望在哥本哈根有一个兄弟，您愿意做这样的兄弟吗，安徒生？"

　　这显然是比对别人更进一步的施予，安徒生微笑着点头接受了，他似乎凭直觉敏感地捕捉到了什么，如骨鲠在喉，想说点什么，可终于什么也没说出来。安徒生是不擅辞令的，他想，最好还是通过书信的形式来充分表达内心对她的情感。

　　燕妮·林德走了，带走了她那迷人的夜莺般的歌声，带走了她那谜一样令人痴迷的笑容，这座城市，对安徒生来说如同置身沙漠一样空荡寂寞。还好，夜莺走了，人们都还沉浸在夜莺的美妙歌声带给人们的兴奋之中，人们回味着她带来的瑞典民歌中的欢快的旋律和隽永的情调，人们在称颂着燕妮·林德那端庄的举止和谜一样的笑容。每当这种时候，安徒生仿佛又站在了燕妮·林德的面前，她的音容笑貌栩栩如生地又映现在他们的眼前，他一次又一次情不自禁地向空旷的风中伸出手去："亲爱的夜莺，奇妙的夜莺，我多么希望只描写你，只为你写作呵！"一遍遍，他在内心深情地喊着。

　　这时期，他写了《安琪儿》、《白雪公主》等童话故事。两年以后，他们再度重逢：这次的燕妮·林德可不是一个初尝成功滋味的歌手，而是一个誉满全球、拥有许多狂热的崇拜者的当红明星了。虽然他们一如既往，仍在哥本哈根的大街上海阔天空地谈着，可是安徒生总隐隐地觉察到他们的谈话少了些东西，那就是真诚。不管安徒生和燕妮说了多少话，总是试图传达一个讯息：我爱你！而燕妮每次总有办法说些别的话或暗示他避开这个危险的地带，或使安徒生没办法直接表露。

　　有一次，他把她托办的一件事给忘得一干二净，他曾半开玩笑地问她："您一定很恨我了，对吗？"

　　她用一种若有所思的目光毫不掩饰地凝视着他，慢慢悠悠地答道："不，我怎么能恨您；要恨，首先要爱。"他内心酸酸地、隐痛地咀嚼着这句话所暗示的内容，充满了失望。

　　1845 年冬，安徒生因为作品在哥本哈根受到某些评论的冷嘲热讽，他在孤独中再次想到燕妮·林德，希望她那里是他避风躲雨的港湾。于是匆匆赶到柏林，后来的事情证明：他又一次错了。

当安徒生请固执的门房通报有客来访时，不管他说了多少条理由，门房的回答却一直很干脆：林德小姐不会客。

燕妮最终接见了他，他们谈论哥本哈根，谈论着彼此相识的熟人，仅谈了半小时，燕妮就很有礼貌地嫣然一笑，从沙发上站了起来，默默地注视着安徒生，这就是说，她以一个恰当的礼貌的方式沉静地对客人下了逐客令。

经历了一次又一次的情感波折，安徒生在日记中感伤地写道：现在看来我将永远不能结婚了。

在生活中，一个人被人真诚地爱着，当然是幸福的事，然而能够真诚地懂得去爱别人也未尝不是一种幸福，即使这种爱是没有结果的。安徒生一生中更多地体验到的是这种爱的付出，以及这种付出的幸福，他将这种坎坷的情感历程储存、酝酿，最终提纯为一种最真诚的爱献给了儿童，献给了人类。

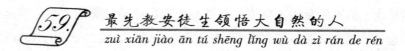

59. 最先教安徒生领悟大自然的人
zuì xiān jiào ān tú shēng lǐng wù dà zì rán de rén

当我们阅读安徒生那一篇篇精美的童话时，我们无不由衷地折服于安徒生描绘自然界的高超本领。无论是神奇变幻的海底世界，还是动物昆虫出没的森林王国，即使是一片沼泽，几片绿草，他也能凭借他那丰富的幻想，凭借他生花的妙笔，为我们刻画出栩栩如生的童话世界。这些我们应该归功于他对大自然的深刻领悟和细致观察，而最先教会他这些的，正是他的父亲，鞋匠汉斯·安徒生。

安徒生坎坷的生活经历不同于其他丹麦艺术家：他是从一个最卑贱的家庭走出来，最终成为光照世界的一颗璀璨的文学巨星。在浪漫主义文艺时期，大多数的丹麦作家都出身于名门显贵，在温柔富贵之乡长大。而安徒生成名之后，回忆起自己童年生活处境的时候，曾经内心酸楚地写道："我是从沼泽地的深处生长出来的一棵小草。"

　　1805 年 2 月，在奥登赛一座简陋的小屋里，一对新人结婚了，新郎是一位年轻的鞋匠，年仅二十二岁，新娘比新郎大了十几岁。六年前，她已经和一位陶瓷工人结过婚，还生了一个女儿，后来这位陶瓷工人抛弃了她。安徒生的生日是在 1805 年 4 月 2 日，也就是这一对夫妻婚后的两个月，而在这之前，他们是否同居过，很多人至今还提出置疑。很小的时候，安徒生就听说过他那位同母异父的姐姐，但从没见过她。尽管她在安徒生的幻想世界中起着很重要的作用，但安徒生从未在公开场合或文字中提到过她，因为她曾在首都沦落为妓女。安徒生的母亲本人是个私生女，她还有两个姐妹，也一样是私生女。小的时候，安徒生曾怀着好奇，拜访过他的一位姨妈，这位姨妈对安徒生说："你要是一个小姑娘就好了！"原来这位姨妈是一所妓院的老板娘，因为安徒生不能为她接客赚钱，她感觉很惋惜。

　　尽管在安徒生的母系家族中，有着这么多复杂的背景，但是他的母亲仍然是位好妻子、好母亲。他的家很贫穷，但在母亲一双勤劳的巧手打理下，家里始终很干净、很整洁，家里的事务料理得井井有条。除了料理家务，为了谋生，母亲还要漂洗大量的衣物。安徒生在童话故事《她是一个废物》中描绘的那个洗衣女工，形象地再现了她艰辛的生活。每次幼小的安徒生走到河边，看见母亲赤着脚站在河里，赤裸的胳膊被冰冷的水浸泡得通红，她仍然一下一下地用木杵捣着衣服的样子，安徒生忍不住在心里一遍遍地叫着：母亲，母亲，眼里噙着酸楚的泪水。

　　母亲没受过教育，近乎文盲。他的父亲却是个知识渊博、聪明、有主见、富于幻想的人。在夏季的夜晚，街坊邻居们吃过晚饭后，往往三五成群地聚在圣甘诺教堂那厚实的围墙旁边，议论着战争，议论着远近稀奇的传闻，也议论着天空刚刚划过的那一颗带着长长的亮得刺眼的彗尾的流星。大家一致认为，这颗彗星的出现不是什么好兆。有人想到了战争，觉得这正是世界末日的预兆。有人说，因为人变得太邪恶了，上帝动了肝火，派彗星来收拾人类。在这种时候，安徒生往往胆怯地偎在母亲的身旁，惊恐地仰望天空：此刻会不会突然有颗上天派来的彗星一下子落在人们头上爆炸呢？

"天哪，如果彗星的尾巴扫到我们，那可就完了！"街坊们唉声叹气地议论着。

"是呀，它的尾巴至少也有三十哩长呢！"

"有这么长吗？我看，顶多也不足三哩。"

"哟，它长着呢，不过尾巴可粗了。"

"不是三十哩，更不是什么三哩，是几千几万哩。"安徒生的父亲走过来，纠正着那些毫无见识的邻居们。

听了他的话，虽然这些人在心里仍表示怀疑，嘴里却发出啧啧的惊叹声。

在安徒生的眼里，爸爸不但聪明，而且博学，似乎没有什么疑问能难得住爸爸。爸爸有一双巧手，经常用刀削一些木偶给安徒生玩，而且脑子里还装了许多《一千零一夜》中的故事，经常讲得安徒生像丢了魂儿似的怔怔发呆。

春天里，父亲经常带着安徒生到树林里散步。安徒生蹦蹦跳跳地跑在前面，突然，一只潜藏在树丛里觅食的鹳鸟飞了起来，安徒生咯咯地笑着、追着。忽然，好像想起了什么似的跑回来，问：

"爸爸，鹳鸟会说话吗？它说什么话呢？"

父亲就耐心地给他讲解："因为鹳鸟在炎热的埃及过冬，那儿离金字塔很近，它们一定是在那儿学会了埃及语。"

"那儿离这儿多远？"

"远得吓死个人！要不停地飞呀飞，飞过一片汪洋大海，这期间找不到落脚休息的地方，所以，每次在返回埃及之前，老鹳鸟都要让小雏鸟列队飞翔，检查一下它们的耐力，能不能禁得住这样长途的飞行。"

"等你长大了，"爸爸笑看着他接着说，"学会说埃及话以后，你就会听得懂带头的鹳鸟操练小雏鸟们发出的口令了。"

走着走着，他们沿着羊肠小道，攀到山冈的高处，然后停下来，回首远眺。父亲鸟瞰着山冈下错落的房舍、街道，说："从前这儿是奥登王的城堡。有一次，大清早，王后往窗外眺望，看见远方有一排以前从来没见过的房子。她喊道：'奥登，你来看！'于是，咱们这个城市就取名为奥登赛了。"

安徒生凝神地注视着父亲，心想：我长大了，也要像父亲一样，什么都知道。

可惜，这样的好日子不长，在安徒生十一岁时，他的父亲就在贫困中去世了。童年的快乐时光虽然很短暂，但却激发孕育了安徒生的幻想，在以后很长的一段时间里，每当安徒生构思他那一篇篇充满奇思妙想的童话时，他首先想起的是父亲，是奥登赛，因为这是他幻想起飞的地方；他也想起他的母亲，因为母亲的坚强，给了他百折不挠的勇气，向着成功的彼岸，勇敢地飞去。